陈艳敏 著

「悦读」文丛

回到何处
去往哪里

（随笔集）

广东高等教育出版社
Guangdong Higher Education Press
·广州·

图书在版编目（CIP）数据

随笔集：回到何处，去往哪里/陈艳敏主编．—广州：广东高等教育出版社，2022.10

（"悦读"文丛）

ISBN 978-7-5361-7269-2

I. ①随… II. ①陈… III. ①散文集-中国-当代 IV. ①I 267

中国版本图书馆 CIP 数据核字（2022）第 117417 号

SUIBIJI HUI DAO HECHU QU WANG NALI

出版发行	广东高等教育出版社
	地址：广州市天河区林和西横路
	邮编：510500　营销电话：（020）87551597　38493773
	http://www.gdgjs.com.cn
印　　刷	广东海洋印刷有限公司
开　　本	787毫米×1 092毫米　1/16
印　　张	16.25
字　　数	270千
版　　次	2022年10月第1版
印　　次	2022年10月第1次印刷
定　　价	52.00元

（版权所有，翻印必究）

自序：回到生命的原点

日复一日年复一年的阅读与书写，促成了这本读书随笔集。而这"促成"却非刻意，亦非偶然，读和写顺由本性本心，如吃饭呼吸般自然，是我生活乃至生命中不可或缺的一部分。我在书中沉浸、体味、对话、思索，并将真实的思想写下来，汲取光明，获得启示，也观照自我的内在成长，享受深入的生命之美、之乐。

所有的阅读，都是回到自我本性。正如写作了《活山》的娜恩·谢泼德拥抱大山，实际是深入地找到自我，抵达内心的宁静、欢喜与和谐，我们展开书籍阅读他人，实际也是在阅读我们自己，在此过程中，无论是为之喜还是为之忧，无时不有自我经验、意识和情感的参与，同一本书，不同的人读出不同的内容，而那些内容，即是你自己的内涵、境界所在。同一本书，每个人的领会都是独特的，呈现出书籍的不同面相，甚至超出了作者的本意，那是读者基于一本书和自身阅历的激发、感应与再创作，也是书籍和阅读的魅力所在。驰骋于广袤无边的精神原野，分享共鸣的生命喜悦，以良善之心体恤包容，与万物同情共处，是阅读之乐，也是人生之乐。阅读是向内的求索，它一次次将我带回到原初的心境和无染的天地，接通本自具足的神性来源，使自己常处生命的源头，以赤诚之心，与真我同在，体会生命的大欢喜。

所有的阅读，都是享受生命的花开，啜饮生命的甘醇。窗前，树下，舟车之上，一次次翻开书本，在与同道的共鸣共响或交流碰撞中愈加深入地认清自我，找到自我，走入自我，领会蕴含于自性中的神奇、广大和自由，原本是一件美好的事。生命是一场礼赞、一场花开，你，就是你的源泉和活水，重要的，是不负此生。阅读是享受，亦是一场修行，沿着既定的航向，不断地校正、校准，永不偏航。在时时的砥砺与触发中，我们变得愈加清澈和纯粹。

阅读和书写的确占据了我日常生活太过重要的分量。

当然时间有限，一种时间必然挤占另一种时间，乃至有一天我开始反思：更加鲜活的日常是否被挤占了？一味沉浸的我无形中是否已远离本原、舍本逐末了呢？不知不觉中是否对自己已有了目的的框定呢？我是否应该将阅读让渡给生活，回到鲜活的气场，接通生命活泼泼的气象呢？并在内心叮咛自己：人生洒脱，不可为读书、写字羁绊。在2021年开篇的日记中，我下定决心"要解开书籍的绳索，开创新的、更有意思、更有意义，甚至不附加任何意义的本然超脱的生活"。然而不到一周的时间，一早醒来我又照常直奔书桌了，并在当天的日记中感慨：大概这就是天然的本性吧。说不读书了，却仍无法与书脱离干系，这不是刻意读与不读能够改变的，那么就顺其自然吧。

我又回到了我阅读、书写的习惯中。我知道，那是顺应生命自然的行为，而非刻意的方式，人为的忤逆和改变将破坏这份自然。有时候我也会想，我的阅读为什么停不下来，书写为什么停不下来，阅读和书写让我着迷的是什么？沉浸于阅读和书写的我又获得了什么？我没有答案。阅读、书写于我，更像是一种无知无觉、本然本在的方式，是接通神性源泉的通道，是生命本具的指引、恒在的光与召唤。在阅读中我照见了生命、自我，在阅读中我与自我同在同行，在阅读中，我获得了自性的舒展、灵魂的欢脱和视野的广阔，无有成见，无有偏见，全然地顺由本性本心、天地自然，那是一种幸福的感觉，纯粹的感觉，也是我喜欢的感觉。

我愿意同读者分享、交流这种感觉。那是自我的感发，也是书籍和写作者的馈赠。

宁肯先生曾经在他《北京：城与年》意识流般的叙写和忧郁感伤的基调

里彷徨复彷徨,读后的我也曾以"回到何处,去往哪里"为题写下自己的沉思与感慨,并将此题定为本书的书名,许能唤起人们对于生活、生命以及自我的深入观照与思索。回到何处?去往哪里?如若回到生命的大追问,我想,时间自有交代。立于源头,心无旁骛,此时的窗外,唯有布谷鸟的悠扬传唱和春暖花开……

陈艳敏
壬寅仲春于北京

目 录

第一辑 回到何处，去往哪里

由其文而愈见其人
　　——读陈建功《默默且当歌》 / 3
沧桑历尽风骨在
　　——读陈建功《岁月拾荒》 / 8
生命朴初的烛台
　　——读钱理群《钱理群的另一面》 / 14
平易中，有大风景
　　——读冯骥才《书房一世界》 / 19
"四驾马车"驱动前行
　　——读冯骥才《鹤顶凤冠》 / 25
一路玩耍，自在独行
　　——读贾平凹《自在独行》 / 29
明志，铭记
　　——读杨绛《干校六记》 / 32
千帆过尽，一切成空
　　——读王鼎钧《左心房漩涡》 / 35
一边创作，一边思考
　　——读周国平《人与永恒》 / 38
回到源头，拥抱本初
　　——读周国平《生命本就纯真》 / 42

有画，有情，有阳光

　　——读蒋勋《无关岁月》 / 48

安居池上，回到原点

　　——读蒋勋《池上日记》 / 51

大拆大建中的心痛与心伤

　　——读祝勇《十城记》 / 53

回到何处，去往哪里

　　——读宁肯《北京：城与年》 / 58

七年，忘不了的城

　　——读汪曾祺《昆明的雨》 / 62

慈诚的守候，信仰的力量

　　——读肖林、王蕾《守山》 / 67

在生活的内部去生活

　　——读陈涛《在群山之间》 / 74

道不尽的渊源

　　——读汪曾祺等《文人与花》 / 82

融入自然山水中

　　——读陈从周《园林清话》 / 85

人生如寄，借山而居

　　——读二冬《借山而居》 / 90

静心消磨，悠然南山

　　——读周华诚《一饭一世界》 / 92

清澈如许，欢喜如初

　　——读周华诚《一日不作，一日不食》 / 94

回归的行走

　　——读周华诚《素履以往》 / 98

不堪的过往，纷繁的当下

　　——读邹仲之《感怀上海》 / 102

借着光的指引

　　——读小马哥《我走了很远的路，才来到你的面前》 / 105

对浮世的一切保持好奇
　　——读兴安《伴酒一生》 / 109
已逝的光阴，接续的记忆
　　——读杨葵《过得去》 / 113
一本"出书账"
　　——读谢其章《出书记》 / 117
历史深处的神秘探寻
　　——读特·官布扎布《蒙古背影——萨冈彻辰传》 / 119
浪漫的情怀，文学的远征
　　——读木心《文学回忆录》 / 122
超功利，大慈悲，合天地
　　——读刘再复《文学常识二十二讲》 / 136
文学要有纯正的意味
　　——读刘再复《文学慧悟十八点》 / 143

第二辑　我行我素，自在生活

永远睁着的心灵的眼睛
　　——读雨果《雨果散文精选》 / 151
伟大的作品，古怪的作家
　　——读毛姆《阅读是一座随身携带的避难所》 / 156
有书相伴，岁月静好
　　——读安德烈·纪德《纪德读书日记》 / 160
好的作品是少数人的
　　——读顾彬《一千瓶酒的英雄与一个酒壶的故事》 / 163
悠悠的往事，无尽的乡愁
　　——读马悦然《另一种乡愁》 / 172
在爱中陨落，在舞蹈中永生
　　——读伊莎朵拉·邓肯《我的爱，我的自由》 / 176
我行我素，自在生活
　　——读亨利·戴维·梭罗《瓦尔登湖》 / 180

未失野性的水域
　　——读亨利·戴维·梭罗《科德角》 / 184
健康人类的共同召唤
　　——读蕾切尔·卡森《寂静的春天》 / 187
将自我，放归于自然山野之中
　　——读毛罗·科罗纳《貂之舞》 / 191
挣脱束缚，破壳重生
　　——读安妮·莫罗·林德伯格《大海的礼物》 / 195
顺应机缘，随遇而安
　　——读高村光太郎《山之四季》 / 199
通往存在的旅途
　　——读娜恩·谢泼德《活山》 / 203
循着渡鸦的传说
　　——读星野道夫《森林、冰河与鲸》 / 208
在遥远的远北阿拉斯加
　　——读星野道夫《旅行之木》 / 214
幸福，在北纬六十度以北
　　——读西尔万·泰松《在西伯利亚森林中》 / 218
与四季同行，与万物同在
　　——读艾温·威·蒂尔"美国山川风物四记"丛书 / 224
游，在历史的深处
　　——读林达《西班牙旅行笔记》 / 228
真实质朴，不失个性
　　——读华盛顿·欧文《英伦见闻录》 / 233
倾心的护惜，深情的挽留
　　——读黛莱达《努奥洛风情》 / 238
兴致盎然，意犹未尽
　　——读比尔·波特《彩云之南》 / 243
那由内在映射出的光芒
　　——读冈仓天心《茶之书》 / 246

第一辑

回到何处,去往哪里

由其文而愈见其人

——读陈建功《默默且当歌》①

《散文》杂志主编汪惠仁不久前来鲁迅文学院对话时说,从被动情感升华到主动情感,回归原始初心,是一个怀有伤痛的写作者更加令人赞佩的选择。这让我想起陈建功先生在京西大山沟里打了10年矿洞,经历了生死考验之后,仍对这个世界怀有着深爱,仍以温暖的笔触书写着人间美善和悲悯情怀。在他最近出版的散文集《默默且当歌》中,我再一次读到了爱和情怀。

然而当书读完,想要写点心得之时却又久久不能下笔,因为时至今日,生活中的陈建功与书本中的陈建功已经同时占满了我的记忆。虽然与建功老师认识只有几年,但这几年当中他给予我的鼓励和教诲、影响与鞭策却是深刻而久远的。生活中的陈建功,是那个真挚温暖、质朴体恤、没有一点架子、令人感动的陈建功;而书本中的陈建功,是那个写着杠夫瘸三儿,写着"耍骨头"的、吃"瞪眼儿食"的、挑"剃头挑子"的,写着"丑孙子"和"赛活驴"们的陈建功。生活中的他和书本中的他高度吻合,以至于在我的印象中常常会有两两混淆、彼此不分的感觉。而上等的、与生命合一的写作,不正是应该如此么?赤诚的情感与知行合一,难道不正是散文书写先天

---

① 陈建功:《默默且当歌》,华文出版社,2017。

的灵魂与基石么？记得也是在鲁迅文学院的课堂上，一位老师曾经不经意地说过："当今要做到文如其人是不容易的。"但"文如其人"，却可以如此贴切地用到建功老师身上，他以本色的面目、文风和姿态，为我，以及如我一样的后来的写作者树立了一面标杆。他身体力行地让我看到了，他的写作，是真正地"从土里长出来的"写作。正因如此，他的笔下才有了这些貌似和他没有多少关联，却又始终关联着他，使他放心不下的芸芸众生。

和建功老师的每次见面都令我印象深刻，知道我"人在江湖"、上班打卡，而且住在城西、不会开车，每一次，他不是"我正好路过紫竹院"，就是"我正好要去万寿路"，要么"我正好去那办事，很顺道儿"。一位长我20余岁的长者，一位德高望重的作家，为了与我——一个无名小辈方便，竟然有了那么多的"正好"！我不是一个无动于衷的人，这曾经令我暗自感动与不安，但这就是建功老师的本色，是一位怀有着大爱的小说家和写作者深入、细腻的体恤与悲悯，这情怀与情感深深地感染我。

知道我在鲁迅文学院读书，时间相对宽裕，不久前建功老师在电话里向我推荐蓬蒿剧场，说有时间可以到那里去看看，并且告诉我，剧场的创办人王翔是个有情怀的人，"他推荐我看过一个经典话剧《哥本哈根》，他陪我看时，他已经跟着看了32次，随后我又看了两次。或者说，要了解话剧的动向，只能找他了"。当我怀着好奇几经周折，在南锣鼓巷一个逼仄小胡同的一片灰蒙蒙的四合院里找到这个仅有86个座位的小剧场时，我真的是惊呆了，在我习惯了于首都剧场看"高大上"的人艺话剧，习惯了在国家大剧院看"高规格的"巨制演出之时，大作家陈建功先生，却在京城一个不起眼的小胡同里，关注着一个民间剧场的兴衰，对一个挣扎着的小剧场创办者津津乐道、推崇有加。9年来，这个酷爱戏剧、本为牙医的剧场创办者王翔，在他将自己经营诊所挣来的1 000万元全部投入到这个寄托理想的地方，至今负债2 600万元，心脏做了7个支架之后，还在拼死地为保住剧场抵抗着，打出"戏剧是自由的"口号，还在强调着态度，注重着文学，崇尚着艺术，抵制着世俗，传递着温暖、高尚、善良和爱。这些，大概也是与建功先生息息相通的吧？此时我的脑海中又出现建功先生常常提起的曹子建的名言："街谈巷说，必有可采；击辕而歌，有应风雅；匹夫之思，未易轻弃也。"这段名言，也恰与建功先生的情怀有着深切的因应吧。

看完话剧的当晚，我在日记中写下心得：

> 相比于首都剧场和国家大剧院的华丽舞台，这里确实显得简单和简陋，而这简单和简陋之中，又与平民百姓有着无限的亲和与亲近；相比于首都剧场和国家大剧院的经典剧目，这里的戏剧也更为驳杂和多元，没有那么精巧和精致，但多元与驳杂之中，似乎又更鲜活，更自由，更包容，更有特色与个性，更富活力和生长性。作为一个民间公益剧场，它用严肃、纯粹、坚持的态度做戏剧，同时又像是一块实验田，将传统与现代、国际与国内、艺术理想与受众需求敏锐结合，给成长中的艺术家和渴求中的观众提供一个创作与观赏的舞台。
>
> "仰天大笑出门去，我辈岂是蓬蒿人"（李白《南陵别儿童入京》）。似乎是有意与李太白蒙圣征招的得意唱唱"反调"，"蓬蒿剧场"凸显甘于蓬蒿的傲骨，由此北京四合院栉比鳞次的屋顶，自然就成为傲岸的栖息之地。记得早年读过建功先生的一篇散文，同样有意做"反面文章"——"我辈本是蓬蒿人"，他与眼下这个取名蓬蒿的剧场，想必亦是有着某种心灵的相通吧？我想起关于所谓"高雅文化"和"大众文化"的分野与交融，很久以来就是文艺理论界重要的话题。记得建功老师早就和我提起过，比起鲁迅，张恨水或亦不可或缺，他也提过范伯群教授专著中对大众文学地位的充分肯定。由此我顿悟：不管是蓬蒿剧场的王翔，还是建功老师，他们面对熙熙而来的"高雅"，有着清醒的面对。他传递给我们的，是对俚词俗谚和"下里巴人"的敬畏，这敬畏固非首创，却也显示一个作家的情怀境界和艺术敏感吧。

这一切对我，都是无言的激励。他关心杠夫瘸三儿，关心"耍骨头"的、吃"瞪眼儿食"的、挑"剃头挑子"的，关心"丑孙子"和"赛活驴"们，也关心胡同里的文化境遇和文化生态，他的写作，真正扎根于市井民间丰沃土壤。很久以前，韩少功在一篇题为《文学的根》的文章中已经以陈建功为例，说他"常常让笔触越过这表层文化，深入到胡同、里弄、四合院里"，说"这是凝集历史和现实、是扩展文化纵深感的手段之一"。两"功"异曲同工的看法是，乡土中所凝结的传统文化，大部分鲜见于经典，不入正宗，却更多地显示出生命的自然的本体的面貌。这或应是文学最为富有蕴含的根系所在。

在《双城飞去来》一文中，建功先生频繁地往返于北京和他的家乡北海。他说张次溪的一本《人民首都的天桥》曾经给予他发蒙启蔽的震撼，使他感受到"寻根文学"的魅力，引领他读到"平民北京"的生活哲学和"沉潜于平民文化而焕发的心灵之光"，循着这光，他要找出属于他的激情来。而30年后，当"大狗熊"孙宝才、"爆肚冯"第三代传人冯广聚等，他采访过的这些鲜活的"小人物"先后离去，那些有滋有味儿的地方和有滋有味儿的人一夜间没了踪影，他失落了，"我为自己的失落而胆怯，这是落伍于时代的信号。最终我发现，只有回到北海，才能找到那种暌违已久的滋味……我欢喜的是，北海虽变，仍有许多足以唤醒内心波澜的东西留在那里。"读到这里，我仿佛恍然大悟，平时给陈老师打电话，他常常告知人在北海，或者即将去北海，原来陈老师——虽已是年近古稀的作家，也还在不断地唤醒内心的东西，追寻内在的冲动，也还在背负着难以割舍的"平民情结"和文化责任。除了感动，还是感动。

在这本书里，他写父亲母亲，情感写到了至深处，心头都禁不住发酸。他与父亲既充满了爱又留有着伤痛、既深深理解又不无隔膜的感情让人心疼。而当看到建功先生捧着母亲的骨灰四处寻找，最终在他曾经挖过煤的大山上为妈妈找到了安息之地时，我的眼泪禁不住流了下来……而最终，他从母亲那里获取了力量，在《妈妈在山岗上》一文中他自语道："你的妈妈最关心的，是她的儿女是否能选择到一种有意义的活法儿。这活法儿使他们即便身处卑微，也不会失去自立于同类的尊严感，不会失去享受充实人生的自信。""好好活着。充实，自信，宠辱不惊。像妈妈期望的那样。"这份信念，一直跟随着他和他的文字，给他的人生和文章注入了乐观、豁达的质地，坚韧、骄傲的品格。

怀着同样的真诚，他在书中还缅怀了吴组缃、艾芜、冯牧、沈从文、浩然、汪曾祺、史铁生等文友、前辈和同道，时而感慨，时而惋惜，时而悲痛，而那情怀，那情感，那对生活和世事的清明洞悉和认知，却始终渗透其中。在怀念冯牧的文章中，他写道："不是每一个和文学沾边的人都能由衷地爱文学爱作家的。就连我自己，面对不同的流派不同的风格批评的异见口碑不佳的同行，有时也难免心灵的阴影人性的弱点，难以遏制挑剔和不屑。

一个由衷地爱文学爱作家的人,譬如冯牧,当他面对那一切的时候,更多的却是欣赏、喜悦和宽容。"在谈及史铁生对于"世界上一个很重要的文学奖项"的态度时,他赞赏史铁生的不以物喜不以己悲、宠辱皆忘的人生境界,难忘史铁生先生的话:"把作品的价值交由几个老头子来评价吗?抱着这样的期待,怎么还可能听取自己心灵的真实呼唤?怎么还可能追求到真正的文学?"在回忆与于是之啜酒的日子时,他说:"对于真正的艺术大师而言,伟大的艺术和素朴的人格,从来就是如此水乳交融。"这又何尝不是他自己的写照呢!这一切,感召着他,也感召着我。

回想24岁时,一边在《北京文学》发表歌颂"工农兵上大学"这个"新生事物",一边因有"反革命言论"被取消上大学的资格的过往,陈建功在书中写道:"那时的我,是一个被时代所挤压,却拿起笔,歌颂挤压我的那个时代的'我';是一个对存在充满着怀疑,却不断地寻找着理论,论证那个存在合理的'我';是一个被生活的浪潮击打得晕头转向,不能不抓住每一根'救命稻草'的'我'。"正是这样的灵魂拷问,造就了他"悲喜剧"的人生态度和"以喜剧的态度来书写人生悲剧"的文学姿态,而这个视角的产生,应是时代与命运碰撞的结果吧?

逝者如斯,从《默默且当歌》中,不难看到作家不能舍弃的过往,也是我们这个民族不该忘怀的伤痛。但作家又是直面当下、直面未来的。本书的第四辑,又呈现了作家性格的另一面。作家步履匆匆,或寄情于山水,或遍寻人文,或以文会友,或抚今追昔,尽情地抒发自己的情怀与感悟,将自我的命运、人生放到壮阔的大自然之中,状物的性格与自我的脾性相互辉映,字里行间彰显着境界的阔大,而阔大之中,有人生的洒脱,亦有人生的厚重。

"默默且当歌",建功先生就是这样宠辱不惊又不乏激情地生活着,书写着,怀着深挚的悲悯与大爱,怀着对生活深挚的热爱与眷恋,将生命注入了文字,将文字融入了生命,我不得不说,他是我发自内心由衷敬佩和感谢的作家和前辈。在文学方面,他是个性彰显的榜样;在做人方面,他是我毕生的典范。

2017年12月10日、11日,北京家中、鲁迅文学院

沧桑历尽风骨在

——读陈建功《岁月拾荒》[①]

《岁月拾荒》，是陈建功先生的又一本散文集，除《妈妈在山岗上》《涮炉闲话》《平民北京探访录》等名篇之外，更是收录了历年的序跋、书评、演讲、游记、怀人录等，漫漫岁月，娓娓道来，个性风骨展露无遗，真知灼见跃然纸上。如果说人生如一部大书，苦辣酸甜尽在其中，那么年逾古稀的陈建功先生这本《岁月拾荒》即是这样一部大书，命运的沉浮，情感的真挚，思想的深刻，沉淀下来的是一笔精神财富。

从北海到北京，从矿工到中国作家协会副主席，走过的路、吃过的苦、经历的世事沉浮、人事变迁只有他自己知道，岁月磨砺出的深刻思想和个性、风骨渗透在字里行间，使他的散文有了不一样的质地和重量，与无病呻吟和温吞无骨的文章区别开来。十年的矿工经历培养出的平民情结和朴素情感，又使他的文字多了一些"接地气"的亲切与厚重。陈建功的散文是源于民间、扎根大地的。他走入街巷市井，探访杠夫瘸三儿、耍骨头的、卖"瞪眼儿食"的，体察五行八作和百态人生。他将视线转向"那些蹲在菜站大棚前晒太阳的老太太们，那些提着鸟笼漫步筒子河的老头子们"，到他们中间

[①] 陈建功：《岁月拾荒》，中国文史出版社，2022。

去体味城墙宫阙外的平民北京，品咂出为他独有的"北京滋味儿"。

如陈建功先生在书中所言：文学从其本质上来说，就是阅历之学。不凡的阅历，是他文学创作的地基和源泉。他在评论一部著作时说："好的文学，传递真情感，也传递真性情。""没有大沧桑、大悲悯，何来这平实而沉郁的感喟？"这是对别人的评价，也是他本人的写照。

而谈文学，是陈建功先生的题中应有之义。无意间挥洒于字里行间的文学见解，源自生活的丰厚馈赠，亦源自他对文学的内在激情。同为小说家的他，欣赏柏杨"不装孙子""不弄玄虚"却深谙"小说"要义的坦诚，认为与柏杨有着心灵的相通。透过为他人所不齿的"好读主义"，陈建功看到的是"好读"中对于复杂人性、人权的维护以及心灵尊严与救赎的关注，由此他鲜明地亮出自己的观点："我以为，关注人，恰是文学的最高境界。"我国台湾作家蓝博洲的报告文学《幌马车之歌》，在他眼里之所以是一部站在中国作家道义与良知的立场，经过广泛而深入的探访和思索，以果敢无畏的精神重现历史现场的经典之作，不仅仅是因为手法的独特，还因为书的本质在于如何看待自己笔下的人物问题，"是把你写的人物作为邻家大哥，还是作为塑造的、景仰的、欲使之彪炳史册的英雄。"在他看来，把圣贤还原为普通人，正是蓝博洲给大陆文学界的启示。

陈建功对于布封所论"风格即人"感同身受，说"每一位有创作个性的作家都令我倾倒"。他欣赏冯牧为"尊重艺术规律"而发出的呼吁与抗争，欣赏冯骥才面对"新时期文学"表现出的思想风范和美学原则，从艾芜身上获得文学生命力的启示，从不拘一格的文学表达中采撷人性之光和人性之美。对于文友、前辈、同道的回忆、缅怀更是情真意切，吴组缃、浩然、于是之、汪曾祺、史铁生，在他的笔下均呈现出不同寻常的个性风采，生动、有趣而又温暖，如光照耀，在"作家"和"文学"之外，让我们看到"人"之维度上的作家的真性格、真性情。

陈建功欣赏有趣、有情、有义的人，因为骨子里他就是这样一个人。

与文学相伴走过了半个多世纪，陈建功先生在《我与〈北京文学〉》《我与〈北京晚报〉》的趣事逸闻和轻松幽默的回忆中，缅怀那个文学朝气蓬勃的年代。本自诙谐幽默的他，说自己喜欢"幺蛾子"，喜欢有人顺势而生,却又勇立潮头,闹出"人人心中皆有个个笔下却无"的"动静儿"来。忆起自己发表在《北京文艺》(《北京文学》的前身)的处女作,他的心中则涌起了许多复杂的情感——一首歌颂"工农兵上大学"这一"新生事物"的短诗,将他引向了文学道路,而彼时的他,却因"政治问题"被褫夺了做"工农兵学员"的机会,正在京西的一家煤矿挖煤……半个多世纪过去,再看这诗,建功先生感慨:"今天读起来,那诗实在幼稚得很,甚至可以说,更多的,是勾起一些屈辱……命运真是一言难尽的。"

事实上,早年的陈建功就表现出与众不同的文学抱负,就读北京大学中文系的他,裹挟在思想解放的潮流中,一度对"文化专制主义"统治下的文学提出质疑。忆起"被那个时代所挤压,却拿起笔,歌颂那个挤压我的时代;对现存的理论充满了怀疑,却四处寻找理由,论证那理论的合理;被生活的浪潮打得晕头转向,却只是希冀抓住每一根'救命稻草'",他果断放弃"献礼项目"的剧本合作,"重新开始对于文学的思考和写作"。相比于"献礼项目",他更欣赏《北京文学》以人物性格的塑造、文化韵味的展示、生机勃勃的叙事和个性纷呈的语言,凸显其在小说及其他文体上开掘文学特质的努力。相比于人云亦云、随波逐流,他更喜欢那种超迈的文学境界。有感于李清泉退稿以及对汪曾祺代表作《受戒》的抢救,他欣赏《北京文学》超迈于时文的篇章和勇气,认为那是一家刊物足以自豪的风骨呈现。在《受戒》中看到作家的"调皮",他说,善待"调皮",欣赏"调皮",就是对文学个性的宽容。在他心里,《北京文学》的价值正是在于它不拒绝"现世报",也为"来世报"的邀约而努力,通过作品的个性来呈现丰富民族乃至全人类的情感宝库。"因此,这家刊物并不以文学风潮的'时髦'为时髦,它诚实地发现每一部作品所深藏的底蕴,发现作家们重新铸造的世界,以及这'世界'在中国乃至人类情感之流中的价值。"

他欣赏20世纪80年代的文学会议"直面文学实际的坦诚"和"无须左顾右盼"的批评。"不管是创作者还是批评者,不管是新秀还是前辈,更不管是居官还是为文,大家尊重每一位言说者的看法,就算某位言语激烈见解偏颇,也不见谁'扣帽子''打棍子''上纲上线'。"他说,"这种讨论的气氛,现在已难得一见。"那个时代做文学,实在是一件松弛而愉快的事情。

他鼓励作家以全新的思维和独特的创见开辟文学新境界，倡导"换一个活法儿，换一个想法儿，换一个写法儿"，鼓励中国个性和作家个人专属风格的表达，使文学向更广阔、更具深度的人文领域迈出坚实一步。

面对喧嚣的现实，他冷静而又审慎。在《喧嚣的时代与文学的定力》一文中，他说，走过那个高唱"理想"却扼杀理想的年代，他向市场经济焕发的活力与激情致敬，同时也保有"来自另一些角度"的思考，认为喧嚣之下坚守文学的信念与定力，是值得拥有的清醒。在肯定了"时文学"在承继"感时忧国"这一伟大传统的贡献之后，针对意在迎合、意在得奖、意在政绩的虚假的"应时"之作和违心的逢迎之论，他的批评同样一针见血："要指出的是，在市场经济的时代，主流文学注意采用'奖励''扶持'政策，鼓励'时文学'的发展，无可厚非。但若不注意，某些'时文学'会把'时代的文学'蜕变为'逢迎趋时'的文学，其实也算是一种'拜倒在金钱的脚下'，会制造大堆垃圾，则将把'时文学'推上死路。"在他看来，高雅文学和大众文学亦非势不两立，但在熙熙攘攘的年代，两者共同需要的，是定力，不管热衷于哪一个文学形态，创作者对独立人格的追求，对人文精神的弘扬，对道德良知的秉持，对真情实感的坚守，都是必需的。

他肯定文学的独特价值，认为不同的作家以不同的情感方式把握世界，为读者重新铸造出一个个不同的世界，是人类情感生态平衡中不可或缺的一环，为人类文明做出其他学科无法替代的贡献，对记录人类文明某一发展时期林林总总的心路历程，有着不可推卸的责任。但他同时认为，"文学需要观照它所面对的时代，也需要观照它自己。"担负了文明推进责任的文学需在对身边大众的情感与表达中获得文体上的启迪，开辟新的审美天地。"然而，作为一个小说家，我以为也不妨对文学本身作一番反省。我们的小说家们过于关心自己身上的羽毛是否炫目，他们不太关注自己对人类文明进程的责任，因此势必走向情感的苍白和文体的玄妙。矫揉造作的文体尝试无法给读者带来审美的愉悦，也就无法真正颠覆读者的审美习惯，那么，它只能为读者所颠覆。"

这些，无论对于当下的文坛，还是对于文学的后来者，都是难得的清醒剂和有益的指引。

理性的言说之外,书中的游记部分则松弛了许多,展现了作家感性、"活泼"的另一面。在鄂西北郧西县一个叫"安家"乡的地方,建功先生写下《好山好水好安家》,身心融入大自然的刹那,"彻底摒弃了对造化的隔膜与敬畏,彻底融入了大自然之中。"片刻的忘我沉浸,使他进入了人生的另一重境界,他说,这"或许更是一种难觅的境界呢"。听从内心的呼唤,轻松,自由,顿时少了许多的顾忌和束缚。

是啊,大风大浪过后,今日的陈建功,内心早该是云淡风轻了吧?松弛愉悦,难道不是生活和生命本来该有的样子吗?

然而,他终还是擦不去经历留下的痕迹,绕不过对人世的观照与体恤,当看到渔翁和鸬鹚以古老的方式在泸溪河上图谋着各自的生计,他的内心顿然感慨:"谁能想到,老之将至,才算是实实在在看到了这欢欣畅快的一幕。心想,或许,这算得上是一幅富有哲理的画面吧!是鸬鹚们为了一条小鱼的'打赏'而拼死拼活让我想起了人类的悲剧,还是许由的后人沉浸于山野的放达令我嫉妒?又想,这算不算是一种机缘呢?尽管鱼鹰捕鱼是第一次得见,但躬耕陇亩樵夫唱晚之类,年轻时也看过,为什么只有这一次使我如此浮想联翩呢?"

体恤,悲悯,是小说家的本性。在书的另一章建功老师写异域出访的经历,无论是《夜巡华盛顿》《相会在纽约》,还是《芳草萋萋匹兹堡》,都以人文的视角、悲悯的情怀予人以感动的力量。他的文字如一束束光,照彻了他去到的每一个地方。

万水千山走遍,建功先生最惦记的还是他的故乡。他对故乡的深情是溢于言表的。去年秋天,先生得知我要去北海旅行,津津有味地跟我讲起北海的往事,如数家珍地向我推荐北海的大餐小吃,话语中有着一份热切,亦有一份怀念,而我,未到北海,先被他的热情感染了。陈先生即使 8 岁离开北海,也依然对北海保有着美好的记忆和牵连,对他而言,那是根之所在。退休之后,更是在北海买房,将家乡当作了安居之所,今日的他频繁地往返于北京和北海之间,在《双城飞去来》一文中,他动情地说:"最终我发现,只有回到北海,才能找到那种睽违已久的滋味……我欢喜的是,北海虽变,仍有许多足以唤醒内心波澜的东西留在那里。"所以在北京待腻了,他就

"躲"进北海,进入人生的又一重境界。在接受《北海晚报》采访时,他的回答诙谐、幽默而又实在,言语间带着不自知的轻松与欢畅。是啊,北海,是他地理的故乡,亦是他心灵的故乡。

而我没有想到的是,书中还收录了 8 年前先生为拙作"书文化系列丛书"所赐序文《迷人的抗争》,过往种种,历历在目,对我是莫大的激励。

2021 年 12 月 9 日,北京家中

生命朴初的烛台

——读钱理群《钱理群的另一面》[①]

  作为一位颇有建树的思想者,如果说以往上千万字的著述所承载的是饱经了世事沧桑的沉甸甸的思想,那么这本摄影集就是其回归了童心,与大自然直面相见的时刻奔溢而出的直觉、本初的爱与美。在这本集子里我们看到,一个"已经唠叨了大半辈子历史、社会、鲁迅"的老人,原来也有他天真、柔软的一面。钱理群先生说,那是他更为看重但从不示人的另一面。

  该书的责编对此的理解是:"他那绝望之中的希望的烛光,可能就要随着他生命的衰亡而熄灭了,所以心生了隐隐的惆怅及复归生命本真的欲望。钱老常说自己是'五四之子',但更是'自然之子'。他不愿示人的这部分,很可能是更加接近其生命本真的那部分。我想在钱先生这里寻找的,也正是在他那支蜡烛下面的生命朴初的烛台。"

  这种寻找,是有意义的。

  走出书斋,拥抱自然,钱理群先生感受最深的是自我身心与周遭环境的和谐融入。他敞开心扉,与自然倾谈,视自然为友,与大自然建立和谐友好的关系。他说:"我赞同这样的观点:要用另外一种眼光看待我们身边的山、水、石头和草木。它们都是'有灵有性,有感情,有能力,有变化'且

[①] 钱理群:《钱理群的另一面》,作家出版社,2019。

'多姿多彩'的。也就是说,山性、水性、火性、草性……都是和人性相通的;因此,在大自然中,万物就像一家人一样。人对自然要有兄弟情怀,要有敬重之心,要有感恩、回报;顺应自然,爱护自然,保护自然之外,还要赞美自然、欣赏自然。这样才能达到人和自然的和谐共融,最后达到'天、地、人合一'的境界。"

书中有一张照片:无际的沙漠尽头,是小到不能再小的一簇人影,他们被自然容纳,又与自然构成鲜明的对比关系,使人类从另一个角度看到并反省自身,克服人定胜天的狂妄自大,又保持自身的个性与独立性,在这张照片旁,钱理群先生用文字表达自己的感受:"我不去改造自然,但自然也不要改造我,我们相互发现,是一种平等的对话。"

大自然唤起了他所有的美感。晨起于湖边散步,看到直立于晨曦中的独木,静卧在波光里的圆石,他都会心生莫名的感动,内心变得格外柔软。街道边穿行,看到千姿百态的建筑物在蓝天、白云、阳光映照下显露出的线条、轮廓和色彩,他都会产生用镜头捕捉形式美的冲动。

大自然是朋友,也是一剂良药,看到花,看到草,看到春意盎然和层林尽染,他说他内心的阴霾便会"为之一扫",顿时也布满了阳光和色彩。有一张照片,是阳光下钱先生背着小包的身影,拓在红砖地面夹缝中的一簇小花上,他说:"我的身影和突然发现的小红花、小白花融为了一体。"那一个瞥见的时刻静定温存,别有意味。花木间读书,陡然间他体会到寂静之美:"它无声,却并非停滞,在无声中有生命的流动:树叶在微风中伸展,花蕊在吸取阳光,草丛间飞虫在舞动,更有人的思想的跳跃、飞翔。这就构成了'寂静之美'"。

美是一种直觉。相对于学者和思想者,一个审美的人,更有可能是一个和谐、美好的人。观光旅游时,钱理群先生体会到在赋予风景以人文的意义之外,还有一类"风景的发现"是保留在了直觉与感悟中的,在他看来,那很可能是更本色状态下的发现,"即所谓'初始的感观''瞬间顿悟',这是两个生命(自然生命与自我生命)在排除了一切外在干预以后,直接面对面的相晤。"而"最重要的是'归本心'三个字:先要有心的解放,方能以心观景、契景,最后还要回归本心,达到景与心的融合与升华。这其实就是'旅游——发现风景'的真意所在。"

怀着如此的心情和心境，他抛开知识、思想，以清新、好奇的眼光与万物直面相见，以本心感悟美，以直觉经验美。"到了教堂，我也有意忽略它的文化、宗教、历史背景，而是直接体味教堂建筑，尤其是体味教堂内的宗教氛围及我的宗教感觉。我到任何地方大都是不记地名，不记相关的文化知识。"有一张照片貌似圣母子像，被他拍得模模糊糊只剩了轮廓，淡入了混沌的背景中，而混沌之中仿佛又生出了许多意味。另一张摄于教堂的图片，黯淡的绛紫背景中央，是模糊的黄色灯盏和十字架，朦胧中亦加添了一层神秘。那是钱理群先生自己的视角与感悟。

在一张斑斑驳驳、海市蜃楼般模糊的照片下，钱先生注解道："这是我故意拍虚的，是色彩吸引了我。"在一张大红背景、如烟花般迷蒙的照片旁，他说："这是一种直觉，它很好看，有虚幻感。"而另一张绯红浅绿间闪烁着白色光点的影像，虚实结合，轻盈曼妙，则幻化成了一幅难得的抽象画，不经意间偶得，却元气淋漓，混沌充盈，大概也是钱先生的得意之作……童心未泯的他就是这样地玩着，玩着，"通过相机自由地观看，时常会有意想不到的惊喜。"

66岁生日时，钱先生给自己拍了一组"完全不是教授、不是学者、不是名人"的照片，这位老者，在特写镜头里或托腮沉思，或调皮搞怪，或振臂高呼，或开怀大笑，或故作沮丧，都是他在无比放松的时刻随意摆出的"好玩的"姿态，在那一刻，他卸掉了所有的负担，在自己的世界里自由玩耍，任由真实的性情恣意流淌，他说："我们生活中总是戴着某种程度的面具。连学术上都有面具，你是个教授，就得有个教授的样子；人们把你当作名人看，更要求你有名人的样子。现在，把这些面具全都摘下，完全不像个教授，更不是名人，专门搞笑。别人看了开心，自己也轻松自如了。"那一刻的钱理群先生如《道德经》所言，仿佛于刹那间返璞归真，复归了婴儿，显示出一派的可爱与天真。

钱先生喜欢别人说他"可爱"和天真，做一个可爱的人，是他最大的追求，甚至将来的墓碑上他都希望刻上"这是一个可爱的人"。在他看来，可爱包含了几层意思：一是真诚——但有点傻；二是没有机心——但不懂世故；三是天真——但幼稚；四是赤子之心——但永远长不大，是个老小孩儿。"如果你每天都这样像婴儿一样，重新看一切，你就会有古人说的：'苟日新，日日新，又日新'的感觉，也就是进入了生命的新生状态。长期保持下去，就有了人们所说的赤子之心。"

钱先生的心性原本就是与儿童接近的。而在他眼里，儿童又是与自然接近的，所以他说他见到小孩儿就兴奋。在南京公园偶遇一帮小孩儿，他就挤进去跟他们合影，表情亦如孩童般灿烂。即使今天，钱老已经年过八旬，他仍以儿童的眼光看世界，"我直到今天住进养老院，也还努力保持这样的习惯：每天早上散步，都以'重新看一切'的好奇心，观察庭院里的一草一木一水一石，并且都有新的发现，散步回来，就有一种'新生'的感觉。"他与大自然无时无刻不在做着深切的感应并用镜头去捕捉。貌似干枯的枝杈上发出的几片新芽，雪地里的一簇荆棘，俯瞰的视角下雪中的桌椅，雪地、树木、阳光和影子构成的形式美的瞬间，甚至社区的大门都成了他眼中的风景。"院子里的同一个地方，我一年四季不断地拍，这样我就有活在自然中的感觉了。'风景'，不是风景区才有，关键是有没有发现风景的眼睛，而平凡中的风景往往更有意思。自然是要人去发现的。"就是山中死去的枯木，也会引起他的关注，究竟是悲悯，还是感怀？不得而知。而那树，在蓝天和远山的背景下，依然挺立，静定而又肃穆。他说："摄影，将我与自然有趣的相遇记录下来。"而旁边，则是一朵溢满了镜头的紫玉兰。如此的构图，也许并不符合摄影的法度，然而美好的心情扑面而来。

"看着远处喜马拉雅山的雪峰，我想，旅游是什么？是到自然兄弟中去寻找自己已经消失了的童年，去发现和发掘潜在的，或被掩盖、漠视的自我生命的种子，去吸取可以作为未来发展的滋养的生命元素，是去追求人与自然的净化与升华。"就是这样，他不仅用眼睛去发现，还用心灵去感悟，在日复一日的厮磨与对话中，感觉自己与自然已不仅仅是朋友，而是你中有我、我中有你了，在自然的景物之中，也藏纳着自己的过去、现在和未来，发现自然，就是发现自己，自然与自己，原本彼此融入，息息相关。在与自然对话的过程中，抑或某一个偶然的时刻，他还体验到灵魂的战栗和莫名的感动，那一刻的生命是鲜活而又生动的。

钱先生说："人活着要永远保持一种黎明的感觉，每天都是一个新的开始，每天都以婴儿的眼睛去发现新的世界，新的美。"他在书中常常提及的四个字就是"赤子之心"，他的图片直觉传递给我们的，便是这无时不在的赤子之心。即使历尽了世事沧桑,他的生命亦饱含着温暖的爱意和赤子般的真纯质地。在《生命的沉湖》一书中,钱理群先生曾经说过:"我在向社会的黑暗宣战的同时,也必须向自身精神的黑暗宣战。或者说,外在的黑暗愈浓,我愈要唤起我内心的光明;外在的敌意愈多,我愈要激发出内心的爱。"他的人生是以大爱作底的,由此才散发出不息的亮光,于人类思想和文化的长卷中留下浓重的一笔。书中被他拍下的一张虬枝劲节的大树图片,亦于"阔大""颤动"的意象中寄托了这位老者的情怀,他说:"这是一个生命的大境界,是充满了动感与力度的,具有壮阔的美的文学大世界。虽不能至,也要心向往之。"责编在前言中说得对:没有赤子般的单纯、质朴、真实、率性,又何尝能够成为如此卓越的老者?而那"生命朴初的烛台",想必就是照亮一个人前程的永不熄灭的亮光,是他牢固的根柢、信念和永不褪去的底色吧。

"晚年的我,有两个园子。一个是燕园的庭院,它优雅、安静,我每天都要绕着走几圈,或者在路边长椅上闭目养神。另一个是自己的书房,就如同老农仍喜欢在地头打转一样,整天在书房里耙来耙去,继续耕耘我的'一亩三分地':这是仅属于自己的精神的园子。"钱先生说。从思想到直觉,从书斋到旷野,从终点到原点,钱理群先生仿佛已然体验到天地人合一的融合境界,达到了自我身心的和谐与圆满。而这,原本不就该是人生的常态吗?一个抛开了"历史、社会、鲁迅",潜心欣赏自然、与自然妥帖融入的老人内心应是幸福的。

2019 年 10 月 25—30 日,北京家中

平易中，有大风景[①]

——读冯骥才《书房一世界》[②]

无论风云如何变幻，书房大概是一个作家安顿心灵、最为惬意的所在了吧？正如冯骥才先生在他的《书房一世界》中所说，深陷文化抢救事业之中的他，成日离家在外，身在田野，每每回到家中，进得书房，便如野鸟回巢，无限温馨。书房是他最感放松、最接近天性自然的地方，由此生发的文字便也带着天然的松弛与自在，伴着窗前的一抹夕阳，缓缓地舒展开来。

冯骥才是一个重情重义之人。无论是他的《感伤故事》《冯骥才的天津》，还是他的《俗世奇人》，都透着浓重的情义和深厚的悲悯——那是一个作家，确切地说是一个好作家必不可少的品质，亦是其天性本质的自然流露。《书房一世界》亦复如此。虽然只是一室的器物摆件，案头清供，但却浓缩了作家无边的情义和情怀，如编者在腰封所题，那是"一个一己的世界，又是一个放得下整个世界的世界"。

"许多在别人眼里稀奇古怪的东西，再普通不过的东西——只要它们被我放在书房里，一定有特别的缘由。它们可能是一个不能忘却的纪念，或许是人生中一些必须永远留住的收获。"冯骥才先生如是说。而那些被他珍爱

---

① 原载《文艺报》2020年5月6日第8版"书香中国"版。
② 冯骥才：《书房一世界》，作家出版社，2020。

的物件，常常是机缘巧合下朋友送的一对镇尺，偶遇的场合陌生人赠的一支钢笔，无以相赠之时大山里的挑山工赠予他的一个扁担，看似简单平常，于他却都饱含了情义，有着特别的意义。被他放进书房的泰山挑山工的扁担，曾使他看到一个人穷困所迫下的劳苦选择，亦给他带来深深的感动："他知我为他们写过《挑山工》一文，一个'谢'字没说，却把他用了一生的扁担赠给了我。我接过扁担时浑身发烫，不知该说什么，我知道此物相赠的分量。挑山扁担，情重于山。"而此时的我，也已看得热泪盈眶了。

他在书房里"供奉"的，还有一杯取自老家宁波慈城的泥土。原本是两杯，一杯被他摆在了父亲的骨灰盒边，另一杯被他恭敬地摆在了书架上，"我的生命来自这泥土，有它，我心灵的根须便有了着落。"他是一个念情念旧的人，自书的福字，穿越了岁月的老照片，孩提时代的图画书、小人书，乃至闲章、花笺，都被他以自己的"逻辑"收藏着，特别的物品，寄托着别样的情怀。他说："人不能陷在昨天里，又不能忘却昨天。"追忆往昔，或更能辨清来路。正如经典总能穿越时空，对于老物件、旧人情，冯骥才先生说："真正有魅力的东西，不是时间愈长愈淡，而是愈久愈深。"

他书房里的每一个物件都有故事，都有感情。"烟斗放了40年。它与我吸烟有关，与我的小说有关。"他的第一篇短篇小说《雕花烟斗》英文版被一个意大利读者读到，这位深受感动的读者托人辗转赠给他这个木刻的烟斗，多少年过去，他将它摆在书房里，成了一件小小的纪念品。一个普通的硬木树桩，在他的书桌上一摆也已20年，"个中理由，还是为了一种纪念。"30年前的一位英国诗人，在散步时随手从地上拾起一片叶子并写下"秋天的礼物"送他，让他感到"物本无情，情在人心。"执着的朋友知道他的所好，年复一年给他送来的老皇历他也珍藏着，并在自己的文章里念叨："能告诉我他为什么这么做吗？能知道这样的年历挂在房中会是什么感觉吗？"他领略了这情义，他的文字里便饱含了情义。连楼顶书房的阳台上无意长出的一棵小树，作为独特的"遇见"，他都记在他的书本里，诉说相遇之欢喜，生命之偶然。

他的书桌上还有3把拆信刀，在书信往来的岁月里，曾帮助他拆开了成千上万的读者来信。其中的一把意味深长，那是他在索姆河战场遗址博物馆的纪念品店里买回的，是"一战"硝烟弥漫的战场上一位士兵留下的，子弹做的刀柄上插着铜片的刀面，上刻一双花朵，"显然这是一个心灵手巧的士兵在战争的空闲里自制的，用来裁开家信。它流露着这位不知名也不知国度的士兵对家人、对生活、对和平的期待。在那'烽火连三月，家书抵万金'的年代，这小小的拆信刀传递出那场战争的恶魔笼罩中人性的渴望。这小刀感动了我，我把它买下，带了回来放在我书桌上。"他被感动的同时，我也被感动了，霎时我想起了加拿大10元纸钞上的罂粟花和佛兰德斯战场上军医约翰·麦克雷留下的感叹命运、祈求和平的诗歌……

具有相同意味的，还有汶川地震时冯骥才先生从北川中学的废墟中捡回的一本《生物学》课本，"我捡起一本课本，封面和内页皆已砸烂，这孩子呢？"待翻开来，那是一本人教版八年级的《生物学》课本，课本内的文字下画着线，扉页的左下方写着孩子的签名……此时我已是不忍卒读了。怀着同样的沉重，冯骥才先生将它默默地收了起来，带回了书房，"为了记住这孩子，也为了可以永远触摸到此时的沉痛与悲哀。"

无声的物品，承载了太多的往事。从德国内务部副部长赠送的嵌有柏林墙碎块的玻璃镇纸，到山西晋中后沟村的村妇赠送的现场缝制的虎枕，从祖上传下来的一个花瓶，到废墟中捡回的一块檐板，从他的文字里，我读出最多的就是情义。那个虎枕是后沟村的村妇感受到他对民间艺术的热情执意送给他的，"我喜欢，喜欢它的稚拙淳朴，它实实在在的生活情感。"冯骥才先生说。的确，民间艺术，有着深厚渊源的积淀和人间烟火的生气，与冯先生的气质与心性想必亦是相合相通的。

泥人张的《汉钟离》立在他的书架上，与他的那些关于泥人张的文字遥相呼应，显示着气场中的和谐。而那件《汉钟离》，却于大刀阔斧中尽显着朴拙的大气。被他留在书房的木狮有着同样的气质，他将它"独此一个"地留下来，只因"我最喜欢的是这木狮的民间性，气质朴实憨直，造型简练敦厚，刀法朴拙又简练，有一种乡土的大气"是地地道道的民间艺人的手法，"凡经民间艺人之手，必有民间田野生活的情感。精英人士能耐再大，也造不出这种民间味道来。"风化得厉害的关公像，被他摆在书房，"不是为了祈雨，也不是为了此像罕见，是因为这雕像充满民间的淳朴、率真、稚气、随性、放达。左半张脸可能常被风吹，风化日久，面孔模糊，但神情犹然。凡具此气质者，皆为至上之美。"看图片，这件确实不俗——自俗中来，但却不俗，大俗大雅是也。当然，不俗的艺术亦需慧眼辨识。而真艺术常常浓缩了生活的本身，带着粗粝但却真实的民间情感和生活况味，武强的年画、白沟的泥人，在他笔下，无不引来旧时风物和人文点滴的怀想。

一同藏于书房的，还有海明威的一纸书信及其夹杂其间的珍贵照片，司汤达1819年写于佛罗伦萨的一页日记，1840年李斯特于欧洲巡演时的一页乐谱……在他的文学艺术科学大家的手迹收藏中，我们看到的不只是一介文人的书房，而是文化人的文化情怀和不息的文脉流长。"手迹是历史人物带有签名的各种文献，手迹是人的生命痕迹，是借助笔留在纸上的一种心绪与情感，它会叫我们感受到那些伟大生命的气息。"冯骥才在意这些。

文人加画家的他，案头自然少不了文玩清供。读《案头小品》的感觉就是悠然陶冶，文火慢炖。"别看我书案上的小品并不贵重，若想在此立足，绝非易事。"他有自己评判的尺度。他所看重的，依然是附着其上的情感价值和精神价值。他收藏的藏传佛教艺术品中，唯独将一尊千手佛和一尊擦擦摆在了他最看重的书房，是因为"在那个文化上一片荒芜的时代，它像美的天使一样把我的小屋照亮"。而擦擦的珍贵性则在于，"它是我童年时代仅存无多的证物。"而当读至第93页，三张气韵流畅的行书笔墨，顿时带来不一样的气息，那是冯骥才先生书于心居书房的行书手稿，在花笺的背景衬托和形状不一的红色印章点缀下，有着说不清的风雅。其中书于癸巳仲夏的一副《真字千金》，可谓字如其人，人如其字，是陶冶、滋养，也是享受，会心会意，意味无穷。他怀着深情书写，随着性情把玩，书房里的任何一件物品，都承载了他的情感、记忆，联结着他的天性、灵魂，借由这些物品，他回到最自如的本真、本我与本在。

看着他的这些器物摆件和心头之好，自己的记忆时而也在不经意间被激活。如冯骥才先生所说，"书房的生活全部是心灵的生活。"我的书房，或者说我的家里，何尝不也有着这些特别的收藏呢？往昔的信件，家书，日记，中学的手抄报，出差旅行的机票火车票，博物馆剧院电影院的各种门票……那是生活的痕迹，岁月的流转，是真实走过的每一寸光阴，重温的刹那，或能帮助我们看清来路，照见未来，获得有益的启示和鼓舞。

既然是书房，自然少不了书。书是冯骥才先生的另一个世界，"世界有的一切在书里，世界没有的一切也在书里。过往的几十年里，图书与我，搅在一起。读书写书，买书存书，爱书惜书，贯穿了我的一生。我与书缘分太深。"随性的堆放，也显示了身处书房的自在从容，"书房乱糟糟的，才觉丰盈。""书房之美包括它的随意与缭乱。"书房，是他最随心随意最适心适意的地方，用他自己的话说，书房不是给人看的，只是为己所用，"书房如山文字，思者方能安享。"

书房里有他成沓的手稿，亦有相伴身边50年的书，有特殊时期为保存下来而扯去了封皮，过后又用结实的纸夹板做成"精装"并自绘了封皮的《欧根·奥涅金》，有与妻子交往时所赠并题有赠言、留下了妻子性格的《唐前画家人名辞典》，还有对自己有着特殊意义的自印书，"有了这些书，我的书房自然与他人不同。"冯骥才看重这些。有些东西，有些情感，有些情义，确实是隐秘而实在的。

当然，今天的冯骥才，视线已经不全在眼下的书房了。他的书，也已不再仅仅局限于书桌的纸页上，而是随着他热衷的文化抢救事业而散落在了大江南北。过去，书房到画室的路曾是他"人生中走得最多、最短、最美妙的一条'小路'"，他喜欢信由性情，随心随意，自从投入到文化遗产抢救的事业之中，他便放弃了性情，远离了书斋，将足迹和情怀洒向了乡野四海，"我必须离开书房，到各地去。抢救工作从来都是在田野一线。"然而正如他在书的末页所说，一切未变，田野，是他书房和书桌的开创与延伸。

生命本身或许就是一张纸、一卷书，所作所为，即是创作。而他置于书房、压在箱底足足50年的一本《天津砖刻艺术》又是怎么写成的呢？"大约一年多的时间里，我每天都将一个木凳子绑在自行车车座后边的架子上。胸前挂着一个从朋友那里借来的老式'127'相机，衣兜里揣着一个小记录本，在老城那边一条条街地走，左顾右看，见到有砖雕的房子就停下……"那是认定去做一件事的虔诚与执着，是怀着笃信在大地书房和书桌上的倾情书写。

所以今天，他的书房已经不在他位于天津卫的阁楼上了，而是伴着他辛勤的足迹和沥血的情怀走遍了大江南北，在这个不自知的过程中，他已将功业写在了无声无息的大地上——最伟大的书写大概就是行动的书写、生命的书写。今天他回到自家的书房，常常只是短暂的歇息，看着屋内的花草、摆件，获得短暂的放松。

冯骥才的文章不长,如《俗世奇人》就是一则一则的小故事,这本《书房一世界》像是坐在书房的阳台上跟你"碎碎念"、拉家常,说说他西晒的小窗,说说他合心的花草,说说他的手稿、书信,说说他的藏巴拉和泥人张,三五百字,千八百字,兴来即聊,兴尽则止,浅近而又平常,自然亲切中极尽着人情、趣味。联想到圈内时兴长散文的当下,短小的文章是否更显平易,愈加难得了呢?做平常人,写平常字,是否也越来越难,越来越显珍贵了呢?

回到平常,乃不平常。冯骥才先生说:"当我一个一个细节写下去,我才知道人生这么深邃与辽阔!"浅易中,他向我们展示了人世的大风景。

2020年4月14—18日,北京家中

"四驾马车" 驱动前行

——读冯骥才《鹤顶凤冠》

这是冯骥才的一本序文集,当近百个集子的近百篇序文集纳到一起,无形中便勾画出一个人的精神"肖像",那渐次凸显的"骨骼",便是他的"四驾马车",即文学、绘画、文化遗产保护和教育。

"作品史也是作家的生命史。"文学是冯骥才的至爱,"我的第一表达方式是文字。我相信,只有文字才是最深刻的,只有文字可以精确地刻画思想,只有自己的文字才是自己生命的文献。"这些序文折射着他的文学理念,围绕"文学即人学",他认为"既要从每个人身上寻找人生的哲理、诗情和含义,也要从人生总的体验上去加深对每一个人的感受和认识"。他以切身的体会谈散文和小说,认为散文是真实的艺术,以起初的描述直通真实的本身;小说通过艺术虚构达到本质的真实,二者在艺术的最高境界——"真实"二字上殊途同归。小说重文本,表明作家的本领;散文重人本,直接显示作家的气质,是一种"自我的文学",作家看重散文,乃是一种"自我的珍惜"。然而无论小说还是散文,"作品要献给同时代人,作用于社会,也要留给后人。任何民族的文化如果只重急功近利,它就不会有遗产,也不会有

---

① 原载《中国新闻出版广电报》2020年8月14日第7版"综合书评"版。
② 冯骥才:《鹤顶凤冠》,作家出版社,2020。

真正的文化建设可言。""世上的虚伪很多，但都与文学绝缘。"他说："老天叫我从事文学，就是不叫我辜负时代的真实。"而维护真实，也常需负重前行。

他的作品不是与社会割裂的，在小说、散文抑或报告文学作品中，他切中时代的脉搏，倾听历史和未来的声音，在别人忽视之处，凝聚自己的目光。面对即将落幕的千年裹脚史，他撰写《三寸金莲》，曝光荒诞的岁月，对一代又一代深受其害的中国妇女寄予同情、悲悯，此番作为，亦是为了"不能叫有罪的历史轻易地走掉"。在《一百个人的十年》中，他呼吁社会正视真实，"人的真实才是时代的真实。"在他看来，历史是活着的，不仅存在于文献、史书、博物馆和日渐模糊的岁月里，也存在于人们的观念、话语、行为、习惯和下意识中，然而"不管什么样的历史，只要正面和诚实地去面对，本质地去追求，科学地去认识，负面的历史就会成为未来有益的告诫，成为我们自信的根基中不可或缺的一部分"。在十年前的一篇序文中他深入反思："如今，中国社会正以惊人的速度走向繁荣。繁荣带来的自信使我们难免内心膨胀。似乎我们不再需要自省什么'丑陋不丑陋'了。"在他看来，贫富不是文明的标准，他希望明天的中国能够无愧地成为未来人类文明的脊梁，清醒地建立起真正而坚实的自信来。

"我天性喜画，画在文先。"绘画是冯骥才的初逢。这爱好来自于他对美的天然追逐与共鸣。他以作家的初心、画家的情怀，一边写作，一边画画，写作累了，用画笔调剂，涂抹尽兴，回到书桌，两支笔交替使用，无一废弃。操弄笔墨50年，他在《冯骥才画集（1990—2010）》序中，深情抒发他的丹青之恋。创作之外，他也赏画读人，从绘画的背后，寻找深在的根由。他惊讶于韩美林在经历了闻所未闻、几近极致的屈辱和折磨之后，呈现于绘画中的依然是阳刚、明澈、真纯与浩荡，并由此联想到凡·高、蒙克和绘画史上的两类画家：一类将个人心灵的苦痛全部深刻地体现在自己的笔下；另一类背负着黑暗的命运，艺术却永恒地朝向光明。在他看来，"真正的艺术家非同常人"，历经磨难，他们看到的仍是美，在市场化的今天，真纯的艺术便愈显珍贵。他推崇陈建中画中的物我合一，范曾画中的昭然童心，而他自己呢？在《鬼斧神工》序中，他说："对于我，美是至高无上的；我拒绝不美的事物进入我的世界。"他推举友人、同道，本着一份惺惺相惜。

在画中，他也面对现实思索，带着问题探询，站在文化的高度审视。在《意大利读画记》序中，他说："我想知道画后边的画家和艺术史，雕塑里边藏着的思想，古城中依然活着的生命和灵魂，更想知道'复兴'真正的目的是什么？它史无前例地到达怎样的高度？它给后世留下什么？它靠哪些非凡的大师实现这个复兴？复兴仅仅是重现昔日的辉煌吗？"在《文人画宣言》序中，他探寻经典的东方气质、东方意蕴和东方美，对植有根性的中国文化保有深情。

总结过往，他不无感慨："文学与绘画与我相伴了半个世纪。这两样已成了我的生命方式。从我的生活，到精神、情感乃至感觉，无不带着文学与绘画的特质。"

那么冯骥才又是怎样与文化遗产保护"结缘"的呢？这个问题于他一言难尽。当屡被问及从作家到文化遗产保护者是如何身份转换的，他深感为难，"这是我最难回答的一个问题。"他说，"因为这问题对于我太复杂、太深刻、太悲哀、太庄严，也百感交集。"要回答这个问题，他需要用一本书，"这是一本生命的书，也是一个人极其艰辛的思想历程的书。"这本书就是《漩涡里》。而《漩涡里》的序言几乎是他最内在、最动情、也最悲怆的一篇序言了，"我发现自己一生中有两次重要的'转型'——从绘画跳到文学，再从文学跳到文化遗产保护，其缘由竟然是相同的——好像都是为时代所迫。""为时代所迫"，似乎又不并不确切，转而他反问自己："我这两次'转型'果真是受时代所迫，是被动的吗？还是主动把自己放在时代的重压之下？"是时代的驱使，还是主动的担当？他说他的"悲剧"命中注定。"为此，我写这本书时，心态平和从容，只想留下我和我这代知识分子所亲历的文化命运，沉重的压力，以及我们的付出、得失、思考、理想、忧患与无奈。"他深深地感到，这是五千年文明史中的空前遭遇，一次由农耕文明向工业文明转型期间无法避免的文化遭遇。"我不想回避历史文明在当代所遭遇的种种不幸、困惑以及社会的症结。如果我们不去直面这段文化的历程，就仍然愚钝和无知。"然而直面需要情怀，需要勇气，需要智慧和担当，担子，就是这样落在了他的肩上。

自21世纪初启动"中国民间文化遗产抢救工程"，他就已然从书斋走向了田野，以实际行动完成大地上的书写，为濒危的文化遗产身体力行，奔走呼告，并以历史和前瞻的文化眼光，借由现场的深入调研、科学规划将这件事做到筋疲力尽，做到极致。20年来，他打捞《亚鲁王》、进宝斋伊德元剪纸、木版年画，作《中国传统村落立档调查田野手册》《传承人口述史方法论研究》和城市、地域的文化遗存盘点，竭力将民间文化，这种"生活的、人的、自发的文化"存录下来，建立永久性档案，保存个性化的民族文化基因，免于迷失在全球化斑驳又芜杂的洪流之中。回顾20年来的辛苦奔波，他自比堂吉诃德，但也并无悔意，只因他对他做的事深怀感情："民间文化在田野，不在书斋。它不是美丽和无机的学术对象，而是跳动着脉搏和危在旦夕的文化生命。"为了挽救这生命，他历经了沧桑，也饱含着骄傲，"我幸运的是，我与这个时代深刻的变迁与兴灭完完全全融为一体，我顽强坚持自己的思想，不管或成或败，我都没有在这个物欲的世界里迷失。"

他在《手下留情》序中说："生命的意义在于是不是为你所爱的付出了。"从年画，他看到中国人的精神天地和精神向往，"很少一种民间艺术以如此浪漫和充满想象力的方式表达自己的精神理想，以完全光明的方式抒发心灵，以自己的笔一年一度地去点亮生活。"这一切，吸引和感染着他，在文化濒危的时刻他不能无动于衷，挽留是他本能的选择。天津的一座座老房子、一条条老街、一块块砖雕、一个个画乡，在他眼中都彰显着四方杂处的码头文化的张力与活力，切中天津卫活灵活现的精神性格。生于斯，长于斯，抢救，也是保卫，这一切，亦源于他对这片土地的深爱。

"记录历史和传承文明是当代人文知识分子的时代使命。"至于他的第四驾马车——教育，则与他的文学、绘画、文化遗产保护相融互通。四驾马车，并驾齐驱，砥砺前行，朝向一个善美的世界。

2020年7月14—15日，北京家中

一路玩耍,自在独行

——读贾平凹《自在独行》[①]

读贾平凹的散文,脑子里老出现他的那幅画——《昂首向天鱼亦就》,想起画面中那直入云天的大树,和树下跳出水塘试图依附于大树的鱼。这画无技法、不好看,谈不上直觉的优美和讲究,和他的人、他的文又是那么的贴切和吻合——字里行间、画里画外凸显着骨子里的挺拔和豪气,以及人生、哲学的深沉与深刻。和我平素读的散文多少不同,贾平凹的散文里有着一些不一样的风格与质地,就如他的人至今乡音不改,就如他的书法给我留下"浓眉大眼"的印象,他的文字来自乡土,与他的人、他的书、他的画一脉相承。

作为"山地的儿子",这些文字亦像岩石的缝隙里长出的小草,不曾被修剪,却在大山里野蛮生长,散发着原始的生命力,概括成两个字,就是"粗糙",或者"质朴"。正如他在《丑石》中所说,"丑到极处,便是美到极处。"质朴无华的东西未必一定是上等的,而上等的人和上等的文都须有着质朴无华的质地,散落于大地,即刻便融入了山川河流,在葱郁或荒芜中枯荣兴衰,不矫揉不造作,人与文,有着高度的合一。贾平凹的文字即如是。如他所尊崇的:"真正的艺术来得这么地单纯、朴素、自然、真切!"

[①] 贾平凹:《自在独行》,长江文艺出版社,2016。

对于世事，平凹先生有着一份透彻的洞悉。在一篇《名人》的文章里，他说："你成了名人，你的一切都令人刮目相看，你本来是很丑的，但总有人在你的丑貌里寻出美的部分。""你的字恶劣不堪，但你的字被裱糊了高悬相当多的人家的正堂上。你根本不会写文章，却有写书的人求你作序（其实你常常只在写书人自写的序文后写上你的手写的大名罢了）。""在多少多少人的眼里，你活得多荣光自在，有多少女子恨不能在你未结婚前结识你而长生相伴，也有多少女子希望能得到你婚后的一份青睐而终身不嫁相思到老，但是，你给我说，你活得太累，你已经是名第一，人第二。"这些文字，和那幅《昂首向天鱼亦就》图不是分明有着几分的相像么？这，就是名人贾平凹先生的切身感受吧？文字抑或绘画，都只是一种表达方式而已。

他的语言、文字乃至那一种腔调都始终未离开乡土，是那一片乡土养育了他。这让我想起去年年底在西安，报人散文奖的颁奖礼上，贾平凹先生操着浓重的乡音旁若无人地主持，与流利的普通话霎时区别开来，代表着那一方水土显示出自己的特色，给在场的每一位留下深刻印象。而后在西安的一家书店，李敬泽先生《咏而归》的新书推介会上，贾平凹与李敬泽、穆涛对谈中一口原汁原味的陕西话再一次使我蒙了圈，凝神静听，还是一句也没听懂，无奈之下，只好求助于旁边一位本地女士做现场翻译。但那毕竟是他的特色，他的本色。在手机都换成美颜、美肤的今天，有能力、有勇气保持本色的人并不是很多。大千世界看过，依然保持本色就更为难得。

方言、习气的"粗糙"，偶尔加点地方的文化元素，便使他文字里的地域特色愈加凸显。单篇记叙《秦腔》之外，《在米脂》一文中出现的陕北民歌"……你是我的哥哥你招一招手，你不是我的哥哥你走你的路"，让我想起几年前在延安看的《兰花花》，顷刻间仿佛与那里光秃秃的大山与丘壑联结，显示出某种厚重的渊源和力道。作家离开了他的那一方水土，大概也将丧失原有的灵气和活力吧。贾平凹仿佛知道这个秘密。

在书里，他写着母亲身为农民的人生磨难，写着自己在大山里自由成长的过往点滴，写着你来我往中的人生百态，写着世态冷暖中的丰富人性，过尽千帆，览尽山色，不为浮云遮望眼，最终站在了一个超然的视角看待生命，观照万物，参透自身，《说请客》《说奉承》《说花钱》，谈人谈事谈朋友，谈车谈房谈孩子，说生说病又说死，貌似的闲谈之中，哪一样说得不深刻不透彻？说过之后，却是自在独行，一笑了之。"人既然如蚂蚁一样来到世上，忽生忽死，忽聚忽散，短短数十年里，该自在就自在吧，该潇洒就潇洒吧，各自完满自己的一段生命，这就是生存的全部意义了。"

他属于那片土地。他没有离开那里，他又远远地走出了那里。

而我最喜欢的，还是他的《玩物铭》，借西安十三朝古都的丰厚遗存，他时常得一些小玩意儿，那是他的得意之物，汉罐、铜镜、酒壶、砚台、拓片、石头、壁画、古琵琶，不一而足，而每一件有每一件的趣味，每一件有每一件的故事，安于书房或置于客厅，闲来把玩欣赏，天天神色飞扬，不亦乐乎。欢喜把玩中随缘感应，又尽得人生启示。

也许，最闲散状态下的人才可称为最本然的一个人、才寄托了人生的终极大理想吧。而他在本篇序中对于收藏的态度也是我欣赏和赞同的，他说："我不是一个收藏家，也反感那些收藏者：或迷醉得变态异化；或营利逐利，以聚钱财；或装饰门面，以显高雅。我的那些东西，纯系玩儿的。"玩儿，常常是为文为艺为人的至高境界。

一路玩耍，自在独行。

2018 年 5 月 14 日，北京家中、紫竹桥

明志，铭记

——读杨绛《干校六记》[①]

那是一段隐约听来但并未为我亲历的历史。一段并不遥远的历史。出于好奇，我试图从这位学者大家的书中了解更多的信息，丰富想象出彼时的场景。

也许女人的视角总是温和的，也许被下放到农村时杨绛先生已是接近六旬的老者，劳动中总得照顾，"人人都忙着干活儿，惟我独闲"，也许人的际遇本就不同，杨绛先生的《干校六记》写得平常而无波澜，《下放记别》《凿井记劳》《学圃记闲》《"小趋"记情》，《冒险记幸》《误传记妄》记的都是田间地头的生活琐事，未见过分的辛劳，也未见想象中的凄惨，总之就是日子悠悠过着的感觉。偶以旁观者的视角从他人身上引发一点感慨，说些"显然炼人比炼钢费事""看着大批有为的青年成天只是开会发言，心里也暗暗着急"之类的话表达自己潜意识里的思想之外，通篇并无太多的牢骚和"想法"。劳动之余，在不集合、不吹哨的时间里，她也悄悄地跑到钱锺书的宿舍去看自己的先生，做工的顺便，钱先生也来看望妻子，无望中也还有着一些希望。在《"小趋"记情》中更是记了一只颇通人性亦招人怜爱的小狗，给"学部"贫乏的心灵和枯燥的生活增添一抹色彩，一点乐趣。和丈夫

[①] 杨绛：《干校六记》，三联书店，2015。

女儿分隔三处,可日子毕竟还是要一点点挨过去的。

在困顿中,如果能够,人总是要寻一些乐趣和救赎之道的吧。

这让我想起黄裳,黄裳在他的《嗻馀集》中也是将干校生活写得举重若轻,旁人笔下的压抑悲苦,于他仿若不可多得的财富,正如他自己所说:"附庸风雅,寄沉痛于悠闲,这正是我的老毛病。"在乡下,他怀揣《宋读选注》和《通鉴胡注表微》,写下《海滨消夏记》,下放劳动亦不乏诗意。即使被关到四面无窗的小黑屋,24小时严密监控下不许与同室友说话,他也自我宽慰:不让说话,没有说不让微笑。骨子里的达观和倔强,使他的劳改轻松而又诗意。

然而磨难终归是磨难。磨难之下的达观与诗意有时是无奈之下的一种情感补偿与转换。或许还是钱锺书先生"小引"中的寥寥数语写得更为深刻与清醒,他说:"学部在干校的一个重要任务是搞运动,清查'五一六分子'。干校两年多的生活是在这个批判斗争的气氛中度过的;按照农活、造房、搬家等等的需要,搞运动的节奏一会子加紧,一会子放松,但仿佛间歇疟,疾病始终缠住身体。'记劳','记闲',记这,记那,都不过是这个大背景的小点缀,大故事的小穿插。"在他看来,在"六记"之外,还应有一记,《记屈》或《记愤》。他希望未来有人将这一记补上,"稍稍减少人世间的缺陷。"

杨绛先生在书中似乎无意于展现人类关怀的大视角,却也表达了自己的真性情,从自身和他人身上,窥见不变的人性。当听闻自己的先生钱锺书被列在了第一批返城的名单里,她暗处庆幸,当又得知名单里没有自己时,她陷入了绝望:"明知这扇门牢牢锁着呢,推它、撞它也是徒然。"此时她陡然发现,"解放以来,经过九蒸九焙的改造,我只怕自己反不如当初了。"当她和先生被列入第二批名单即将返京之时,她说:"而看到不在这次名单上的老弱病残,又使我愧汗。但不论多么愧汗感激,都不能压减私心的忻喜。这就使我自己明白:改造十多年,再加干校两年,且别说人人企求的进步我没有取得,就连自己这份私心,也没有减少些。我还是依然故我。"未见高大,但的确真实。有时真实比高大更可敬。

我先生一家也曾随清华大学的下放队伍被下放到江西南昌附近的鲤鱼洲,在那里经历了什么,先生无从知晓,他只不过在那个荒无人烟的地方诞生,至今的户口本"出生地"一栏都只写了"江西",艰苦的经历都是从大人口中传出的,后来几地的长年分隔,不可能不于生命中留下难言的酸楚。好在那样的日子已经渐行渐远了。今天我们读史,也是为了明志和铭记。

2019 年 4 月 3 日,北京家中

千帆过尽,一切成空

——读王鼎钧《左心房漩涡》[①]

他的文字总让我想起余光中的《乡愁》:

> 小时候,
> 乡愁是一枚小小的邮票,
> 我在这头,
> 母亲在那头。
> 长大后,
> 乡愁是一张窄窄的船票,
> 我在这头,
> 新娘在那头。
> 后来啊,
> 乡愁是一方矮矮的坟墓,
> 我在外头,
> 母亲在里头。
> 而现在,

---

① 王鼎钧:《左心房漩涡》,三联书店,2013。

> 乡愁是一湾浅浅的海峡，
> 我在这头，
> 大陆在那头。

在他的调子里有着一样的忧思、一样的徘徊、一样的缠绵和不得解脱，回首走过的路途，满眼的抑郁彷徨，行文间布满了蓝色的忧郁，然而在那忧郁之中，又有着清醒的思索和独立的认知，酸甜苦辣历尽，留下的是不同于他人对于人生、世事的深入领会。而这份清醒中又始终带着某种无法解脱的无奈和无力，使人产生深刻的悲悯。

王鼎钧的散文，像是与人对面念叨，又像是自我独白、自说自话，像是自我在无法解脱之时找到的一个情急通道。他在很多的篇章中与"你"对话，真诚、敞开、孤独、沉静，使人无法捉摸那个"你"到底是谁，是现实中的朋友亲人至爱？是假想的述说对象？还是就是他自己？不得而知，而这述说是诚恳的，来自心灵深处，是蓄积已久的声音，有委屈，有怨艾，有怀疑，也有无法实现的梦想和希望。在现实的困顿中，他看到了"大空大破"和"无沾无碍"，看到了人间世事的卑微和自我的无力无助，在面对"你"时，他不停地絮叨、絮叨，不时地从对面的"你"那儿找寻到一点温暖的亮光和急需的慰藉，他说："在我的眼中你是一团光，光里有声，声里有泪，泪里有叮咛。直到今日，那光仍在，那声仍在，那泪仍在，叮咛仍在。""靠着你的灌溉，我长成一棵会思想的芦苇。"孤独的老人，靠记忆过活。

他说："我们之间的纽带是直觉，不是逻辑，我们的共同语言源自历史，不来自新闻。"他说："八年苦战，而今剩下的是乐评家笔下的演唱技巧，影评家笔下的表演方法，文评家笔下的描写深度，当年在原野中先看看风向再唱歌的人，今日几人有幸为听众为读者。"他说："艺术太美，人生太丑，艺术太庄严，人生太猥琐，艺术太无用，而人生需要太多，艺术太近，黄河太远。"他说咆哮的黄河之曲"一歌成谶，我们真的没了母亲，没了爱人，没了朋友。我们还有歌没有？还有歌没有？"处处是落寞，处处是伤情。他说："多少因循、多少苦闷、多少徘徊换几个真善美。"他说："多少牺牲、多少埋没、多少残毁剩几个真善美。"他说："真相沉埋，千帆驶过。我实在太累、太累。"人生如梦，世事恍惚。

在风云变幻中他看到世间真相和人性的多变："十年一难，百年一劫，劫难来了，所有的伟大都急速缩小，所有我们用两只手恭恭敬敬捧着的东西都掉下来被众人践踏成泥。""人万恶，人万能，人万变，然而归根结底我们自己也是一个人。"千山万水走过，历尽人间冷暖，横亘在他面前的是沉郁的命运感。而他毕竟是一个文人，一名作家，悲怆之中他仍将个人的忧思融入普世的关怀，他说："我的同类，我的同胞，他们都是人，那站在冷冷的江水里张网待鱼终此一生的，是人；表情漠然，撑一条船上游下游终此一生的，是人；在长纤上拴成一串挣扎呼号度过一生的，也是人。我的一生会是什么样子呢？生命有没有共同的意义呢？"

故乡，是他绕不开的情结，因为那里有他的母亲，那是脐带连接的情感，浓于水，也带给他一世的哀愁和遗憾，历尽沧桑、布满伤痕的灵魂究竟应该到哪里去安放？他说："生命是遥远的无人相信的那一分思念。生命是银幕上的蚂蚁，历经荣华梦幻兴亡血火没有被剑尖挑起来。"他说："时代要每个人都做英雄，我们毕竟是凡夫俗子。四十年不回家的人必定有英雄气概，那一点归心即是凡心。浮生有涯，一语道尽，由常人变英雄，又由英雄还原为常人，造化拨弄，身不由己。"他说："国土是画，是无边无涯无框的画，是自下而上的长卷，无人能够在地上打开。怎生，怎能，怎得，把这幅巨画再看一次。"

……

千帆过尽，一切成空。文学于他，也许只是一种记忆，一种纪念，一种安慰。他说他要"用写来雕刻自己，用写来治疗自己"。而读者的我们，又是如此爱莫能助。

2018 年 3 月 2 日，北京家中

一边创作,一边思考

——读周国平《人与永恒》[①]

一边创作,一边思考。文学和艺术只有上升到哲学的层面或被放置于哲学的大背景下,也才有了更深、更厚的意味和更长、更远的空间吧。"死是哲学、宗教和艺术共同的背景。在死的阴郁的背景下,哲学思索人生,宗教超脱人生,艺术眷恋人生。"哲学是人类无法回避的命题,死亡的寂灭和不可更改,使人类自诞生之日起就被定下了悲观、虚无的大基调,在这个大基调下,无论我们做什么、想什么,似乎都被罩上了一层悲情的色彩。但在有限的时间和空间里,人们还是要生活,还是有七情六欲、喜怒哀乐,还是要在永恒与短暂之间作着经意或不经意的思索。

而一旦想明白了,人们对待生活、对待世事可能就有了不一样的姿态和视角。重要的,不再重要了;妄自尊大的,谦卑平和了;斤斤计较的,无所谓了。因为人生,就是这么一回事。佛家说:"如梦幻泡影""如露亦如电";道家说:"万物齐生齐死,齐贤齐愚,齐贵齐贱。""生则尧舜,死则腐骨;生则桀纣,死则腐骨。"《圣经》说:"虚空的虚空,虚空的虚空,凡事都是虚空。"基于人类的共同宿命,哲学学者、作家周国平说:"死是哲学、宗教和艺术共同的背景。"

[①] 周国平:《人与永恒》,浙江人民出版社,2017。

在此背景下，超脱于人群、社会，从宇宙的视角观看人类，我们会发现人类形同草木，散布在河流山川、森林莽原之中，"天地与我并生，而万物与我为一"，人，与天地自然原本浑然一体，混沌无别，不突出，不特别，不优越，生死有数。人间的创造和诸般折腾，所谓大功大业大成大就，放置于天地自然当中去权衡和观照，也不过如此。安然自适，坦然自若，平静自处，无所追求而合于道，顺应心性而合于天，无有挂碍，顺其自然，难道不是最好的人生态度吗？如《列子》所言："太古之人知生之暂来，知死之暂往。故从心而动，不违自然所好，当身之娱非所去也，故不为名所劝；从性而游，不逆万物所好，死后之名非所取也。"人间的功名成就、利益取舍、烦扰恩怨，从终极的角度去探究，顷刻间亦变得微不足道。

生性沉静、善于思索的周国平对此显然是有了深入的体认，他说："有时候，我们需要站到云雾上来俯视一下自己和自己周围的人，这样，我们对己对人都不会太苛求了。""无所追求和寻觅的人们，绝不会有迷惘感和失落感，他们活得明智而充实。"其中有着很多老庄的思想。与其说消极，不如说是理想，非人人都能达到的理想。

周国平的这本格言体随笔集言辞间不时闪烁着智慧的火花，潜在着某种直抵本质的犀利。他说得没错，"无论东方还是西方，最古老的哲学作品都是格言体或诗歌体的。"古代的大哲——老子、庄子、孔子、苏格拉底，思想都以语录体传世，随手记在纸片上、"无意为之"却突如其来的点滴貌似零碎、不成体系，但却有着大块头、成体系的文章所缺乏的原始活力。因为这些语言浓缩了思想的精华，或来自生命不可知的深处，或来自日复一日的积累，却是"那一刻"突如其来的闪现，而灵感和真知常常就是以一个句子、一个想法或一个念头在头脑中闪现、稍纵即逝的。太多的文字堆砌有时也会引起我的怀疑，那时我禁不住会想：我们是从语言磊砌的世界去观察世界，还是在没有语言的地方观察和感知世界？语言文字的确是一种干扰和聒噪吗？而在灵感闪现的瞬间，敏感细腻的周国平先生及时地捕捉并记录了下来，涉及人、生命、自然、爱、美、哲学、艺术、诗歌、政治、思想、态度、信仰、男人和女人、痛苦和幸福、短暂与永恒、真实与虚伪等诸多命题，探究人类面临的悖论与困境，洞悉人生本质，时不时地有惊人之语，给人此言不虚或恍然大悟的感觉，在共通处我画了线或做了批注，仿佛与他做着深入的对话并不时地激起新的思考，有些时候，恍恍惚惚思想也会脱离书本，脱离文字，独自飘向了远方……

无论是思想的碰撞，还是共鸣的喜悦，阅读的过程都带给我难得的享受。在"读书""写作""天才"等许多章节都有撞击人心的句子，以至于读着的我又被勾引出许多新的"篇章"，常常满怀冲动地操起笔又于书的空白处恣意汪洋地挥洒开去了……在这个眼花缭乱、变幻莫测的世界，周国平先生主张不假外物，保持自我，他说："我只想按照自己的心愿生活，别无他求。""一个把自己的价值完全寄托于他人的理解上面的人往往并无价值。"他对自我有着清醒的观照，在论及写作时，他说："我知道我永远成不了莎士比亚、歌德，但是我宁愿永远不读他们的传世名作，也不愿轻易放过一个瞬息的灵感而不去写下我的易朽的诗句。别人的书再伟大、再卓越，也只是别人的生命事件的痕迹……对于我来说，人类历史上任何一部不朽之作都只是在某些时辰进入我的生命，唯有我自己的易朽的作品才与我终生相伴。"所以，"对于写作者来说，重要的是找到仅仅属于自己的眼光。"作品和人一样，负载着人的独特性，独一无二，是一部作品必不可少的气质，如周国平强调的，要有"自己的活力和特色"。

当然，他的一些观点我也有不同意见。比如开篇头一句，他说："人是唯一能追问自身存在之意义的动物。"我在空白处批注：或许这也是个谜，人非它物，怎知它物是否亦如此呢？当读到"寻求生命的意义则是人的神性"，我问："从终极的角度，生命有意义吗？"当然，周国平先生在书的另一节也做出了自己的回答："这是一个荒谬的宇宙，永远存在着、变化着，又永远没有意义。"他认为人的诞生是对无意义的一个对抗。还是不无新意。当他说"天才骨子里都有一点自卑"，我说："才不是吧，天才有着与生俱来的清晰觉知和自信。"当他说"天才不走运会成为庸人"，我说"天才不走运也依然还是天才啊，哥。"当他说"爱情是通过某一异性的承认来确认自身的价值"，我说："不需承认，至少不尽然。"当他说"我不相信有所谓不可改动一字的佳作"，我头脑中闪现的却是：不苟同。作品就是走过的生命，是生命的副本，却如逝去的时间般不可逆、不可易。当他说"频频周游世界的人怎么会有好的感受力"，我在旁边画了一个笑脸儿："绝对了，处处有发现，处处有感受"……哲学和人生本来就是一个思索不尽、见仁见智的命题，一百个人大概会有一百个看法，一百个人大概会有一百种活法，然而有对话、有启迪、有碰撞、有思考，总归是好的。

2018年5月1—2日，北京家中

回到源头，拥抱本初

——读周国平《生命本就纯真》[①]

受书名的吸引买来的这本书，因为直觉感到它与自己的心性是相通的。生命本就纯真，而周国平的语言依然带着哲学意味。

在这本书里他谈艺术谈文学谈书籍谈人生，经过了深入思索和时间的沉淀之后，仿佛已能透彻地看艺术看人生，看名利外物，回归生活的平凡与普通，回到事物的本质之中。

"说到底，产生不产生大艺术家也不重要，在这片生机勃勃的土地上，生活本身就是意义。"周国平说，"人生在世，何必成个什么器做个什么家呢，只要活得悠闲自在，岂非胜过一切？""像托尔斯泰、卡夫卡、爱因斯坦这样的人，没有得诺贝尔奖于他们何损，得了又能增加什么？只有那些内心没有欢乐源泉的人，才会斤斤计较外在的得失，孜孜追求教授的职称、部长的头衔和各种可笑的奖状。"

读到"可笑的奖状"，我想起前不久偶然看到孩子的爷爷在搬家时一一撕碎的荣誉证书，有感而发，还写了一篇《一地撕碎的证书》，引发了对于人生的诸多思考。没想到老人的行为，与周国平先生的思想竟也有着如此的相通——多余的赘物，或许真的该卸掉了，回到人生的源头，无有挂碍，无

[①] 周国平：《生命本就纯真》，湖南文艺出版社，2017。

贪无恋，坦然欢喜，明净如初。而"天性""源头""本真"也多次出现在周国平的文本中。

周国平在书中谈书，嗜书的我，自然也被勾引出许多的感想，在加拿大的旅途中阅读此书的彼时，都即时地被记在了书页的空白处。一边阅读，一边思索，一边交流，是种美好的体验。看着他对《绿山墙的安妮》的感慨，我在旁边写道："有时候，或许也不用急于让我们的孩子变得成熟，让他们享受他们的年龄该有的内容，让生命一点点地去成长和经历，沉浸于当下快乐的每一分秒，不必焦灼，顺应自然，开出自我绚丽的花朵。"看他评述《论语》和孔子，说孔子"是一位够格的哲学家"，我忍不住发言："一部《论语》，见仁见智，每个人都能读出属于他自己的内容，所以，不可为专家学者或'定论'的研究所蒙蔽，读出自己的见解和感受，读出自己的发现和内容，独立思考，不人云亦云。而《论语》中，我也曾有自己的感应和解读，那不是专家学者的解读，不是定论的理解和释义。"这些自我的认识，被收录于即将由天津教育出版社出版的《觉知，觉醒》一书中。当读到"一切对世界永葆新鲜美感的人是幸福的"时，我与之呼应："每天，我们像海绵一样吸收我们所爱的东西。"因为他说到了我的心坎里。

对于美感，他的见解是独到的："美感在本质上的确是一种孩子的感觉。孩子的感觉，其特点一是纯朴而不雕琢，二是新鲜而不因袭……一个执着于美感的人，必须有超脱之道，才能维持心理上的平衡。愈是执着，就必须愈是超脱。这就是诗与哲学的结合。凡是得以安享天年的诗人，哪一个不是兼有一种哲学式的人生态度呢？"

谈及自己的作品，他说他最喜欢的是《人与永恒》。这本书我前不久读过，大体是类似格言的絮语，然而恰是这样的絮语，被周国平认为是自然流出的心灵之音，是写作的一片私人之地。作为一个对写作持有严肃态度的作家，他推崇私人写作："我相信，不为发表而写作，是具备这种自由心态的必要条件。"作为一个长期奉行此道的业余的写作者，我非常理解他的这种心态，不为写而写，大概是写作的最佳状态。"凡是刻意迎合读者的作家是不会有真正属于自己的读者的，买他的书的人只是一些消费者，而消费者的口味绝无忠贞可言。相反，倘若一个人写自己真正想写的东西，写出后自己真正喜欢，那么，我相信，他必定能够在读者中获得真正的知音，他的作品也能够比较长久地流传。"为此，他要"为自己保留一个私人写作的领域"。深切的同感。暗自庆幸的是，我的每一本书，原本也都是忠于自己的"私人写作"，在写着的彼时，不被所扰，为自己保留了充分自由的空间。或如周国平所说，唯有在全然的诚恳与投入中，才有广大的普遍性，而这种普遍的认同，又非作者的追求。反观自己的"作品"，自己最喜欢的又是哪一本呢？或许，就是即将出版的《紫竹笔记》了吧，发乎于心、恣意流淌，是最美好的一种状态。

"最纯粹、在我看来也最重要的私人写作是日记。我相信，一切真正的写作都是从写日记开始的，每一个好作家都有一个相当长的纯粹私人写作的前史，这个前史决定了他后来成为作家不仅仅为了谋生，也不是为了出名，而是因为写作乃是他的心灵需要。一个真正的写作者不过是一个改不掉写日记习惯的人罢了，他的全部作品都是变相的日记。"周国平的这番倾吐很耐人寻味，无目的的写作是生命自带的，本然本有，不得不为，也唯有这样的写作，才是与生命合一的、真正的写作。

真正的写作必然也是虔诚的写作。写作是心灵的事业，容不得半点虚假，在《为孩子们写书》一文中，周国平说："在面向孩子们时，我们必须戒除种种文化陋习，回到事物的本质。"同时他对自己的写作做出了反思："我希望自己今后在写任何书时，都像给孩子们写书一样诚实，不写自己也不懂的东西去骗人。说到底，这世界上谁不是天地间一个孩子，哪个读者心中不保留着一点能辨真伪的童心？"我的体会是，人与文合一、真诚的人，大概是写不出虚伪的文字的。为人老实，为文必然本分。

而真诚是散文的天然本质。谈及散文的写作，散文家的他欣赏的是"寄至味于淡泊"，认为平淡是散文的极境，"平淡不但是一种文字的境界，更是一种胸怀，一种人生的境界"。好的散文家只是如实地记下自己的人生境遇和感触，"这个世界已经有太多的文化，用不着他再来添加点什么。另一方面呢，他相信人生最本质的东西终归是单纯的，因而不会永远消失"。谁说不是呢？当然，要想淡而味永，这就又要回到"真诚"二字了，"心中无真感受，就不要作文"。而好的文章不失原味，只如天籁般自然说出而已。

兼具哲学气质的他当然不会将自己局限于读书写作，虽然他说"一个不读书的人是没有根的"，但同时他又说"偌大的世界，终老书斋的生活毕竟狭窄得可怜"。站在一个更宽更广的角度，作文也不是人生的头等大事。先生活，后写作，没有生活，就没有写作，生活终究是高于写作的，"人生最宝贵的是每天、每年、每个阶段的活生生的经历，它们所带来的欢乐和苦恼、心情和感受，这才是一个人真正拥有的东西"。至于发表与否，就更是"只有很次要的意义"了。他说："我写作从来就不是为了影响世界，而只是为了安顿自己。"基于这种秉性，他看不惯公众场合的喧哗聒噪和夸夸其谈，在他看来，"一个忙于向公众演讲而无暇对自己说话的作家，说出的话也许漂亮动听，但几乎不可能是真切感人的"。而"一个坚持为自己写日记的作家是不会高兴去写仅仅被市场所需要的东西的"。

周国平先生说得没错，"文学需要安静"，而文学的安静与新闻的热闹本质上是相敌对的，"喜欢成为新闻人物的人文学不是生命的事业，而只是一种表演和姿态"。想必周国平先生骨子里对新闻就是抵触的，他不仅在这一本书里多次提及对于新闻的看法，而且每每言辞犀利不留情面，然而，在我这个新闻人看来他的看法却异常中肯，当读到他说："所谓新闻，大多是过眼烟云的人闹的一点过眼烟云的事罢了，为之浪费只有一次的生命确实是不值得的。"共鸣的同时，我忍不住在旁感慨："那我这个做小报的人呢？确有如此烦恼。"他不能容忍油腔滑调的文字，"如今调侃文字并不罕见，难得的是调侃中有一种内在的严肃，鄙俗中有一种纯正的教养"。"对一个严肃的作家来说，他生命中最严肃的事情便是写作。"然而当我们的时代正在从文学向新闻蜕变的过程中，他感慨："作家中还有几人仍能保持着这种迂腐的严肃呢？"

新闻之外，他主张还要做政治的局外人，以维护文学的独立性。

总之，他又是一个天生的写作者，在某种意义上，写作即是他的生活，写作与生活，时常密不可分。"我之所以需要写作，是因为唯有保持着写作的状态，我才真正在生活。"写作帮助他练就一种内在的视觉，使他在觉醒中生活。

他执着于写作，又试图超越写作，将自己的思想伸展到宇宙的视角之中，"人本是自然之子，在大自然的怀抱里，何处不能歇息？"他崇尚自然，追求质朴。"我常常被视为一个写哲理散文的作家，坦率地说，我自己对此并不引以为荣，而感到无奈和遗憾。"他说，"以我之见，土地的吟唱比天空的玄思更加符合散文的品格，真正的好散文应该是亲近自然的，它也是土地上的作物，饱含着阳光和泥土的芳香。今日散文的现状却是上不及天，下不着地，同时失去了空灵和质朴。"

文学之外，他对艺术的把握也是准确的："看并且惊喜，这就是艺术，一切艺术都存在于感觉和心情的这种直接性之中。"说得朴实，然而真切。"越是有内在的力量，在形式的运用上就越表现出节制，反之也一样。"他赞同内容第一、形式第二，以至于推崇抽象画之重视内在的精神实质，"西方绘画之从具象走向抽象，是因为有感于形式的实用性目的对审美的干扰，因此要尽可能地排除形式与外部物质对象的联系，从而强化其表达内在精神世界的功能"。然而，"抽象本身不是目的，也不是标准，艺术家的天才在于为自己的内在精神世界寻找最恰当的图像表达，创造出真正具有精神性含义的抽象形式"。"色彩所表达的不是与自然客体的一致，而是与精神表象的一致。"参加过中德跨文化研讨会之后，他看到中西绘画的差距是精神上的，只有重视内在需要，提高精神素质，才能摆脱模仿与反叛的两难处境，解决了内容的问题，才谈得上形式的问题。

说起中西绘画，他还以哲学的眼光解释艺术，对此做了比较。"如果说中国传统绘画和书法的抽象是一种原初性质的抽象，与哲学上那种天人合一的混沌观念有着密切的联系，那么，西方绘画却经历了一个由写实到抽象的发展过程，正相应于西方哲学由实在论向现象学的转变。""对中国传统文人来说，绘画的书法更多的是一种道德修养的手段，他们借抽象而超脱具体人事的羁绊，在空白中寻求淡泊的心境。相反，在西方艺术家那里，从写实到抽象却主要是对世界的认知方式和解释方式的变化。"从哲学的角度寻找根源，他说："中国哲学以伦理为核心，西方哲学以对世界的认识方式为核心，这种根本性的差别同样也表现在绘画中，在比较中西绘画时尤其值得注意。"

在他看来，艺术主要依赖天赋和创造，没有国别之分，只有好坏之别，好的艺术是属于全人类的。人类精神在最高层次上的确是共通的，如贾平凹所说："云层上面全是光。"周国平认为："在艺术家的个性与艺术的人类性之间有着最直接的联系，他在个性的精神深度和广度及其在艺术上的表达大致决定了他的艺术之属于全人类的程度。"他说，一个艺术家越具有个性，他的艺术就越具有人类性，"我坚持认为，艺术的价值取决于个性与人类性的一致,在缺乏这种一致的情形下,民族性只是狭隘的地方主义,时代性只是时髦的风头主义。凡是以民族特点或时代潮流自我标榜的艺术家,他们在艺术上都是可疑的,支配着他们的很可能是某种功利目的"。艺术如此,文学亦如此。

在他的文章里,时不时地流淌出隽永之语和思想的火花,而一切都以人为本。剖析人性时,他说:"人皆有弱点,有弱点才是真实的人性。""强者和弱者都可能不宽容,但原因不同。强者出于专横,他容不得挑战。弱者出于嫉妒,他经不起挑战。"剖析哲学时,他说:"使哲学关心人性根本,把哲学和诗沟通起来。"作为一个写作者,他评判一本书的价值标准也很独特,那就是"读了它之后,我自己是否也遏制不住地想写点什么"。

这些语言,都是自心中流淌而出,读他的文章,就像听他说话,这本身是否就是一种返璞归真呢?生命原本纯真,让我们回到源头,拥抱本初,体验人生的大欢喜吧。

2018 年 10 月 28—29 日,北京家中

有画，有情，有阳光

——读蒋勋《无关岁月》[①]

蒋勋的文字和我内在的节奏、呼吸有着某种契合，因此这书被我读得平静欢喜。但凡能于接触的刹那静下来的文字，都是发自内心、向内探询的，带着某种静定的气息和虔诚的力量。我喜欢这样的文字，顷刻间不但勾起我阅读的欲望，还使我萌生了朗读的冲动，感知他人，又像是自我对白，舒爽，自适，是无比美妙的感觉。作为读者，和作者保持同频是幸福的。

"无关岁月"是一场内心的游历，无着，无落，不拘形物，行止间又似有着诸多的牵扯，有洒脱，亦有牵绊，有佛界的想望，亦有人间的情怀，是天地交汇中渺小自我游弋人间所做的思考、体验与探索，通透或迷茫，都因真实而感人。

繁华落尽，真知呈现。于无数个独自漫步、徘徊或静坐的时刻，蒋勋先生觉知着人生的真相，那些独到的领悟和发现，影影绰绰地交织在他的文字和思绪里。面对苏轼"写得平白自在，无一点做态"的《寒食帖》，他领悟到，"艺术之美的极境，竟是纷华剥蚀净尽后，那毫无伪饰的一个赤裸裸的自己。"从老墙滴漏的雨痕，他看到"具象和抽象原无分别，自古而今，不过是为了参悟生命本质的沧桑"。行走于山野间，他感慨："一山一山走，满

[①] 蒋勋：《无关岁月》，译林出版社，2012。

眼满耳，不过是鸟啼花放，领悟与不领悟，都是机缘。"人生，已经没有了那份刻意与强求，有的，只是一份坦然与自在。

坦然自在中，又经意不经意地展现着自己独特的视角。在瓦拉纳西的城中，当看到"如粪土垃圾的众生"在污秽脏臭的街角和牛以及其他牲畜挤成一团，他修正了自己的目光，"人如何坚持卑微谦逊到视自己如一般的畜类？"从定武州洗衣妇搓衣板中《兰亭》残片的民间传说里，他获得了看待事物的另一个角度，"只有在这样兴亡交替，人对兴亡都已经麻木的地方，可以有文人对古物的怀旧惋惜，也可以有民间妇人对古物的不屑吧。"从古城西安的百姓对待古物的麻木态度，他窥见了看待文化、历史的另一种可能，"看惯了历史兴亡的族群，有时候对兴亡自然有一种冷漠。那冷漠是可以把创造与破坏，把繁华与劫毁看成平等吧。"人类的确是在一边堆砌，一边毁灭，很多的概念也是人的头脑中自生的，久而久之成为成见，能够不抱成见地看待世事万物，那不正是只如初见、纯净纯粹的"复归于婴儿"的眼光吗？

作者对于纷繁的世间始终保有着一份素朴的真情，对于无常的生命保有着天生的敏感，其中有不安，有惶惑，有同情，亦有敬畏。在阅读的过程中，我的头脑里时不时地会浮现出"有情的蒋勋"——心中有情，眼中有情，万物有情，这独特的情感与情怀，观察与观照，给他的文字镀上了一层暖暖的温情和别样的色调。在张大千的"别时容易"印章中他看到世间的伤逝之美；在海边的一块普通的石头里他看到爱恨缠绵与世事轮回；台风之下云朵的踪迹在他的描述之下都留下了优美的印迹，"云在经过岛屿的时候，会有特别眷恋不舍的姿态，拖得很长，一丝一丝，在湛蓝的底色上的白色的云，有一种仿佛舞蹈的速度，慢慢经过这个其实一不小心就会忽略的岛屿。"在他细腻温暖的文字里，万物有情、有感。而他不时提到的台北、淡水河以及少数民族的小米酒却总是将我引回到几年前我自己的台湾记忆，诗意情怀，美好片断，陡然间让我产生再去的想法和冲动……

以美为信仰的蒋勋对美、对艺术自然少不了一份独特的关注，他甚至在过了不惑之年后还毅然辞职赴法国学画，在流水不腐的生命体验中去圆自己的青春梦想，将自己交给时间，交给自由，交给自由自在的他自己。"从法国往西班牙去，车过艾克斯地区，车窗中望出去，赫然一幅一幅塞尚的画。"

这样的句子带着强烈的引诱,在读着的彼时勾起我丰富的联想和澎湃的呼吸,大自然的光影与艺术的影像彼此交错,伴着冲动在头脑中轮番呈现,何时我也去到那里,去观赏和领略自然与艺术交融、交汇、交响之美,之乐啊?远方的风景,又在诱惑我。从树木丛林中来,到树木丛林中去,我是不是又该回归到那一片从容、安适与宁静了?下一次的旅行,是何方?

只有在蒋勋眼里和笔下,才会出现如此生动和具象的景观吧?而这景观着实吸引了我。

阅读蒋勋的文字已不是第一次,另一次是读他的《给青年艺术家的信》,诗中有画、有情、有阳光照射,那是一种美的享受。

2018 年 4 月 26 日,北京家中、紫竹桥

安居池上，回到原点[1]

——读蒋勋《池上日记》[2]

在一本书中听说蒋勋因做心脏手术在池上静养，写了一本《池上日记》，随即买来，怀着关切，亦期待人在病患静养之时，写出不一样的心得。

然而蒋勋先生在书中并未提及病患，池上的原野清风相伴，字里行间仍是一派唯美的风格。我知道，这位作家一向是将美当作信仰的，阳光，健朗，也是他的一贯心态与文风，《池上日记》，延续了这文风。

无论如何，得以有时间在乡间居住，亲近泥土自然，的确是一件幸福的事。不同于岛屿西部拥挤的大城市台北、高雄，位于台东山谷的池上村散布在蓝天、白云、远山、田野之下，明媚而又开阔。不同于台北、高雄乃至世界众多大都市的突飞猛进和日新月异，池上的许多地方尚未"开化"，在"文明"之风尚未吹拂的角落，固执亦幸运地保留着它缓慢的节奏、古老的传统和简单的快乐。

在这里，赚钱不是生活的主要目的，金钱之外，人们还拥有着更加多样的生活和选择，在这里，金钱亦非重要之物，金钱之上，人们还拥有着更加超越的价值和更加珍贵的信仰。这里的人们不会为了多挣一点钱而牺牲自己

---

[1] 原载《中国绿色时报》2021年1月6日第4版，有改动。
[2] 蒋勋：《池上日记》，长江文艺出版社，2018。

出门远游、见识世界的机会，不会为了多挣一点钱而使四季的耕作、祖传的手工变得草率敷衍，也不会为多挣一点钱而无视自己的尊严和良心，一切都如禾苗、田野一样自然朴茂，坦然坦荡，安心安然。

从台北到池上，蒋勋先生常常需要一点时间去适应，让浮躁的心逐渐平息下来，将生物钟一点点地调至池上的节奏，和这里的人们一起"日出而作，日落而息"。而当自我的节拍合上了自然的节拍，他才真切地体会到顺应自然的智慧与美好，体会到缓慢时光里渗透的美感与诗意，也唯有在那一刻，他才看到人作为"人"的原点，还未丧失。他凝望天边云朵幻化的曼妙，他聆听夜晚星辰流转的声音，他静观初春苦楝树将要吐芽的声音里带着一点粉紫，他感受田间"一线一线的阳光长长洒下"……兴之所至，他拾起笔墨，随性涂上一两幅小品，拿起手机，信手拍下令人震撼的点滴，将心灵，也将自己交付于大自然的阳光雨露和四季轮回之中，获得的，是无上的喜悦与满足。

来自自然，归于自然，他迷恋着池上的散漫时光。

在池上，古老的韵律亘古不变，却又日日不同，四季的田野就是不断变幻的画卷，是天然艺术之大美，夏日的明丽，冬天的蛰伏，春天的缤纷，秋日的沉郁，都与人们的内心同感互应，给予人们希冀与力量，自我与秧苗，自我与大地，自我与草木飞虫，原本都有着如此紧密的联结，万物包容，和谐，顺遂，自由而舒展，那是世界也是人生本来的样子。

反观都市文明，忙碌，喧嚣，焦躁，不安，光怪陆离和眼花缭乱之中，他似乎也看到人类背离自我的原点，在异化的道路上已经渐行渐远……

安居池上，回到原点。那是真正的家园。

2020 年 8 月 9—10 日，北京家中

大拆大建中的心痛与心伤

——读祝勇《十城记》[1]

这本书祝勇写得无力又无奈。十城记,也是十个城市在大拆大建和无力无奈中即将或者已然覆灭的记忆。伴随着这记忆、守着这废墟的,是世代居住于此的无数伤心落寞而又无助无奈的眼神和叹息。那一片片倒塌的瓦砾和写着"拆"字的胡同、楼房与家园,无不在隐秘之处流露着哀伤与哀痛。

在北京,人们不会忘记梁思成先生沥血保护北京老城的往事,而直到今天,也未阻止毁灭者的步伐与野心,祝勇看到,"如同大地上缤纷的春色已经退化成诗歌中的记忆,胡同节节败退,最后退缩成站牌上几个不起眼的文字。"每一座拔地而起的大楼都是它们的纪念碑。

在上海,随着石库门、弄堂和亭子间的倒塌,祝勇看到推土机正在一刻不停地煽动这座城市脱离旧日的记忆,市井中的大上海,即将失去它最后的布景,"所有弄堂的终点都必将是废墟。这几乎使我们所有的怀旧之路都成为断路。我们无论往哪个方向走,最终都将与废墟相遇。"

在天津,祝勇看到100座洋房,与100个"拆"字,形成一种怪异的对偶关系,仿佛那些经历了百年风雨的老宅,等待的就是这个字的终审判决。

---

[1] 祝勇:《十城记》,东方出版社,2013。

"它是这个时代最为简洁的口号和动员令,有着不可置疑的权威性,因而所向披靡,战无不胜。""或许,这更像是一件胆大妄为的行为艺术作品,一种政治波普,创作的目的仅仅是使我们受到惊吓。"这个奢侈而任性的城市,正在通过摧毁昂贵的事物来获得快感。

在西安,这座有着2000多年历史的古城,祝勇深感要找到一座100年以上的老房子已不是一件容易的事,摩天大楼正取代被世代居住的古宅,改变了城市的结构与气脉,破坏了城市的文化和底蕴,除了给开发者带来可观的利润,并未为这座城市增添全新的内涵。从这个意义上说,开发者成为古城的破坏者,在利益的引诱下欲罢不能。那个金戈铁马、风雅流丽的十三朝古都,已经随着拔地而起的新城市悄然消失。

在成都,承载着巴蜀世代生活方式和独特历史的宽窄巷子也将拆除的消息使祝勇陷入迷茫,在那里,他看到于时间的逼迫下,老房子一再退出自己的阵地,在自家老宅的废墟里打麻将的成都人,正在抓住最后的机会眷顾着老院的安闲,留恋着即将逝去的美好时光,挽留着世代养成的生活方式。

在广州,祝勇已经难以寻到西关大屋的线索和"西关小姐"的面容,他看到的,是工地、废墟以及新贵般的高楼正共同组成大开发时代的话语体系,以疯狂的态势向四周扩张,现实中的城市像是一个不断生长的工地,以烟尘与噪声来炫耀自身的存在。

在昆明,在"最后的顺成街",祝勇看到"最深的痛苦来自那些房子的主人",因为"在这个无比势利的年代里,房子的主人早已被忽略不计"。有一种无形的力量,"它们盗窃了别人的自由,连起码的客气都不表示一下,它们用君临一切的威严来证明自身的合理性。"

在海口,老城虽因这个城市尚未为新城扩张做足准备而被暂时保留了下来,但祝勇看到一些新的建筑已被强加进去,连同它所代表的意识形态——比如简单、方便、快捷,唯一缺乏的是审美,"它们以特有的话语方式对史诗进行改写,使其变得庸俗、实用和浅白,似乎在表明除了吃喝拉撒之外,生活再也不需要别的内容了。"

走访完上述城市,祝勇又将目光转向海外。在京都,他看到"固执里带着一股邪气"的京都坚守着古老的美,"从东福寺'二门'楼顶向西北眺望，我看到大片的木屋参差罗列，仿佛大地上生长的树。京都是由树变的，所以整座城市都浸透着汁液的清香。"在纽约，这个"没有阳光的城市"里，他看到那些被摩天大楼挤出的"空中道路"彼此孤立，互不衔接，为了瓜分更多的阳光而像吃了兴奋剂一样疯狂生长，同时又在水晶宫般的现代建筑外壳下，发现了一个隐藏其中的悠久、优雅的纽约——那占绝对压倒性优势的老式洋房以及缠绕在花岗岩上的藤蔓和花朵所代表的纽约，在古老的街巷和各式各样的老房子中，他看到了建筑与大地、自然以及生命的联结，听到人与自然、与生命、与自我的对话。祝勇说："将'古老'一词用于美国，显得有些幽默，但事实是，古老的事物在纽约仍然存活着，精力旺盛。"

将视线重新转回到周遭，在目睹了太多残酷的现实之后，祝勇先生感慨："世界上恐怕没有一个国家的建筑像中国一样始终处于大规模的动荡之中，仿佛有一只手在始终转动着城市的魔方。"他对"以谁的标准进行全球化"进行反思，认为这是一个大是大非的问题，是一个谁来"化"的问题，如同所有动听的词汇一样，这也是全球化值得怀疑的地方。"作为一种专制，全球化旨在剥夺人们的选择的权利，人们将被迫接受一种强加的生活，作为交换，人们被许以某些好处。"却很可能又以某种隐蔽的方式残害人们，"因而，对于任何一种推荐而来的真理，我们都不应轻信。"抛开人们是否心甘情愿，抛开世道是否公平合理，那些以傲慢的姿态拔地而起的高楼又给人们带来了什么呢？祝勇先生说："现代建筑则使人陷入一种囚徒般的生活——每个人被分割在封闭的空间里，楼房里没有公共场所，人们通过在空中乱舞的手机信号来传送信息。现代建筑表明了人类智慧的枯竭，人类没有找到一种安顿自身的更好的方式，但他们却对前人的智慧不屑一顾。"

当听到祝勇先生说："对老房子的拆除通常是在改善居住条件的名义下进行的，但实际上却是对居住者进行的一次巧妙的置换。"我再感同身受不过了，因为此时的父母和姐姐正在我的家乡为保不住自己的家和房子而心痛。姐姐购买的刚刚建了十几年的商品房和轮椅上的父亲含辛茹苦亲手建的自家的三层楼房都将被当作"棚户"，以棚户房远低于市场的低价被强行拆除、置换和改造，他们获得的补偿款将无法回购开发商即将在原址上重建的以市场价出售的商品房——如此的置换，实质不是剥夺又是什么呢？而此时，年迈的父亲和已退了休的姐姐也不得不为寻找自己安身的去处而操心和发愁。

我前不久回老家，看到我打小生活的县城俨然已经变成了一个大工地，到处都在大拆大建之中，一边是开发者的欲望与豪情，一边是居家百姓的无奈与感伤，重返家乡的我，往昔的记忆也早已无处安放……我多年不见的老领导老局长不无遗憾地对我说，他广播局家属院的家也以不容商量的理由和补偿被拆除了，年过八旬的他和老伴被迫离开家园，曾为寻找新的住处四处奔波，一筹莫展，为此还生了一场病，至今精神失落，话语间流露着抹不去的伤感，腿脚也已有些不便。此情此景，唯有爱莫能助的无奈。

而我呢？下次再回家时，家也将再不是家，家再不存在了。

这些，都和祝勇先生通过十城的走访看到的情景没有二致。在古都西安，他看到不愿离开的老百姓请求政府允许他们自行修缮和保护世代居住的老宅，因为他们愿意生活在自己熟悉的氛围里，愿意与邻里低头不见抬头见，"他们对那些房子充满理解，或者说，他们与老房子是一体的，离开老房子，他们就像根须离开土地一样无法生存。"而那些已经写上的"拆"字的老房子，未来也将不出意外地只存在于文字和胶片里。在天津，当他在千疮百孔的老房子里嗅到煮饭的芳香，他发现"这并非因为他们对过去生活的顽固偏好，而是因为他们无处可去"。在北京，当他看到胡同口满含泪水的老太太，知道了"他们以不同的方式遭到欺骗，而结局只有一个，那就是许诺成为谎言，居住者遭到背叛"。在昆明，在拆迁队的围剿下，78岁的老人和她的老姐妹们不走是因为她们无处可去，因为"那一点可怜的拆迁补贴在日新月异的昆明城里买不到一间新屋，更重要的是因为她们已经在这里住了至少50年，这条街已经成为她们记忆的载体，如果连记忆也被剥夺，她们就真的一无所有了"。

让人心疼，然而又无力无奈。如祝勇先生所说，房屋与生活，就是以如此脆弱的方式连接着，在人们的心里飘摇不定，一个"拆"字，不知道在什么时候就会将人们的生活撕裂。"在大历史的背后，小人物的命运向来无足轻重。换句话说，英雄的事业从来都需要小人物来充当炮灰。"

面对残忍的剥夺和残酷的事实，祝勇先生怀着心痛用文字的眼睛去观照，而一个文人，除了将它写下来，记下来，拍下来，在貌似干净、冠冕堂皇的大历史上努力地留下一点印迹，寄托一点想望，抒发一点感慨，还能有什么别的办法呢？谁能真的体恤和体会这大拆大建之中的心痛与心伤呢？

2019 年 7 月 26 日，北京家中

回到何处，去往哪里

——读宁肯《北京：城与年》[①]

这是一本回忆录，是半个世纪时光闪回中的个人片断，也是一个人和一座城的相互对望与体认，在书里，作者追踪个人成长的足迹，捕捉城市演进的足音，也感受时代风雨的变迁，记忆碎片伴着复杂思绪，构成蓝色忧郁的调子。

在这蓝色忧郁的调子里，又夹杂了一丝灰蒙蒙的情绪，而在童年少有欢乐的宁肯看来，"欢乐不是情绪，唯有悲伤、不安才是。"无论是4岁被拴在家里与鸟为伴，还是稍大一些独坐屋顶，陷入对陌生世界的怀想，孤独、沉默、悲伤都不曾远离他。回望独坐屋顶仰望苍穹、俯瞰院落和"更远的远方"的那些个瞬间，他说：我就是喜欢"纯粹地一个人""喜欢一个人和一种巨大的空间，和荒原、颓砖、天空……"而我的脑海中则不时闪现出两年前在鲁迅文学院见到的宁肯，那个讲完课在鲁院门前被几个同学簇拥但却并不自在的宁肯，那个略显孤僻和沉默的宁肯，那天我和同学们加了宁肯老师的微信，但始终未见他通过……他与他人一定是保持了距离。写作者，有时也确实需要远离人群。而在书里，我却仿佛窥见了宁肯老师"孤僻"的

[①] 宁肯：《北京：城与年》，北京十月文艺出版社，2017。

根源。

童年奠定了一个人的基调，决定了他是明快是忧伤，是绚烂是灰暗。1959年出生的宁肯，经历的确是太特殊了，回溯源头，他说："如果生命始于记忆，那么我的生命的一开始就是'文革'：大字报、红宝书、像章、口号、集会、游行。"小时候的他，父母被下放到房山工作，身边没有大人没有伙伴也没有书籍，留给他的仿佛只有凝思冥想、不安寂寞以及心头的恐惧——每次填表"成分"的一栏都令他提心吊胆，左右为难，幼小的心灵独自承受着不为人知的心理磨难，成长中隐含了许多的忧愁。蜷缩于一角，在一次次被忽略之后，他说："我承认，我内心有一份冷漠，一份无动于衷。"

反观自己的成长历程，他说："我和别人比，在那个时代缺点什么，主要是一个人生活，历史简单我就更加简单。"所以，当有一天他突然看到"星星美展"，读到北岛、芒克、顾城、江河、舒婷"不一样"的诗歌，他内心的火把便一下子被点燃，本真和善美的力量陡然间将他，也将一代人唤醒。在宁肯眼里，那是激动人心的时刻，在我的记忆中，那是活力四射的20世纪80年代，文学的年代。"黑夜给了我黑色的眼睛，我却用它寻找光明。"北岛、芒克、顾城、江河、舒婷，也是我熟悉的名字啊，朦胧诗，也曾伴我走过纯真浪漫的青春岁月。

虽然与宁肯出生在不同的年代，但与宁肯先生却有着很多相同的个人记忆。当他说到小人书，我也联想到自己小时候在电影院门前的台阶上、大海报下看小人书的场景；当他提及毛主席像章，我想到自己也有拿成盒的毛主席像章跟同学交换，请同学帮自己写作文的经历；当他说起小时候下冰雹，我也想起小时候的自己躲在姥姥家的大门槛里，兴奋地看着一个个大冰球落下的经历；当他说起在红塔礼堂看《孤星血泪》《巴黎圣母院》《红与黑》《红菱艳》和《叶塞尼亚》，我也想到在老家的露天电影院里，看《摩登时代》《莫斯科不相信眼泪》和《瓦尔特保卫萨拉热窝》；当他提到永久牌自行车，我想起我的家里也曾有过一辆永久牌自行车，而那车却不是随便能买到的；看他写到听"敌台"，让我联想起小时候的我听到这个字眼内心也曾充满了恐惧；当见他提起煤气中毒，我想那大概也是一代人的记忆……

不同的是，小时候的他被"囚禁"在北京前青厂胡同的大杂院里，伴着警报的刺耳声被探照灯不停地照来照去，我却无忧无虑地睡在姥姥家的院子里，天真无邪地望着夏日璀璨的星空，听姥姥给我讲八角琉璃井的故事，浩瀚的银河和天上的故事给我留下永远难忘的记忆；他的童年在无着无落的思绪中被镀上一层抹不去的忧郁与彷徨，我的童年在星空、池塘和田野的熏陶中却是清一色的明丽、欢快和诗意盎然；他童年的碎片，意识流般地记录在了这本《北京：城与年》里，我童年的影像，伴着美好回忆被收录在我的《那些时光》里……未来，我还会回到那里去吗？那是我的起点。

  城市是记忆的依托。宁肯的北京，对于在这里生活了 26 年的我来说，自然也有一种亲切感。自 1993 年上学来到北京，至今我在这里的时间已经超出了在家乡的时间，我的家在这里，我的爱在这里，我的学业和事业也在这里，眼下的这个城市，已经成为我生命中无法替代的存在。宁肯笔下的美术馆、图书馆、三联书店、人艺和商务印书馆也是我熟悉并且常去的地方，看到这些名字，内心都会生出独特的情感。夏日的黄昏、冬日的午后或春日的夜晚，捧一本书坐在三联书店的台阶上潜心阅读，驻足美术馆某位大师的画展前流连忘返，或者陶醉在人艺的某一场经典剧目里，都是无尽的享受。潜移默化之中，人与城、城与人、艺术与生活、文化与记忆，你中有我，我中有你，成为一种气质、一种气场，潜入到我们的生命中。逛书店，更是文人共同的美好体验。和我一样，在网络发达的今天，宁肯依然重视和留恋实体书店看书、翻书、买书的经验，他说书店培养了人的眼光和潜意识，而"一个潜意识不够丰富的人是什么呢？是可怕的人"。书籍，丰富了我们的精神世界，拉长了我们的目光，使我们内心温润而欢喜，书籍和文化构筑起的北京，在我眼里也便格外迷人。

  当然，50 年来北京的变化也让生于斯、长于斯的宁肯黯然神伤。在拆拆建建之后，"如今的北京，是一个全然陌生的没有记忆的北京，如同一个脱胎换骨的人，甚至也换了脑子，像一个强健而没有记忆的超人。但事实上人除了生存还有许多别的，有时还想回头看看自己，没有了老北京你怎么能看到你的过去。"而我，再想回到东明老家——那个我生于斯、长于斯的老院儿去看我的过去时，"过去"也已被推土机变成了一片不堪的瓦砾……

  面对逝去的老北京，宁肯先生感到"北京这么年轻，自己这么老"。站在家乡只剩了瓦砾的小院里,我亦难掩悲伤:未来的我们,该回到何处,又该去往哪里?

2019 年 8 月 1 日,紫竹桥

七年，忘不了的城

——读汪曾祺《昆明的雨》[①]

出差昆明，住在翠湖边。放下行李，迫不及待地去翠湖看海鸥，十几年前的翠湖曾给我留下美好的印象，老人和海鸥的传说更是凄美难忘。

海鸥还是当年的海鸥，湖被桥、堤分隔成几个区域，仿佛比印象中大了许多。12月的北方已是天寒地冻，而昆明的阳光却仍有着春日的和煦，翠湖的两岸杨柳依依，投入碧绿湖水中的倒影氤氲而出的，是一幅幅生动的写意画。

沿湖漫步，绕湖一圈。待离开翠湖时，见时间尚早，又沿着湖边道路向前，漫无目的地转过一个街角又一个街角，不知不觉地溜达到了文化巷——与"文化"最接近的联想，大概就是书籍了；城市最亮丽的风景，恐怕就是书店了。但走过了一整条街，也未看到书店的影子，文化巷怎么会没有书店呢？我不甘心，向巷口一家丝巾店的女店主打听："文化巷有书店吗？"她迟疑了片刻："文化巷没有……前面右转有一家。"按照她的指点，来到了一家漫林书苑，并在那里邂逅了汪曾祺先生的《昆明的雨》。

1939年，汪曾祺先生考取了西南联大，曾在那里度过了7年的青春年华，昆明，也成为他一生刻骨难忘的地方。《昆明的雨》，便是汪曾祺先生魂

---

① 汪曾祺：《昆明的雨》，云南人民出版社，2010。

牵梦绕的忆旧之作。

西南联大是1937年抗日战争全面爆发、平津沦陷之后，遵照国民政府教育部令由北京大学、清华大学、南开大学在长沙组建的临时大学，次年即1938年迁至昆明，改名"国立西南联合大学"，简称西南联大。在书里，汪先生回忆了西南联大的生活，大江南北的同学之中，有和他一样转火车坐汽车到昆明来的，也有骑着毛驴或挑了一担行李不远千里步行来报到的，看到的宿舍"土墼墙，草顶。两头各有门。窗户是在墙上留出方洞，直插着几根带皮的树棍"。进去是40人一间的大通铺。教室的窗户是纸糊的，不避风雨，警报一响，正在讲课的教授和同学们一起"跑警报"，躲避敌机的轰炸，电影《无问西东》的场景历历在目。而亲历的现实，却比电影更加具象和深刻。汪先生回忆说，有一位历史系的教授讲课从不看讲义，接着上一课的讲，讲到哪算哪，有一次他想不起来，问一记笔记记得仔细的女生：我上节课最后说的是什么？女生答："您上次最后说，'现在已经有空袭警报，我们下课'。"汪曾祺先生记忆中的"跑警报"大都没有准地点，漫山遍野，"大多是找一个坟头，这样可以靠靠。"

几年下来，衣服破旧，他们就想各种办法"弥补"，有人裤子破了洞，不会补，也无针线，就找一根麻筋，把破洞结一个疙瘩，汪先生不无幽默地说："这样的疙瘩名士不止一人。"然而就是在这样的环境和条件下，就是在这样的一个校园里，汪曾祺先生邂逅了沈从文、冯友兰、朱自清、闻一多、马约翰、华罗庚等一代大家，"朱自清先生的大衣破得不能再穿，就买了一件云南赶马人穿的深蓝毪氇的一口钟（大概就是彝族察尔瓦）披在身上，远看有点像一个侠客。"化学教授曾昭抡穿了一双"空前（露着脚趾）绝后（后跟烂了，提不起来，只能半趿着）鞋"，发出"梯里突鲁"的声音，他们破衣烂衫，但他们胸怀坦荡，朴实率真，每天孜孜不倦地做学问，"真是穷且益坚，不坠青云之志，这种精神，人天可感。"

西南联大的气氛十分宽松，"联大教授讲课从来无人干涉，想讲什么就讲什么，想怎么讲就怎么讲。"汪先生回忆说。金岳霖教授讲逻辑，讲着讲着有时会停下来问："王浩，你以为如何？"于是这堂课就成了他们师生二人的对话；徐志摩上课时带了一个很大的烟台苹果，一边吃一边讲，还说："中国的东西并不比外国的差，烟台苹果就很好！"沈从文先生无心机少俗虑，不长于讲课，却善于谈天，是西南联大同学租住的小客厅里的常客；闻一多、罗膺中（庸）两位先生的课堂堂爆满，座无虚席，讲"说文解字"的教授唐立厂则口无遮拦，当着系里很多教员、助教，大声评论："闻一多集穿凿附会之大成；罗膺中集啰唆之大成！"在汪曾祺先生眼里，"唐立厂先生是一个胸无渣滓的率真的人。他的评论并无恶意，也绝无'打击别人，抬高自己'的用心。他没有考虑到这句话传到闻先生、罗先生耳中会不会使他们生气。也没有无聊的人会搬弄是非，传小话。即使闻先生、罗先生听到，也不会生气的。西南联大就是这样一所大学，这样一种学风：宽容，坦荡，率真。"

随意旁听的课程，随时加入的讨论，特立独行的教授，个性凸显的学生，近乎"无为而治"的氛围，却铸就了教育史上不可多得的辉煌一页。西南联大培养的8 000学子和教授中，有8位"两弹一星"功勋奖章获得者、2位诺贝尔物理学奖获得者、175位院士、5位国家最高科学技术奖获得者……在汪曾祺先生的记忆里，西南联大是一个"产生天才，影响深远，可以彪炳于世界大学之林，与牛津、剑桥、哈佛、耶鲁平列而无愧色的，窳陋而辉煌的，奇迹一样的，'空前绝后'的大学"。这里的7年，影响了他的一生。"我生活得最久，接受影响最深，使我成为这样一个人，这样一个作家——不是另一种作家的地方，是西南联大，新校舍。"

大师云集的西南联大也给云南的教育带来了新气象，汪先生认为，"更重要的是使昆明学生接受了民主思想，呼吸到独立思考、学术自由的空气，使他们为学为人都比较开放，比较新鲜活泼。这是精神方面的东西，是抽象的，是一种气质，一种格调，难于确指，但是这种影响确实存在。"抗战结束后，三校复原，为支持当地教育，西南联大师范学院留了下来，更名为国立昆明师范学院，现在已是云南师范大学，校训还是当年的校训，校歌还是当年的校歌，西南联大旧址和国立昆明师范学院校碑、博物馆、烈士墓安放在这里，使这座校园陡然不同。

我们从昆明返京的当日，恰好参观了西南联大位于现云南师范大学内的旧址和博物馆，看到了汪先生在书中提到的"国立西南联合大学"的校门，当然，尽管纪念者想尽了办法复原，但已不是当年那个"用木板钉成的"大门；进门那条贯通南北的大路，也已不是当年"到了雨季，接连下雨，泥泞没足，极易滑倒"的土路了；路旁的"民主墙"，已经见不到汪先生书所说的"各色各样的海报"和"激烈的论战"，唯有一面纪念墙定格在了那里，提醒着人们这里曾经发生的一切……然而民主墙边，梅贻琦先生"所谓大学者，非谓有大楼之谓也，有大师之谓也"的碑刻还在，给人以深刻的启迪，并激励后来的教育者。西南联大并未设校长，三校的校长同为联大的常委，当然，日常的事务梅贻琦先生投入的时间精力应该是更多了些，他的形象也更多地出现在联大学子的回忆录里。彼时的昆明，一时间大师云集，璀璨夺目，确实独领风骚，开了风气之先。汪曾祺先生回忆说："西南联大8年，设备条件那样差，教授、学生生活那样苦，为什么能出那样多的人才？——有一个专门研究联大校史的美国教授以为联大8年，出的人才比北大、清华、南开30年出的人才都多。为什么？这位作家回答了两个字：自由。"

以西南联大为中心，循着记忆，汪曾祺先生还写及周遭的每一条街巷，忆及亲历的每一件往事，大西门里的文林街，大西门外的凤翥街、龙翔街都是他经常光顾的地方，在来往滇西的马锅头卸货装货、喝酒吃饭、抽鸦片的世间百态，和卖木柴的、卖木炭的、卖粗瓷茶碗、卖砂锅的摊贩吆喝中，他深入到"生活的里层"，切切实实地体会到："这是生活！"作为美食家的他，哪条街巷的哪个角落开着一家什么样的馆子，哪条胡同的哪个拐角有着一家什么样的茶馆，哪个馆子的哪样吃食有着不同寻常的风味，他都记得一清二楚。这些馆子，这些店铺，也是他和西南联大的同学们经常光顾的地方，有时候找一个靠窗的座位坐下，一杯清茶一本书，一待就是一整天，有同学甚至将洗漱用品都带到茶馆来，只有睡觉才回学校的宿舍去。当然，他们在这里也并不尽是消磨时光，西南联大校舍紧张，他们常常在这里读书温课答题思考，茶馆里泡出来的，有举世瞩目的科学家、文学家、翻译家、哲学家，可谓群星灿烂。汪曾祺在《泡茶馆》一文中总结了泡茶馆益处：可以养浩然之气，茶馆出人才，泡茶馆还可以接触社会，"如果我现在还算一个写小说的人，那么我这个小说家是在昆明的茶馆里泡出来的。"

汪曾祺是一个会生活的人。在昆明的7年尝遍了街头的茶食美味，其中的每一款每一道都能说出所以然来，时逢战乱，亦未阻断对于生活的热情，条件艰苦，仍然勃发着对于生活的热望。多少年后回到北京，怀念昆明的吃食，偶尔他还亲自操刀，凭借记忆特意做出一两道昆明的特色菜品来，招呼昔日的同学好友来家小聚，谈天忆旧，大快朵颐，共话难忘的青春岁月和同窗之谊。年近古稀他还重返昆明，到昔日所在的每一条街巷走走，试图找回昔日难忘的美好时光。人生上好的年华，能有几个七年呢？昆明，是他心心念念的地方。

在昆明读《昆明的雨》，实在是应时应景。

汪先生的笔下自然也少不了翠湖，"昆明和翠湖分不开""没有翠湖，昆明就不成其为昆明了。"他称翠湖是昆明的眼睛。在昆明7年，除了到昆明图书馆看书、喝茶，更多的时候就是到翠湖"穷遛"了，有时也到翠湖图书馆看书，到翠湖边的小铺去吃馅饼、米线，他爱这湖，在书里写到大片大片开着一望无际粉紫色蝶形花的水浮莲和很多的红鱼，"湖水、柳树、粉紫色的水浮莲、红鱼，共同组成一个印象：翠。"这时我忍不住问："海鸥呢？"

2020年12月31日，北京家中

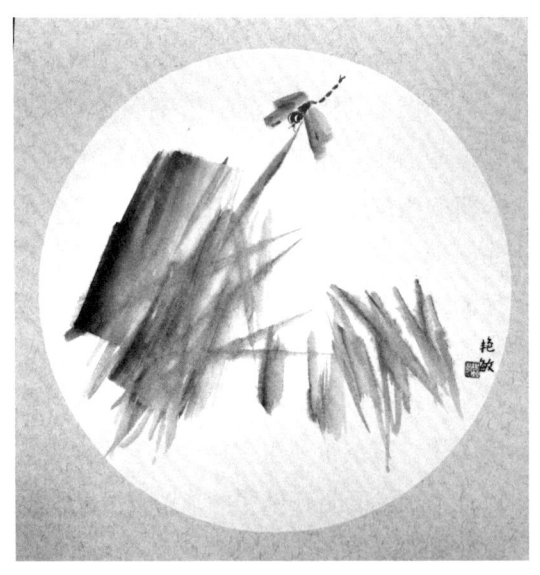

慈诚的守候，信仰的力量

——读肖林、王蕾《守山》①

一辈子守候一座山，肖林靠的是信仰的力量。

肖林出生在云南省迪庆州德钦县的江坡村，肖林是他的汉名，不是本名，出身藏族的他本名是昂翁此称，"此称"，意为守规矩（也译为"慈诚"），而这个名字仿若一种暗示，陪伴他做了一生的"老实人"。

早年昂翁此称的家里清苦贫穷，作为家中的长子，他守规矩，做模范，不仅品学兼优，还包揽家中活计，他谨记父亲的叮咛："有一天，你要当家的！"而生活的重担也确实过早地压给了他——在他上五年级时姐姐考上了大学，13岁初中毕业的那一年，为支持姐姐继续读书，他不得不放弃了学业，在家乡的小山村里终日和锄头、镰刀、斧头为伍，卖力干活，"让自己认命"。

一个偶然的机会，德钦县政府公开招录工作人员的消息给他带来了希望，思忖再三他决定报考。他先花上整整半天的时间，从村子步行到澜沧江边的214国道，然后耐心等待过路并有空位的好心车辆捎上他，经过两天的辗转跋涉，他来到德钦县城，也来到命运的转折点。录用通知书下来，他离开了村庄，被分配到保护站工作，有了他与白马雪山的第一次相遇，而这一

---

① 肖林、王蕾：《守山》，北京联合出版公司，2019。

次，也是他怀着虔诚之心对这座大山毕生守候的开始。作为第一批加入白马雪山保护区的初中毕业生，他回忆说："我们那时还不知道，我们这辈子的悲欢离合都再没有离开这座山，一直到老。"

"我们的生活，只有山！除了山，还是山！"他终日与山为伴。而在藏族文化中，历来有对山的崇拜，"山崇拜凝结了藏文化中对天、地、人、神的宏大想象。"白马雪山，就是他心目中的"日达"（意为"地方之主"），他心目中的神山，而"神山就是一片地域上藏族人的精神坐标"，是"我们这些自然守护者这辈子的主人"！他是怀着崇敬之情去守山的，冥冥中仿佛有一种力量使他总也无法离开这山，总也不愿离开这山。

在保护区，他例行巡山，与熊，与鹿，与麝香为伴、为友，与偷猎者博弈，继续以"老实人"的本色用挣来的工资供姐姐、弟弟读书，贴补家用。后来他也娶妻生子，有了自己的家，来到保护区的第八个年头，为了照顾家庭，他也曾提出申请，希望调往离家近点的农技站工作，等待的时日，一个特别的任务——滇金丝猴合作考察项目摆在了他的面前，他被推选加入滇金丝猴三人考察小组。滇金丝猴作为神秘、稀有的野生动物，八年来他还从未见过，此时的工作调动没有音讯，他就接受了这项任务。但没想到，几乎是在考察队的指令下达的同时，工作的调令也来了，"一边是人生中也许唯一一次调离保护区回家乡的机会，一边是整整三年野外考察的艰苦，最终我还是选择了后者，我不想放弃这个一生之中唯一可以见到滇金丝猴的机会！"

他放弃了工作调动，选择了留守，带上两本书、一个日记本，背上沉重的行囊走进大山，与一名同事和一个美国人在大山深处高海拔的丛林中过了三年的"野人"生活。

三年里，他风餐露宿，负重隐忍，为滇金丝猴喜，为滇金丝猴忧，然而在头一年里，多次与狼、与熊相遇，单调乏味的环境里都练出了通过目测精准数出树叶的本领与定力，还未见到滇金丝猴的丝毫影踪。三个男人在没有私密空间的大山里终日相对无言，郁郁寡欢。而藏族人肖林，怀着感恩，暗自珍惜着大山里的每一种遇见，狼、熊、猴子，在他的心目中都是"众生"之一，和人类一样，有喜有怒有哀有乐，"关于野生动物的故事，我可以讲上几天几夜。我可以讲出它们的悲伤，也可以讲出它们的可笑，不过铭记于心的，还是它们的赐予。"他与周遭为善，耐心等待滇金丝猴的出现。从发现滇金丝猴尚有温度的粪便，到跟踪埋伏，听到滇金丝猴地动山摇的迁移之声、未见踪影却已逃之夭夭，再到100米安全距离内彼此观望，相安无事，肖林和他的保护对象——隐匿在大山深处、高山顶上的滇金丝猴已经经历了三年的辛苦斡旋。他将设备绑在身上，披挂藤蔓乔装打扮，协助摄影记者拍下了第一张滇金丝猴纯野生状态下完整家庭的照片，留下首次视频记录，成为滇金丝猴的发现者、记录者和保护者。

他以人类和自我的感情揣测滇金丝猴，以温暖的情怀看待滇金丝猴的族群和家庭，"这也许是我个人非理性的'共情'揣测，但每个人的野外调查都会打上自己的私人烙印，交上去的是枯燥的数据，留下的是专属自己的独特的情感历程，我愿为自己保留这一点点不理性的隐秘空间。"工作交差之外，他收获的是自我觉知与精神提升，"我知道自己永远无法真正进入滇金丝猴的情感世界，但它们投来的碎片化的情感却为我增加了不一样的快乐。我看到这些快乐、这些畅快，都是因为我的敏感和热情。我看到了我的内心，通过自然，我第一次走进了我的心灵。"

虽然吃尽了苦头，受尽了孤独，落下了终生不可逆的病根，但是他说："三年下来，我们对各种睡过的树、藏过食物的石洞、烧过火的灌木都心存感激。每个人都会说感谢'大自然无私的赐予'，可很少会有人像我们的感受这般深刻：大自然对于我们，就是三年来实实在在的每一餐、每一眠。"春节不能回家，他在大山之上最大的一棵冷杉树的梢头挂上五彩经幡，面朝家乡祈福落泪，遥寄思念……依照藏族的观念，万物相连，草木、山石、流水不仅为人所用，还会反过来影响人类，"藏族人带着深深的敬畏来看待周围的环境，没有一个藏族人可以忽视和无视身边的环境。"如果人心坏了，环境也会变坏，那是藏族人根深蒂固的观念，也是肖林内心深处对人与自然、人与环境的理解，在他看来，所有环境保护最终都要回到人的内心。"神山深深地矗立在我的心间——在那份厚重的关乎家乡的情感之中。"每一种野生动物都是山林的灵魂，藏地的神灵和鬼怪他都发自内心地敬重，因为那是他的家乡的一部分。

"写本书真不容易，很多时候我都想放弃，之所以坚持下来，是因为我常常告诉自己，是滇金丝猴让我写这本书的。每一种相遇，每一个缘分，无论善恶，无论是喜是忧，都是来度化你的……当一个人的命运被美好的缘分改变之时,即便来路辛苦,回首时也会升起一丝难以言传的美妙感。"他相信万事生发皆有因缘,相信他与滇金丝猴的缘分,是承了前人接连种下的那份善缘。

长期的野外生存,终日的沉默不语,也使他性情、心理发生了意想不到的变化。走出大山,他得了失语症。报告会的现场,众目睽睽之下他不能说出更多的辞藻——或许也是因为只有他自己知道,山上与山下,"他们"与"我们",甚至"上山前"的我们和"下山后"的我们,已经有了不可言传亦无法跨越的距离。所以讲了几句,他只能草草地含泪结束,告诉人们:"事情就是这样。"

经过几年的调适,他"重回"了人类社会。而这时,白马雪山和滇金丝猴已经永远地改变了他。"三年考察生活是炼狱,也是重生。除了对苦和累更加'免疫',还会偶有浮云从心田升起,搅起些不甚实际的小幻想、抑扬顿挫的句子、似有还无的神秘……不记得从什么时候开始,我放纵自己浪费时间去'瞎想',直到有一天别人说我'浪漫'。我,浪漫?"他惊讶地自问,那一刻,他仿佛也意识到自己已然不是那个"上山前"的自己。"是的,'上山前'的我,笨拙、老实。"那时的他怀揣着父母和江坡村赋予他的善良基底,叮嘱自己不要去幻想鸿运当头,"因为生活总是千难万险,我需要一副又臭又硬的脊梁。"而现在,他依然笨拙、老实,但生活仿佛依稀地打开了一条缝隙,隐约地似乎有光进来。

皑皑雪山,勾起他遥远的联想。借由滇金丝猴的缘分,他去到更远的地方参加会议和培训,不为学界流行的认识所扰,他从一个藏族护林员的切身体验和朴素认知阐述自己的观念,阐述藏文化关于生命体系的构建和对于环境保护的理解,认为保护环境需要先论付出,再论获得,"从简单的情感角度来说,就是先要用一颗善良的心,像对待亲人朋友般去对待周围的山河草木,还有各种生灵。我们藏族人似乎天然就会与他者为善,这个'他者',可以是别人,可以是一个生命,当然更可以是无言的大自然。"他以对本民族天然、本能的认知去矫正外界对于藏文化的曲解,用素朴虔诚的语言传播藏文化传统和信仰,给人耳目一新之感。会上他吸引了北京的媒体、研究机构和各地的环保人士,接触到世界野生动物和环保组织,随后与同道开始了新的奉献。

他凭借自己的热情、爱心和力量,从基金会获得善款,继续投入白马雪山的环境和野生动物保护工作,花了三年时间主持建成滇金丝猴国家公园,怀着对本民族文化的深切热爱与认同,创造性地将宗教信仰引入环境保护工作,同时支持白马雪山的僧人建立藏族学校,发扬和传承藏文化传统,因为他知道,"母语是一个民族存在的最根本",而"藏文是一种非常优秀的语言,论起语言中的思维方式,和汉语、西方罗马文字都不一样"。他深信传统文化与环境保护有着密切的关联,在他看来,传统文化保护得好的地方,自然环境必不会差,"放眼世界,任何一种传统文化中都有与自然和谐相处的古老智慧,而语言,就是文化的密码。"

肖林是个地道的藏族人,从内而外。他的文字里,散发着一些淳朴的东西,淳朴、敦厚而虔诚,这种品质来自血液,来自信仰,来自不为所知的生命的深处。他的文字里浸透了藏民族的特色,他喜欢藏语中简单质朴的美,正如他在书中不时地用藏、汉双语标注当地的人名、地名:曲宗贡——"两条溪流交汇的地方",啥儿尼——"马鹿喝水的地方",扎布亚——"非常险峻的垭口",嘎么顶——"开满桃花的村子"……在他心中,保有着对本民族笃定的自信与骄傲,他知道"一个个体的自信来源于对自己的认识和把握,一个民族的自信则来自对本民族文化的认识和理解,知道自己民族文化的精粹所在"。

在如此的生存环境和成长背景之下,他与白马雪山的缘分,纠缠不清,仿佛一种注定。对比进入大山的外来者,他感到自己是幸运的:"一个藏族的孩子,生在雪山脚下,长在雪山中,工作又是保护这座雪山。虽然我的文化程度不如他们高,但我可以在最茂密的森林中撒欢奔跑,在这片最纯净的天地中生长、老去。"所以,当他面临人生的第二次选择——是在自然基金会工作还是留在白马雪山保护区时,那个从小听话的"此称"再度溜出来,使他选择了后者。滇金丝猴国家公园建成后,他又先后面临第三次、第四次选择,他放弃了留在滇金丝猴国家公园做滇金丝猴行为学研究的机会,选择了重新调回德钦分局做局长;继而他又拒绝了到管理局升迁调任的机会,宿命般地再度选择了留在德钦分局做局长。他要继续做白马雪山和滇金丝猴的保护者。

"因为我们藏族人是用自己最真的心、最诚的意,来敬这片山、水、天、地……这样的一个世界，人类是和野生动物共同分享的。"他是怀着真爱和信仰去守山的，他的守山已经有了不一样的成色，不一样的境界。他是一个笨拙的人，面对大山总是拿出自己"最笨、最傻、最实在的努力"，他又是一个心中有光的人。

在做人生的第四次选择时，他已经爱上了摄影，每次进山他都会带上相机，摄影使他从另一个角度、另一种爱看待大山，看待自己："在很多人眼里，我的心灵和我的身体一样笃定实在，这种坚实是一种下沉到地面的力量。不过我还需要飞翔，只有在野外，在完全没有人类制约的野外，我的精神才能高傲地飞翔。"他说。那时的他按照"老实人"的轨迹已经步入了中年，完成了这辈子应该担负的家庭责任，"迈入人生的下半段，我希望能过上没有枷锁的生活，可以为自己而活。"他用守护大山的虔诚对待摄影，对待他镜头下的每一片风景，每一个生灵，他用生命去交流和感应，去祈祷和祝福，"每当按动快门时，我会突然想到高天之上有一双菩萨的慈悲之眼……我最喜欢自己照片的，是那里面带着一种生命的觉悟和灵性，这是野外动物自带的由生命生发出的那份本真，我希望自己能拍摄出生命的那份尊严，以及各自必须承受的那种宿命。"他说他到别的地方旅行是"玩儿"，而在藏区大地上行走是他生命的需要。

看着大山中的四季轮回和万物生长，他陷入沉思："被这样的山水养育了一辈又一辈，也被大自然这样敲打提醒着，从我们的文化中不疾不慢地长出了一套规则，成了我们世代相传的与大自然共处的准则。"回顾与白马雪山的不解之缘，他说："我这辈子，事情做了万万千千，我只满意一个角色——我就是生在雪山脚下，终身拜倒在雪山面前，做雪山的奴仆的那一个。这辈子，我只是白马雪山的肖林。"应该是白马雪山的此称吧？——这本书原本不是该用"昂翁此称"而不是"肖林"署名吗？只有"老实人"此称，才与他的书、他的故事、他灵魂深处的信仰相合、相契、相称，虽然他说："同时拥有'肖林'和'昂翁此称'两个名字，对我而言是拥有了两个世界——'肖林'带着我的肉身行走世间，而'昂翁此称'只属于我的故乡江坡。"

有了这份笃定，他的守山，便不再是简单的守山。我被他的故事深深地触动了。

最后还要记住王蕾女士，她作为此书的执笔者，以第一人称如此贴合的文字为他人作传，无疑亦有着非凡的悟性、同理心和对大自然深切的热爱。

2021年2月14日，北京家中

在生活的内部去生活

——读陈涛《在群山之间》[①]

几年前,陈涛离开北京到甘肃省甘南藏族自治州临潭县冶力关镇池沟村挂职,开始了为期两年的"第一书记"生活。

镇政府一间 10 平方米的小屋是他临时的"家","里面有一张破床,一个砖头垫起来的沙发,还有一个旧桌子。"睡了两天,床板塌了,他就用砖头垫起来睡。一个月吃不到绿叶菜,最后吃到的,还是饺子馅里的一点点菜叶。艰苦的环境,恶劣的气候,高原病,加之语言不通,在那里,他度过了无数个凄清的日夜,"获得了与孤独和谐共处的能力"。

"我远离了北京,远离了单位,甚至远离了文学,这也让我跳出固有的生活轨道,去审视之前的生活与自己。这让我获得了重新反思生活的机会。在小镇上,我经常会想一个问题:生活的本质是什么?应该是怎样的?我应该去过怎样的生活?"《在群山之间》,是他对生活的思考与表达,他说:"任职的两年来,我认为我从生活的表面融入生活的内部,我学会了在生活的内部去生活,我甚至觉得我之前是在活着,而不是生活。"他以满腔的热血,参与到大时代恢宏的召唤中,笔下呈现的,则是身边一个个具体的小人物喜怒哀乐的鲜活日常和自我时时处处的欢喜忧愁。

[①] 陈涛:《在群山之间》,辽宁人民出版社,2021。

一

  他无数次骑着摩托车去往大山深处,甘南逶迤的群山带给他的是无尽的壮美,随之而来的还有隐隐的哀愁。他说在甘南待久了,涌上心头的常常是些难以名状的复杂情感。

  体恤村民夜间行路不便,陈涛设法给他们安了路灯,"路灯安好的当晚,我去了山上,村子很明亮,很多村民站在路灯下聊天,我沿着路灯行走,那一瞬间的内心情感是很复杂的,有欣喜,还有难以名状的酸楚。"

  看到山村小学的孩子们缺乏图书和玩具,他的心屡被刺痛,"许多次,我看到他们在村口布满垃圾的河沟中打闹,看到他们推着轮胎奔跑,看到他们沿着高高的山路回家,他们的脸上挂着笑容,但这不知忧伤的欢笑,在我们看来,何尝不是一种深深的悲伤。"

  无意间听到村民讲起悲伤的往事,他的内心会生出一份"莫名的复杂"。

  看到村里游手好闲的青年,他比当事人还愁:"我有时看着他,内心的情感复杂,为他以后的人生发愁,他能干什么呢?再过些年该怎么办?这些个毫无答案的问题引得我头疼。"

  听说常去的小店店主准备闭门回老家,他想到:"如果哪天吃不到了,该有多悲伤啊!"于是他祈求闭门时间晚一些,再晚一些……

  哀愁,悲伤,酸楚,甚至无奈,夹杂在他的日常情绪中,这情绪融入工作和生活,成为他尽力改变现状的无形动力;融入书籍和书写,是字里行间的深入悲悯。

  头绪繁多的乡村工作中,最触动他心弦的是教育。"教育重要,是我从未改变的认知;乡村教育尤其重要,是我8个月来越发深刻的感触。当我一次次地在大山中穿行,这一感受便越发强烈。"他说,"乡村老师、贫苦学生、留守儿童,这些字眼组合在一起总会让人产生百般况味。"

  心怀悲悯,他在工作之余用心、用情去做公益。他花了8个月的时间几乎走遍了全镇的村小学和幼儿园,帮他们建好图书馆后,又在图书的选择上颇费了一番工夫。不同于一般的捐助,他婉拒了亲朋好友和爱心人士的热情捐献,联合中华文学基金会亲自为孩子们精挑细选了一批真正适合青少年阅读的图书,因为在他看来,"助学活动,虽是一场公益活动,可对孩子们来说,却是对他们人生的介入,而介入别人的人生是需要对此认真负责的。"所以他小心翼翼。捐赠现场,他例行讲话,但内心深处却感慨万千:"我知道我的发言无论多流畅,都难以理顺我内心的纠结。不知当我用悲伤的眼光看这群尚不知悲伤为何物的孩子时,是不是一种巨大的悲伤。"

他的捐助来自直接、朴素的情感,"我们为孩子们送一些东西,只是单纯地希望给他们带去一些欢乐。"当然,他设法为孩子们提供物资,更希望在他们中间传播一种理念、施加一种影响,改变世代不良的积习,使乡村教育获得本质的改变。"在落后贫困地区,我深深体会到善最大的敌人并不是恶,我们可以抵抗、拒绝甚至与恶进行面对面的斗争,但若碰到愚昧,则只会感受到那种钝刀割肉般的疼痛。消解或者去除头脑中固有的或者即将涌入的愚昧,才是助学活动所要达到的更深层次的目的。"

他的善举引来了称赞,也招来了不同的声音,甚至风言风语,面对称赞,他平静淡定;面对微词,他义无反顾。在甘南,他早已放下了高谈阔论,倾心去做力所能及的事情,思考并懂得了如何负重前行,如何让自己的人生轨迹拥有更完美的弧度。在磨砺中,他愈加坚定。

二

雷达先生对甘南有过一段诗意的描写:"举凡雪山、原始森林、草原、冰川、湿地、高原湖泊、高原河流,一应俱全。它是迄今为止,绝少污染,因其幽寂和不为人注意而未遭破坏的一片香巴拉式的地方。"这诗意的语言一度诱惑着陈涛,使他对有"小西藏"之称的甘南怀有着无比美好的憧憬。然而真正到了甘南,他遭遇的却非美文里的浪漫,而是严峻现实的五味杂陈。

搬迁,修路,低保的发放,干部的晋升,村里的任何一件事处理不好都会引起纠纷,出现"难缠"或意想不到的局面。身在基层,陈涛才深切地懂得了基层的含义,"基层,是被太多的无望交织缠绕的生活,所谓的精确、谨严、上进等被一一碾碎,化作无法掌控与无法言说。"

现实修正着他的想法、做法,久而久之,他的思维方式、工作方法、思想感情都悄然地发生了改变。他说:"其实只有亲身投入其中,才会获得切身的感触。我们常常自以为是,以己度人,其实并非如此,我们感觉的那些，无非是想象。我们在想象的生活中提出自己的解答，无懈可击的完美难以触及真实生活的皮毛。"

深入乡村，他调整着自己，起初的简单化和想当然，在事隔一段时间之后，被他清晰地看到，"回想起当时的一幕幕，以及我的神态与言行，我看到了自以为是，甚至是不屑。几个月后，当我再次遇到类似的事情时，我学会静下心来仔细倾听这件事的前因后果，然后判断谁的过错多一些，谁的责任少一点。""九个月后，当我再次回想这件事情，当初的无奈、烦躁，甚至气愤的情绪都慢慢淡去，内心平静的我试图找寻背后更内在的那种情绪。""当我一而再再而三地遇到这样的事情，我发现我无法再用审视的眼光对待村民，更难用批判的态度对待他们的固执。"他开始用细腻的情感和真实的情怀设身处地地去体恤他人。

尽管如此，诸多的头绪中他依然会迷茫，依然会困惑，依然会没有答案，当他看到村里有人为提高低保档次，竟然将自己老娘的性命豁出去时，他感到着实费解，"来小镇前，我知道我将会有很多的迷惘，现在，我却对我现在的迷惘产生了迷惘，或许我注定要带着这些迷惘离开这里。"

基层工作的复杂性，超出了他的想象。而且随着了解日深、工作内容渐广，他也越发焦灼与痛苦了，"我悲哀地发现，越来越多的工作背后是越来越多需要努力去做的事情，这将让我变成一个高速旋转的陀螺。但是自己能做的太有限，要改变一件事情极其艰难。小事情尚且如此，遑论大一点的事情。"

他深切地体会到，"身在基层，仿佛置身于高大金字塔的底端，我只能做一块小小的活性炭，在基层这片汪洋大海中尽可能地吸收一些杂质，释放一份洁净。"他量力而行，尽力而为，不让自我的激情被现实中的种种困难与无奈消磨干净。

总结基层政府的工作，他说："要在高强度、高压力、异常烦琐、无始无终的工作中始终怀有一分悲悯、一分耐性，凸显诚信，言出必行，取信于民，而非一味地将责任归咎于农民的低素质与劣根性。"

三

甘南磨砺了他的性格，锻造了他的坚韧，也使他的文学观发生了改变。

到了甘南，他越来越不喜欢漂亮但空洞的文章，越来越厌倦同质化的学术类文章，他的文字，伴随着他的足迹扎根在了甘南的大山深处，扎根在了鲜活、粗粝的生活深处，真实，具象，带着某种虔诚的力量。

初来甘南之时，他说他远离了北京，远离了文学。甘南的两年过去，文学却在他心目中具有了截然不同的意义，乡村文学在他的认识里也发生了改变。他心目中的乡村与他笔下的乡村合而为一，不再隔阂，他的乡村具有了真实粗粝的气息和撼动人心的力量。他说："这些年，我读过太多关于乡村、农民的文字，此刻当我站在这里，我真切地觉得文章里的乡村与农民既不仅仅是缅怀的载体，也不仅仅是批判的靶子，我们的文字应该是扎根乡村这片土地生出来的灿烂之花，是怀着痛与爱、怀着敬畏的生发。"

这哪里是"远离文学"？分明是"在场"的文学啊。

当然，文学不是目的。基层艰苦的生活虽然为陈涛的写作提供了丰富的素材，但他更加认同一位作家在某次讲座中说的话——当被问及是不是当年的磨难岁月成就了他今日作为作家的辉煌时，那位作家略带不屑地回道："我宁愿不做一个成功的作家，也不要去经历那份苦难。"陈涛直言："我也很难说出向苦难致敬的话语，我更愿意有广厦千万间，大庇天下寒士俱欢颜。"

在甘南，在书中，他努力穿透生活的表面，思考复杂的人性，揭示永恒的困境。"在脱贫攻坚、乡村振兴的过程中，我看到农民的良善、朴实、上进，也尝试去理解他们身上的不足；我看到乡镇干部的辛苦与无奈，并为之而心疼，但也会批评他们的固执与偏见；我看到翻天覆地的变化，也看到这变化从物质到精神的背后需要一代代人持续不断地付出。在基层，在农村，许许多多发生的事情如同冰山一角，真正需要解决的实则是海面下的巨大存在，我不敢轻易判断一件事的对错，也不敢轻易判断一个人的好坏，唯有以一颗悲悯之心小心翼翼地对待并努力去解决。"

他在文学中思考现实，在现实中反刍文学。对于困境，他格外敏感："当我面对冶力关这个小镇时，我体会到的是别一种困境，这种细思极恐的生活，我不敢用'无望'一词的描述，但又实在很难找到更合适的词语。我无法否定这份困境中蕴含的希望，正如我很少对这种希望抱有太多的希冀。"

在那里，他看到太多年轻的基层干部在困顿中苦干，在无望中挣扎，将自己比喻成"瓶子中的苍蝇","在他们看来,他们就是瓶子中的苍蝇——前途一片光明,却不知出路。起初听到时,我会与他们一起大笑,可慢慢地,我觉得这并不好笑,甚至有些可悲。是环境的艰苦与生活的复杂,让他们早早陷入各自的困境与无奈之中,还是这是每个人的人生旅途中无解的永恒困境,只是他们过早沉溺其中?小镇散落于群山的缝隙之中,是否这地理的设置早就预示并注定了他们生存空间的逼仄?他们在早早看清的人生之路面前,是悲是喜?若是喜,为何我一点都体会不到快乐?若是悲,又有多少要怪罪于生存空间的逼仄,多少归结于个体安于现状的软弱?我真的是没有答案。"看在眼里,于他是无言的心痛。

在那里,他不停地咀嚼困境,不停地担心忧虑,他期待那里的年轻人生活能有一线契机,但他不知道他们是否已然接受并习惯了如此的困境,"如果真的是这样,那才是最大的困境。"这样的思索使他悲伤,但悲伤之中仿佛又有新的悲伤,他转而又说:"当我用悲伤的眼神看待他们的人生处境时,不知他们是否也在用同样的眼光看待我。"

对于困境的不懈探究与无穷追问,使他的文字具有了人性的深度。

四

甘南的大山使他沉静。自然是他的逃遁之地。

两年来,他走遍了甘南的山山水水,"从未有过一次旅行是这般漫不经心,走走停停,停停走走,随心随性,不克制也不压抑自己的内心。被认真与一丝不苟过度训练的我起初多有不适,我可能知道我下一步的目的地,可我不知道我会在哪个确切的时间以怎样的方式到达。"融入自然山野的他,内心是松弛的。

寂静的山谷,多彩的梯田,祥和的牧场,高远的云天,都是他驻足山间的刹那随手拍下的图片,后来用作了书中的插图。"在甘南的大地上行走,穿行于高高的山腰与深深的谷底,那些高远与低垂的云,那些宽阔舒缓的河流,那些翱翔的苍鹰,休憩的秃鹫,漫山遍野的羊群与黑牦牛、白牦牛,黑身白尾的小鸟,那些散落的白色的帐篷,以及旁边默默的藏獒和吠叫的藏狗,当然,更多的还是满目的绿,绿草、绿树、绿山,面对这一切,起初还有些兴奋,但后来会越发沉默,有无言之感。请原谅我无法用语言表述我杂乱的情绪,于我而言,在这天与地的大美之间,所有的言语不仅被视为多余,更像是一种亵渎。"

像梭罗在漫步中找到自我前进的方向,行走的时间,也是陈涛沉思、冥想的时间,在甘南群山环抱的大美之地,他思索:"我之于我,是什么?"彼时的他远离外界,感知到与自我从未有过的贴近。那时的他不仅回到了生活的内部,还回到了自我的内部,他在山中行走,更是在内心探询,在他看来,真正有意义的旅行,是自我的反省与修复,他说:"甘南正拥有这样的魔力,它让行走在其间的旅行者,将外在的壮美与辽阔化入内心,并在内心之中感知自我,翱翔于同样辽阔的天空。"

在那里,他思索着人与自然的关系,思考自然与自我的关系,思考自我与他人的关系,答案,在脑海中渐次清晰。他说:"我被驱使着用从未有过的耐性去体会自我、自我与他人,还有他人之间的那些困扰、纠结……发掘那些顺境、逆境、困境、绝境之中自我与他人的心之所在,并与之小心翼翼地对视。于是,一些事,似乎也就释然了。"

甘南的原野使他开阔,也使他坦然。他说:"多年前,我喜爱飞翔,'飞翔,飞翔,无所谓方向',是多么酣畅淋漓,洒脱奔放。可今日,在甘南的小镇,我越来越愿意将自己归于大地,植根泥土,因为只有大地才能给予悦纳的芬芳。"

在甘南的小山村待久了,气息似乎也变了,当他再回到北京的车水马龙,还会有格格不入的感觉,返回甘南,则如同一株枯萎的植物被投入到清澈的泉水中,刹那间焦虑、失眠,全都不在了。

五.

在甘南,他时常坐在屋前的那棵核桃树下,"腿或蜷或伸,透过枝叶与小楼交织下的小块天空望出去,不远处的朵朵白云,轻盈透亮,环绕山间,也不知过了多久,直到白云变得模糊,终融入灰色的天空。月亮升起来了,同样升起来的还有心底的一分平静的难过"。

回首只身在外的岁月,他不避讳自己的脆弱,"在小屋里的那个我并非总是安静平和,我做不到也不应该假装坚强,无视那些莫名的脆弱,我不能因为那段时光的远离而否认那些存在,因为那就是我"。《在群山之间》里的陈涛，是真实的陈涛。

夜幕降临，陪伴他的有书籍，有窗前的核桃树，有对往事的美好回忆，还有对家人无尽的思念。尚不懂事的小女儿一次次地在电话里让他回来，命令他在她"第二天晚上入睡前回来"，在一遍遍地答应，一遍遍地说"好"之后，放下电话他便泪流不止……他说："今日写下这段文字，不介意被误解为矫情，亦不会有难为情之感，我怀念那些莫名流泪的夜晚，因为那是自我情绪的梳理与平衡，我甚至觉得有泪可流是一件幸事。"

远离了亲情，他体会到亲情的珍贵。远离了爱，他体会到爱的温暖。在深切的想念与回忆中，在用心用情的日常工作中，他体会到"世间的万般情感，如果足够纯粹、明净、温暖，都值得被欣赏与理解"，体会到"在爱的能力之中，有三种很重要，那就是疼、体恤与倾诉"。

独处之时，他获得了很多的人生感悟。身处陋室，他更加清晰地意识到，人生在世，真正需要的东西并不多，重要的是，"努力在虚荣、自负与自以为是的躲闪中永怀一份天真。"回顾经历的坎坷，走过的路途，他似乎也已愈加地宽厚包容，他说："这些年，经历了许多，一些成长，一些转型，一些伤害，关于好与坏、黑与白、常与变，有了更多义的理解。"

在小镇的日子里，他对生活有了更深、更真的体会。"这是一种慢慢去掉对生活的想象，在生活内部生活的生活。"他说，"在生活严格训练下，紧绷的身体，费力攥紧的拳头，以为已然抓住，殊不知松开之后才是真正的拥有。生活，原本未知，明亮无疑的坦途，也存有黑暗充盈的沟坎。在生活的内部，不灭希望地淡然行走，或许才会在遭遇各种纠结、困境、变故时依旧故我。功成名就的荣光与身败名裂的惩罚，对个体而言，拥有着同样的意义。生活之于个人，个人之于生活，莫不如此。"

回望这两年的时光，他说他全身心地融入了生活中，前所未有地贴近了自己的内心。"是这段岁月让我对生活有了更深层的体悟，我抛弃了那些想象与幻想；我从未像这两年一样努力生活，并在孤独与熬煎中慢慢变得坦然；我终于可以穿透生活的表面，学会如何在生活的内部去生活，并在深切的体悟中懂得了思考的方向与人生的意义。"

2021 年 9 月 18 日，北京家中

道不尽的渊源

——读汪曾祺等《文人与花》①

"感时花溅泪,恨别鸟惊心。"花本是美好之物,遇上多愁善感的文人,更加增了一份姿色,亦增添了一份忧愁。花在文人的笔下,是喜是怒是哀是乐,全看文人彼时的情绪与心境了。

《文人与花》,有心将汪曾祺、沈从文、萧红、陆小曼、郁达夫、梁实秋、朱自清、老舍、叶圣陶、季羡林、宗璞、朱光潜等名家写花的文章集纳在一起,使各色的花品在文人的笔下荟萃出千姿百态,也算得上是件雅事了。

文人的性情、境遇乃至兴趣爱好不一,笔下的花木品种、姿色也不尽相同。花圃里鲜红鲜红的美人蕉让汪曾祺感到"一种特殊的、颜色强烈的寂寞"。异国偶遇的满树海棠花,陡然勾起季羡林浓郁的思乡情绪,不同的场合与际遇里,盛开的百花转而又使他领略到"宇宙的大欢畅",草木荣枯、花开花落使他看到"众浪大化中"顺其自然的人生境界,漫天开遍的寻常花草二月兰也被他写得颇具气势:"二月兰一'怒',仿佛从土地深处吸来一股原始力量,一定要把花开遍大千世界,紫气直冲云霄,连宇宙仿佛都变成紫色的了。"老舍从"好种易活、自己会奋斗的花草"中,感受到"有喜有

---

① 汪曾祺等:《文人与花》,长江文艺出版社,2017。

忧,有笑有泪,有花有果,有香有色,既须劳动,又长见识,这就是养花的乐趣";叶圣陶手植牵牛花,从莳花弄草的兢兢业业里,呈现出一份怡然的心境和达观平和的生活态度;杨朔笔下的梅花是"一树梅花一树诗",引起无尽遐想;陆蠡的《囚绿记》抒发的索性是与常春藤"遇见"的那一刹那的光影因缘,窗前氤氲朦胧的绿终日为他作着"无声的歌唱",给予他"生的欢喜";梁实秋的《群芳小记》则是姹紫嫣红,海棠、含笑、牡丹、兰花、莘荑、水仙、丁香、莲、菊、玫瑰,不但被他写得热闹,还每见不俗。写及含笑,他感叹"大抵花有色则无香,有香则无色。不知是否上天造物忌全?"鲜花入馔,被他视为大煞风景;赐花以封号,则是多此一举。而萧红《呼兰河传》里那个有祖父的花园,则被她以三岁儿童的视角写得一派纯真,"呼兰河这小城里边住着我的祖父",开头的文眼浓缩了作家一世的温情与怀念,无论走了多远、经历了什么,只有爱,无以摆脱。花园,只是一片寄托,一介载体。

就是这样,作家笔下的花,糅杂了无数的感情,勾起了无限的感慨。

我不善养花,但置身自然,相伴花草,沉浸于心灵的最宁静真纯处,对我来说却亦是无比幸福的事。由于工作的关系,许多年来日日进出紫竹院,在那里,年复一年地领略各色花木的四季开落,接受自然草木的启迪、暗示与熏染,久而久之便对花草有了深厚的感情,对人与花草、与自然、与生命,更多了一份不同的领会与感应,发于心端、会心草木、沟通自然的日常随笔结集而为《紫竹笔记》,恰好也将于近期出版。而这个集子,拜自然草木和天地灵感所赐,也被我自认为是迄今十几本散文拙作中最平静、最欢喜、最偏爱的一本。

百花之中我爱百合、水仙、海棠。沈从文先生说得好,"百合花极静。在意象中尤静。"在静之外,百合还有着先天自带的纯洁和美好的寓意,入诗,入画,入眼,入心,均洁净无染,赏心悦目。水仙与百合,脱俗的气质有着几分接近和相像,自其名中的"仙"字亦可嗅出几分"仙"气,加上水仙常常在春节前后开花,仙气之外,自然又多了一份喜气。然而梁实秋写及水仙时,引用英国诗人赫立克的诗歌,抒发的却是春光易老的感叹:

人生苦短,和你一样,
我们的春天一样的短;

很快地长成，面临死亡，

和你一样，和一切，没有两般。

大概是不同的境遇，不同的心情。

朱自清自称独爱西府海棠，"海棠的花繁得好，也淡得好；艳极了，却没有一丝荡意。"梁实秋笔下的海棠花更是绰约多姿，诗意淋漓。梁实秋亦认为海棠之中"西府"为最胜，"其姿态在'贴梗'和'垂丝'之上。"海棠花留给他的总体印象是娇小艳丽。而在我的印象中，海棠脱俗而不清高，明丽而不张扬，绚烂而不落俗套，每每遇见，都心生欢喜。

"月想衣裳花想容"。爱花之人，将花视为朋友，认作知己，或比为美人，有生命，有性情，有内涵，有姿容，同感互应。陆蠡怀念它的常春藤，告别时默念：有一天，得重和它们见面的时候，会和我面生么？梁实秋写兰花，"看花要如遇故人，多少旧事一齐兜上心来。"季羡林认马缨花作知心朋友，凄清寂寥之时向其倾吐心事。

文人中的丹青妙手兴之所至，偶尔也将花采撷入画，如汪曾祺画绣球，"也是有意为之地画了很多簇在一起的花瓣，哪一瓣属于哪一朵小花，不管它！"汪先生的文人画，妙就妙在这随手拈来，一分涂抹，三分意态，点到为止。而读到沈从文先生百合花的那个早上，我恰好画了一朵百合花，纸页上又逢，倍感欣喜。从文先生意念中的百合花更为奇特，他说："山谷中应当有白中微带浅蓝色的百合花，弱颈长蒂，无语如语，香清而淡，躯干秀拔。花粉作黄色，小叶如翠珰。"影像陡然浮现眼前，若能以画呈之，岂不快哉！

上海的陈子善先生也曾以《花》为题，主编过一本散文集，印象中买过，但不记得是否读过了。汪曾祺先生独爱花草，在《人间草木》中幽幽谈来，颇具情致。当代作家中来自大草原的鲍尔吉·原野与花草有着灵性的因应与感通，于花草中见出了鲜活的生命。南方的沈胜衣于日日熏染中对花草亦是情有独钟，一本《行旅花木》写得诗意葱茏。而古今中外与花相关的诗文更是千古流传，不计其数，文人与花，仿佛有着道不尽的渊源，斩不断的牵连。

2018年9月7日，写于北京

融入自然山水间

——读陈从周《园林清话》[①]

　　人们对于园林并不陌生，但造园、赏园却是一门学问。诗文书画曲，能将各门艺术融会贯通，本能地运用到园林艺术之中，非得有丰厚的学养、底蕴和良好的艺术感悟力不可。陈从周先生就是这样的人。作为园林艺术家，他能诗善画，亦精昆曲，无论造园还是赏园，均显示出独特的文化视角，并将之提高到文学艺术的境界和审美的高度，付诸笔端，便是一本耐读的书。

　　陈从周说，中国园林作为由建筑、山水、花木等组合而成的综合艺术品，本质上是"文人园"，尤其古代园林，多为文人士大夫所建，因此，重文化，讲韵味，强调意境。"它同文学、戏剧、书画，是同一种感情不同形式的表现。"文学艺术往往由简到繁，由繁到简，造园也是如此，"古时造园，一亭一榭，几曲回廊，皆据实际需要出发，不多筑，不虚构，如作诗行文，无废词赘句。学问之道，息息相通。"从园林的样式、构造往往能看出园主的文化修养，所谓"三分匠七分主人"。"造园之高明者，运文学绘画音乐诸境，能以山水花木、池馆亭台组合出之，人临其境，有诗有画，各臻其妙。"而园造好之后，又必有书斋、吟馆，实则文人雅集、读书吟赏、挥毫泼墨之所。

---

① 陈从周：《园林清话》，中华书局，2017。

诗画是造园的基础，"不知中国画理，无以言中国园林。"自清代以后，园林与画家的关系几乎不可分割，元代以后，中国画写意多于写实，"以抽象概括出之，重意境与情趣，移天缩地，正我国造园所必备者。言意境，讲韵味，表高洁之情操，求弦外之音韵，两者而一也"。简言之，"画中寓诗情，园林参画意，诗情画意遂为中国园林之主导思想"。从诗画的角度看园林，诗画中有园林，园林中皆诗画，跟随陈从周先生的视角和文字漫步园中，亦是一步一景，一步一诗，一步一画，加之诗词佳句随时涌来，不时给人以美的艺术享受。中国园林在具体布置构建上的颇多讲究均离不开诗画，"画家从真山水而创造出各画派画法，而叠山家又用画家之法而再现山水"。此外点景、引景、对景还是借景、隔景，栽花种草还是叠山理水，体现空灵还是营造浑厚，均非随意布置。仿如一幅画的构图、落墨，有章有法，有气有韵，有节奏有对比，而非随意堆砌，杂乱无章，"画中之笔墨，即造园之水石，有骨有肉，方称上品"。又如一首诗的韵律，抑扬顿挫，平仄仄平，均须安排得当，"园之佳者如诗之绝句，词之小令"。

造园强调自然生动，在一园之中做文章，既要游刃有余，又不可矫揉造作，考验的是园林师对于自然山水与艺术创造的独特领悟与巧妙运用。"山贵有脉，水贵有源，脉源贯通，全园生动。"叠山理水"虽由人作，宛自天开"。造园师从"相地""观势"选址开始，就要从大自然中寻找灵感，"观天然之山水，参画理之所示，外师造化，中发心源，举一反三，无往而不胜"。可将巧妙的艺术构思融入自然山水之中，亦可凭借独具的艺术手法，营造出"宛自天开"的艺术效果，如陈先生引《梅花墅记》所云："身处园中，不知其为园。园之中，各有园，而后知其为园，此人情也。"要出于自然情感，又要注重整体效果，"造园必以极镇静而从容之笔，信手拈来，自多佳构。所谓以气胜之，必总体完整矣"。

园林也要讲真，以真为美。"山林之美，贵于自然，自然者存真而已。"何为真伪？"所谓'人力造作'，所谓'穿凿'者，伪也。所谓'有自然之理，得自然之趣'者，真也。"水光山色，鸟语花香，最真者，恐怕还是借自然山水，得天然之趣。因此，"借景"在园林中就显得十分重要。若在真山面前堆假山，便是弄巧成拙、多此一举。陈从周对此有专门论述。"借景"，有远借、临借、仰借、俯借、应时而借等，他举例颐和园之"借景"

西山，还特别提到佛寺"借景"选址之精心与周到，"寺址十之八九处于山麓，前绕清溪，环顾四望，群山若拱，位置不但幽静，风力亦是最小，且藏而不露。"他提起常熟兴福寺，我却想到了山西的悬空寺，背山面水，立于山腰峭壁之上，地址的选择殊为奇特，倘若未被开发为旅游胜地，当是鲜有打扰。山水之外，花影、树影、云影、风声、鸟语、花香，有形无形之景均可借，以达园外有园、景外有景的美妙境界。

依照美学标准和人们的审美习惯，佳园本有其构建原则。"能做到有山皆是园，无水不成景，城因景异，方是妙构。""园林不在乎饰新，而在于保养；树木不在于添种，而在于修整。山必古，水必疏，草木华滋，好鸟时鸣，四时之景，无不可爱。"陈从周在书中介绍了很多经验，总体而言，"古迹名园，首在神气。"谈及建筑的布置，他认为："风景区之建筑，宜隐不宜显，宜散不宜聚，宜低不宜高，家麓（山麓）不宜顶（山顶），须变化多，朴素中有情趣，要随宜安排，巧于因借，存民居之风格，则小院曲户，粉墙花影，自多情趣。""园必隔，水必曲"佳者收之，俗者摒之，万物皆为我所用。

然而"造园有法而无式"，基本原则之外，因地制宜，巧妙布置，又各有不同，所谓"园以景胜，景因园异"，共性之外有个性，呈现万千姿态。"过去造园，各园皆有特色，亦就是说如做文章，文如其人，面貌各异。"大园怎么布置，小园如何构建，有景可借如何因势利导，无景可寻怎样追加添置，均须费一番思忖。"园林密易疏难，绮丽易雅淡难，疏而不失旷，雅淡不流寒酸。"借用书画的语言和思想，"万顷之园难以紧凑，数亩之园难以宽绰。紧凑不觉其大，游无倦意，宽绰不觉局促，览之有物，故以静、动观园，有缩地扩基之妙。而大胆落墨，小心收拾（画家语），更为要谛，使宽处可容走马，密处难以藏针（书家语）。"小园以静观为主，大园以动观为主。小园之中陈从周偏爱苏州网师园，大园首推拙政园，而上海的豫园则为他亲自规划，因此体会更深。

"春雨江南，秋风蓟北"，南园和北园又有不同，北园华丽，南园秀雅；北园高亢，南园婉约，总之各有性情。北方的皇家园林，"其富贵气固存，而庸俗之处亦在所不免。南方的清雅平淡，多书卷气，自然亦有寒酸简陋的地方。因此北方的好园林，能有书卷气，所谓北园南调，自然是高品。"而明清以后，以北京为中心的园林，受南方园林影响，也有了很大变化，有南北融合之势，我想到北京的紫竹院，亭台楼阁，小桥流水，应算一例吧？而扬州园林既不同于江南园林，又有别于北方园林，而园林的风格则两者兼有，体现了其所处地理条件与文化交流诸方面的复杂性。

陈从周作为园林家，走遍大小园林，结合具体案例，纵论南北古今，很有见地。他不仅对众所周知的名园做了剖析，对胡同里弄里的私家庭院也做了一番考究，唯恐落下一处杰作。"江南园林甲天下，苏州园林甲江南。"陈从周在对其做了详细评说之后，结合古诗文，又对苏州诸园表达了新颖独到的领会："网师园如晏小山词，清新不落套；留园如吴梦窗词，七宝楼台，拆下不成片段；而拙政园中部空灵如闲云野鹤去来无踪，则姜白石之流了；沧浪亭有若宋诗；怡园仿佛清词，皆能从其境界中揣摩得之。""总之，中国园林与中国文学，盘根错节，难分难离，我认为研究中国园林，似应先从中国诗文入手，则必求其本，先究其源，然后有许多问题可迎刃而解。"苏州园林之外，在书中，他还单篇讲述了扬州园林、常熟园林、泰州乔园、杭州西湖、绍兴沈园、海盐绮园、上海豫园与内园、海宁安澜园、恭王府与大观园，将理念融入具体的构制当中，时而穿插些历史典故与风土人情，读来生机盎然。而众园中的沈园，借着陆放翁与唐琬的故事，则被他讲得凄楚悱恻。万古园林，一段情事；缠绵无尽，人又奈何。这些园林中有些是我去过的，如拙政园、豫园、颐和园，读来便更有参照感。也有从旁知晓的，比如南京的随园，我是在秦宣夫先生《随园的银杏》一画中看到的，今次再听介绍，便勾起下次赴南京定去游览的想法。还有熟视无睹的，如北京的恭王府，几番路过，均不曾入，下次也该到此一游了。

以行家的眼光，陈从周对所见的大小园林也有"挑剔"，"今之造园，点景贪多，便少韵致。布局探大，便少佳趣。韵乃自书卷中来，趣从个性中表现。"而今日的公园，单看"公园"二字就少了许多情趣，而且园林工程基本是由园林管理机构和专职工程师主导，有共性日益增多、个性日益减少的趋势。"改园更比改诗难"，他希望从历史文化的角度去探究考据，结合地理人情风俗，以使大小园林各具特色。在具体的细节上，他对不当的安排布置亦比游人敏感，谈到观赏线路的设置，他特别提到苏州拙政园入口为东部边门、网师园入口为北部后门，均有悖常理。

有人造园，还要有人品园、赏园。"造园难，品园也难。"品园赏园需要同样的学养、修为，要究园史，要熟悉彼时生活，"能品园才能游园，能游园就能造园。""园林是一个提高文化的地方，陶冶性情的地方，而不是吃喝玩乐的地方。园林是一首活的诗，一幅活的画，是一个活的艺术品。"而游园也是一门艺术，有人会游，有人不会游。游园如同造园，不可缺少文化和美学修养。"从诗文中可悟造园法，而园林又能兴游以成诗文。"

"园林不起游兴是失败的"，好的园林贵在含蓄，要虚实得法，曲折有度，不仅要引起游览的兴味，勾起再来的愿望，还要让人百看不厌，不可一眼望穿，一次游尽。含蓄中又要有变化，动静相宜，"静寓动中，动由静出，其变化之多，造景之妙，层出不穷，所谓通其变，遂成天地之文。"树林花草的点栽种植要疏密得当，错落有致，色彩和谐，山石的营造要千姿百态，"春见山容，夏见山气，秋见山情，冬见山骨"，四季皆可观，风雨皆可游。"园中有景，景中有人，人与景合，景因人异。"人，是流动的风景，亦是园林不可或缺的鲜活生动的一部分。

读着陈从周的文字，我的头脑中时不时地闪现出我日日缱绻的紫竹院，紫竹院小桥流水、河湖相通，曲折回环、一步一景，雨雪风霜、四季常新，当属园林之佳构了。当读到"造园固难，品园不易，游园更忌草草，有形之景，兴无限之情，庶几不负名园也"时我想起自己于紫竹院旁工作的十几年来每每漫步于此，都有欢喜溢满心间，与自然融入、感应的刹那，体验天人合一之大境界，并于每日的流连中著《紫竹笔记》，抒发内心对生活、对自然、对生命的那一份崇敬与热爱、感谢与感激。我，是否也已不负此园了呢？园与人，人与书，自由放逐，混沌归一，融入自然山水之间。

此书读罢，再去紫竹院，便更觉意味无穷。

2018年11月18—20日，北京家中

人生如寄，借山而居

——读二冬《借山而居》[①]

能找一家老宅常年隐居终南山，写出这样的文字就不足为奇了。

80后画家、诗人二冬的文字乍读起来虽谈不上优美，但"粗糙"中带着真气，有着某种拙朴的美，细细地读下来，拙朴中还带着超脱，有着一些老庄的意味。

虽然他并不读老庄。但他的逻辑也并非没有道理，"如果都学老庄，那么老庄跟谁学的呢？老庄读谁呢？老庄不读外国文学，也不读四大名著，没听说过王小波，也不知道博尔赫斯，不也一样有智慧吗？老庄跟自己学都能成为老庄，后人读了那么多名著也没见智慧能超过老庄。"当他通过"度娘"百度出"萨特是谁"的时候，他发现他的思想和萨特如出一辙，跟他整天咀嚼的存在与虚无完全契合，于是他更加坚定了他自己：他要用自己的方式去觉知世界，要从这个世界获得直接的认知，写出自己的语言。这是完全可能的。叔本华的反对读书、直抵事物的核心大概也是这个意思。来自自我的直接体验更鲜活，更有活力和生命力，而一切的外缘只是激发和唤起。读书也是如此，您以为读书是在读别人吗？不是的，是在读自己。读书不是学习，读书只能焕发并加固自己。

[①] 二冬：《借山而居》，中国华侨出版社，2017。

他的隐居不是出家,而是归真的觉醒。年纪虽然不大,但他却总能从全局看世态,将自我与万物拉到一个浩瀚宇宙的背景下去观照,于是看到的是不一样的存在,也是一份生命固有的通达与洒脱。虽然这洒脱中不乏悲观,正如生命终将堕入虚空,但在这短暂的"余地"里,他并未放弃生活,在简单中创造着丰富,于素朴中感应着美。这些文字是美好的见证。他给读者提供一个不同的样本,从这里,洞开了一个新鲜的角度,让人们看到更多的可能性,正如他说:"解释世界的道路其实是有很多种的,而大部分人只看到一种,认为只有那条路可以走得通,其他路都是旁门左道。所以我认为是狭隘的。应该看到很多条路,然后又能看得见路路皆指向同一个点。"

生命本是延展的,放置于山野丛林之间,便更放大了自由欢畅的尺度。他看待事物与他人不同,直观的感觉使他质疑世俗、偏见和传统,轻而易举地掀动千年的积尘,不,一身轻松的他本无积尘,有些人就是本在源头的。他离开城市,回到山野,成为一个"住山"的人,失去了一种生活,也获得了一种生活,而他的获得都是他需要的。住在山上,写诗画画养鸡种草,看山看云听风看太阳,睡到自然醒,"我想要的一切,我都有。我不想要的都和我无关。"

> 每次回到终南山
> 我都会一个人站在山顶
> 看看下面的城市
> 看看人间

离开了城市的他会反观城市,离开了人间的他会反观人间。"我常常站在人类史的角度,去反观那些微不足道的荣耀,每次看到人群时,我都在想,那些蝼蚁一样的角色,和我一样,相信他们每个人都认为自己是独一无二的存在,是这个世界的中心。"从这种反观中,他更加地确认自己的位置。当然,他并不在终南山,如他所说:"若有隐之心,处处皆是终南山。"

常在源头,不离本心,深入地聆听内心的声音……人生如寄,借山而居,终南山,是令他最感自如和自在的地方。

2018 年 6 月 22 日,北京家中

静心消磨，悠然南山[1]

——读周华诚《一饭一世界》[2]

一个作家的功底，不在于他写的是多么宏大的题材，而在于平凡的事物中他能否见出不平凡的美，写出自己的风格与韵味来。然而他的笔下又是没有风格的，在无所追求和自然而然中自成风格。周华诚就是这样的作家。在书里，他能将一蔬一饭写得有滋有味又有情，引发意味深长的联想与感悟，使读者陶醉在那一片人生的美感里，实非一日的锤炼与修行。

他的《一饭一世界》颇有一点汪曾祺的味道，闲适散淡，娓娓道来，将生活与文字融为一体，在生活中写作，在写作中生活，在享受中写作，在写作中享受，生活与写作，合而成为人生欢乐唯美的主题。他笔下的蔬果脱离了蔬果的具体形貌，见出了各自的内在精神，他笔下的饭菜美食脱离了斤两火候，透出了岁月的悠长隽永。谈及具体的制作方法，华诚却又是地道的行家里手，不仅真的能做出自己的风味特色，还常能从中悟出真知灼见来。厨艺的增进，岁月的打磨，久而久之使他明白烹饪的至高境界，是保留菜肴的原味，"正味乃至味"，"这个正味，是符合自然之道的味，它的甘甜，是菜蔬本身的甘甜；它的清爽，也是得自日月山川的清爽"。于是很多的时候他只在菜里加水、加盐，返璞归真，品出菜肴也品出生活的真味。

---

[1] 原载《钱塘江文化》2020年第4期。
[2] 周华诚：《一饭一世界》，广西师范大学出版社，2018。

而至味之中令人感动的，还有他于朴素的生活小景中融入的那一片温暖的真情。无论是对家人对朋友对生活，这真情在他的文字里随处可见。华诚笔下的生活是舒缓、多情而柔软的。他的菜蔬，连接着故乡、记忆、童年和乡野，时时将他带向美好的联想与回忆，"一定要回家去采马齿苋！采很多很多，带回来，放汤、炒鸡蛋、凉拌……吃不完再晒一些马齿苋干。什么时候想念田野了，就拿几根出来吃。"在《马齿苋》一文中他如是说。而在另一篇《杨梅》的文末，他写道："我每归家，父子两人对饮杨梅谷烧，面孔酡红而不觉，其情也融融。"在他的文字里，总能见到如此的画面，温馨，温暖。

华诚的文字是自心中流淌而出的，不虚饰，不造作，不刻意经营，如自然草木自生自长，却郁郁葱葱，茂盛活脱。谈及土豆，他说："是的，不管科技进步成什么样子，人与植物的关系依然不过如此简单——彼此信任，相互陪伴……虽然意大利人把它叫作地豆，法国人把它叫作地苹果，德国人把它叫作地梨，美国人把它叫作爱尔兰豆薯，中国云贵一带的人把它叫作洋山芋，山西人把它叫作山药或山药蛋——但那不重要。真的，管它呢。"说起茶道，他说："在我们乡下，并没有'茶道'这样的说法。茶有什么道，无非是倒茶而已。"有时候，人家向他约稿，他就那么一句一个"公度兄"地拉拉杂杂跟人说了起来，话说完了，文章也写就了，有话则多，无话则少，实在没有，就暂时搁置，完全没有作文的痕迹——是的，写文章终究不是人生的第一要务。华诚文章的洒脱，亦全然来自他做人的洒脱。

而人与文，的确不是可以断然分开的。不仅人与文，在周华诚眼里，做菜与作文都是可以触类旁通的，"说起来，做菜，无非也是一种审美，跟艺术的标准，或随笔的标准，几无二致。""滋味的解读，尽在可说与不可说之间。"那些在他眼里均具生命与性格的蔬果，又常常使他联想到诗词歌赋与书法绘画，一副《苦笋帖》，或一句太白诗，时不时地将读者引入一片氤氲的画意与诗情，和他一起陶醉在人生无尽的韵味与美感里。静心消磨，悠然南山。谁说这不是一种享受呢？

周华诚是我鲁院的同学，想起彼时的他每早总是于上课前倒数第一个匆匆进得饭厅，真没想到他还有这两下子，写一手好文不说，竟还真能烧得一手好菜。

2018 年 10 月 15 日，北京家中

清澈如许，欢喜如初[1]

——读周华诚《一日不作，一日不食》[2]

从乡村到城市，从城市到乡村，仿若佛家的由看山是山，看水是水，到看山不是山，看水不是水，再到看山是山，看水是水，今日的周华诚还是昔日的周华诚吗？

多年前，周华诚在父亲的教导下考上了大学离开了乡村，在杭城闹市端上了"铁饭碗"谋得了一席记者的职位，多年后，周华诚辞去媒体职业回到家乡，在浙西常山县五联村又和父亲种起了自家的一亩三分地儿，并将"父亲的水稻田"做成了文创项目，借由诗书传播稻田文化和农耕文明，更让自己回归淳朴清静的自然本心。夕阳西下的时候，他急于赶回"父亲的水稻田"，只为了"在田埂上站一会儿"，看一眼夕照下蒙上了一层温暖色调的禾苗安然生长的模样；正午时分，他蹲守在稻田里，只为给美丽的稻花拍出动人的照片——一朵稻花就是一颗米粒呀！随风起舞的禾苗，令他安心安然，注目的刹那，漫步的瞬间，都为他平添许多的欢喜，田野里的每一个细微发现，都是勾连心灵的天成大美，较之于城市的喧嚣浮躁，他更贪恋乡间的静谧光阴。

---

[1] 原载《文艺报》2020 年 11 月 6 日第 8 版"书香"版。
[2] 周华诚：《一日不作，一日不食》，广西师范大学出版社，2020。

大地是丰厚的馈赠，自然草木给予周华诚无尽的熏染、启示和给养。四季轮回之中，他看到"水稻不过也是万千野草之一种，承接雨露阳光，受惠风和空气，种种恶劣天气，不过生命之中应有之义。该来的都会来，躲也躲不掉。去承受、接纳、应对、欢喜，生命也才完整"。不经意间，他发现种子的智慧，"它们会在合适的时候隐藏自己，并在正确的时候释放强劲的生命力。"从草木野果的姿态、性情，他感受到顺应自然的达观美好，"草木野果真是慷慨，并且不执——不执于事，不执于人。秋风起时，当枯则枯，当黄亦黄，当落就落，当败也败，顺应着时节的进展，一切都正好。"在日复一日的劳作中，他体悟出生命的意义，"世界每天都在变，但生活的快乐、劳动的价值、生存的意义却从未变过，无非是，生命中最质朴、最本真的那部分。"他联想到爱，联想到汗水与收获，联想到内心的无拘无束和自由自在，享受着一个人在田间插秧时内心的宁静与欣喜，"手把一只手机使我们联通全世界，手把一株青秧就使我们联通土地。此刻我们放弃了全世界，只为了脚下的土地。"

《山醒了，鸟醒了，你也醒了》，他的文字，清新怡人，一派天然，而那水流"哗啦哗啦"彻夜不息的声响，风过林梢时起时伏的乐音，鸟群一忽儿落下、一忽儿又飞过窗前的不确定性，以及四时的花香，猛然落下的阵雨，一阵一阵地袭过田野、令草木飘摇不已的雨雾，对他，都是铭刻于心、无可复制的天作之美和恒久诱惑。被造化吸引，借景自然，周华诚在"父亲的水稻田"边也建了自己的宅院，并取名"稻之谷"，举目四望，有山，有水，有森林，有梯田，有诗有书有朋友，有阳光朗照、草木芬芳和诗酒流连，那是他的世外桃源。"我是被鸟叫和阳光叫醒的"——世间的奢华，能抵过这样一个美妙的早上么？

丰收的季节，他呼吸着田野里的稻谷之香与阳光之香。"每年秋收时，父亲都会挑最好的稻穗割下，扎成一把，挂在屋檐下晾干，以作为来年的种子。"平常的光景里，透着隽永的美感，"一年一年，光阴流转，这些糯米种子，真不知道是从哪一代的祖宗手里流传下来的。爷爷的爷爷的爷爷，大约也是吃着这些谷子，种着这些稻秧，子传子，再传孙，生生不息，这样绵延不断地传承下来。"时光流转，匆匆而过，岁月与岁月，由何相连？这，才是真正的意味深长和薪火流传吧。而他的父亲——一个农民，在作家儿子的怂恿下，于即将寄出的米袋子上即兴写下"新米有九月阳光的味道"，是否更有着生命的感动和生活的质感？

当然，现实的劳作，遭遇的也并非全是田园诗意，周华诚和他靠天吃饭的父亲一样，虫害天灾，一样也不曾躲过。但天地造化，赋予了他新的情感和视角，感激，终归多于哀怨。久而久之，"我们也就知道了，在这个世界上，没有永远的对抗，也没有永远的敌人，有的只是相互陪伴。病害虫害，野鸟飞虫，都是水稻的朋友，而不是敌人……若失去了蝗虫和稗草，水稻的生命似乎也会失去光彩。"自然万物，原本相克相生，相依共存，顺应之中，人的内心也变得柔软。周华诚所虑不多，"只坦然接受这一季水稻的所有遇见。"

种田于他，是一场劳作，更是一场修行，在日复一日、寒来暑往中，万物回归了本义。他说这世上总有些事，是留给笨拙的人的，"如同水稻的生长，缓慢却执拗。"对一株水稻来说，最重要的是时间，对每一个人来说，同样如此，"因此，我会说：心怀热爱，日复一日的劳作，才是美好生活的本义。"在劳作中，"我们看见时间的流逝，看见春天秧苗青青，雨雾朦胧，秋天水稻金黄，天空高远，再过不久就是冬天，稻田荒凉而寒冷，万物凝止，直到又一个春天来临。时间就是这样周而复始，唯有生命在这里流逝。"而在周华诚的心里，一切又都是游戏，水稻田就像游乐场，并无微言大义，"它只负责虫鸣、鸟叫、蜻蜓飞舞、万物生长、冬去春来、周而复始。"

在这块土地上，也有如周华诚一样的人们选择了"低头种地，抬头唱歌""白天在稻田里劳作，晚上在星空下弹琴"的生活，那是万千生活之一种，也是周华诚喜欢的样子，虽然"不知道从什么时候开始，人们对于生活的理解越来越狭隘"，他们似乎无法想象，何以日复一日的体力劳作，也可以成为"喜欢的生活"，简单如斯，何以也能获得满足与自在，而这种满足与自在，在周华诚，却是"应该作为人生很重要的东西去追求的"。

事实上，周华诚有两块田，一块是窗外"父亲的水稻田"；另一块，在纸上，在书中，在心里。一样的丰收在望，又一样的云淡风轻，他就是这样，于在意和不在意之间，过着自己的潇洒人生。然而写字与种田，于他的内心深处，又有着同样庄严的意义，"有时候我觉得，码字跟种田，真是没有太大不同，都是面对大片的荒芜与空白，耐心地一棵一棵地种下去，经历漫长的重复的劳作,然后一粒一粒地收回来。"他的离开乡村,与返回田园,于他是否也并无本质的不同呢?今日"在乡下生活,实是将身外的欲求缩减到最小的限度,由此换来一个更大的心灵的自由空间"。往昔漫步于西湖边,他亦视在城市的繁华间行走为"一种内心的修行"。吾心安处是故乡,联想到梭罗、安妮·迪拉德和卡尔·波特,他说:"我想,一个人,不管身处何地,心里都要有一片瓦尔登湖、一方听客溪,或是一面西湖、一座终南山。它们是每个人心中的秘境。"

种稻得道。周华诚种下的,原本是他的一方福田,也是人生的别一番风景。回到了水稻田的周华诚,日益接近着自己的人生本相。看啊,两畦黑糯米在阳光下,正"美得不可方物"……而没有水稻田的我们,内心是否也可像周华诚一样清澈如许、欢喜如初呢?

2020年8月5日,北京家中、长虹桥

回归的行走

——读周华诚《素履以往》[①]

周华诚去山里，去的是山里吗？大山于他，仅仅是大山吗？

当他把很多看起来"很重要"的事情放下，一次次走进山野，他说他内心的很多角落被唤醒，在那里，他重新触摸到某种纤细的情感和幽深的美好。

"素朴而天下莫能与之争美。"周华诚的文字和他的人一样真诚质朴，常于猛然间将读者引向一个崭新的视角，崭新，却又浅显而遍在，促人幡然醒悟。写到山间的溪流，他说："我用什么比喻好呢，宝石，玉带，都太俗，水就是水，却是它自己的颜色，纯净极了，沉稳极了，宝石或玉带都不及它。"

好的文学，语言有时是赘物。

事实上，华诚的文字，简时极简，美时极美，如参天的古树，根深叶茂，意境葱茏。他想象里钱江源国家公园"最古老的那棵树"，温情而又唯美，"如果这棵树隐于森林，一定在默默守护着整个森林家族的平安。不仅仅是大树，还有它们脚下的灌木与小花，以及昆虫与蘑菇。"他追溯的钱塘江源头，朴实而又感人，"老丁家门前，有一条清溪，溪水潺潺，一直向山

[①] 周华诚：《素履以往》，广西师范大学出版社，2020。

外流去。这便是钱塘江真正的上游。"有画面，有联想，又颇富人情味。

不仅仅是语言，华诚的布局谋篇亦无技巧，顺应呼吸，长短随性，该行时行，该止时止，不刻意追求。我喜欢。

他写古老的事物，写裹挟在大山深处，久被遗忘却意外地穿越了时间被保存下来的村庄，写乡间偶遇的鱼鳞瓦屋顶，"这样的屋顶，呼应着远处的山林，近处的树影，也呼应着鸟的翅膀，风的足迹。"是美好的想象，亦是遥远的回忆。

"隔着一条河，我看见对岸的山林、炊烟、鱼鳞瓦，就觉得那才是故乡的屋顶。"那是周华诚的屋顶，也是儿时我的屋顶。记忆中姥姥家的蓝灰鱼鳞瓦屋顶上，一簇簇的瓦松犹然在目，伴着静好的光阴，一度看着我们在院子里无忧玩耍……今日回首，已然不再。那蓝灰的鱼鳞屋瓦连同陪伴了我整个童年的蓝砖老屋，都已被现代的机器碾得粉碎，悄然遁入了时光的深处，老人也已然不在，留下我在陌生的都市里，于不经意的此时流泪追念……

而如此的惆怅，也时不时地穿插在周华诚的篇章里。

村落、老屋，乃至一切古老的事物，联结着历史、现在与未来，可追溯，可怀想，可寄托，可希冀，予人以踏实感，如周华诚所说："人在森林中，屋在古树旁，这种相依相伴的关系，令人觉得安宁。"而那千古绵延的大山，只远远地望上一眼，便感内心宁静，清澈旷远。

周华诚山里的行走无拘束、无目的，"可以沿着一条河一直往上游去，或者跟着一头牛在田野里走一走。我想做一个漫游者——就在这山里。"他说他喜欢这样无目的的行走，"生活就像一趟旅行，并不是为了完成任务，而是为了去迎接所有未知的欣喜。"谁说不是呢？

"我喜欢这样的山林。"面对山中的黑熊、豹猫、豪猪、花面狸、白颈长尾雉，周华诚亦直抒胸臆。他说，不管我们喜欢不喜欢，这个世界其实也是它们的，"鸟比我们更喜爱树林。"而大山里的各色花木，亦"都在我们不注意的地方独自美好"。

然而他的行走也并非不食人间烟火，"跟森林景区的世外之味相比，我偏爱山下村庄的烟火气息。"他说。他偶然认识的既开饭馆又写书法的老余，让他悟出做菜和写字原本相通的道理，"当你对笔墨与纸的关系，或者对菜肴与水火的关系，了解得极其深入、运用得极其娴熟之时，这些东西就会成为表达内心的一种工具了。工具不再重要,内心才变得最重要,这就是境界。这就是人生。"所到之处许多的美意与美遇——意外地捎上他去打山泉水的老翁,请他吃气糕的老文,给他诗意的生活加添了额外的暖意。

他如此这般地开着车,在山里四处转悠,从一个村庄到另一个村庄,从一座山到另一座山,"左手山野,右手碧水。"时而喝茶谈天,时而停车饱览大自然的美景,在他的眼里,四时皆美。

美,是自然山野的题中应有之义。周华诚说:"我喜欢在深秋到山里去,秋是明媚,山上的颜色也在一层一层地加深,变黄或变红。仿佛就在十天半个月里,山野一下子热烈起来。一抬头,见山见水,见云在天,见风在林,人也轻快起来。"而纸背一幅水云间草木掩映、层林尽染的村庄插图,氤氲缥缈,不似人间。那是周华诚的摄影作品,仙境般的影像与其空灵通透的文字水乳交融,和谐美好。

周华诚避开繁华,带领读者去到了大山深处很多不知名的地方,并于古朴中写出了独有的明媚。在高田坑,他看到人们在悬崖边上开地,以肩膀拉犁,看到人与人的恋爱,从馈赠一枝梨花开始……这,不就是几千年前《诗经》里"投我以木桃,报之以琼瑶"的纯美场景么?天高地远,美好的事物源远流长。

对于美,周华诚总是有着深刻的眷恋,离开高田坑的一个瞬间,他看到"转弯的地方,一树乌桕红得好看。我又停车,多看它一眼。扭头回望高田坑,见湛蓝的天空下,隐于深山的高田坑恍若一首诗"。只有在这样的状态与心境下,才能泛出一片文学的诗意吧?融入了山林的周华诚,是如此妥帖。

想到世俗生活的熙来攘往,周华诚不无感慨:"这凡俗的生活,生生地困住尘世中人。"而"在开化,山呀水呀,一棵树一片田,都是可以让人邂逅的美……这大山、丛林,以及山水丛林间的草木光阴,便是它禅寂一般的精神,是它所能提供给外部世界最重要的启发"。正如走过了内华达山的约翰·缪尔视大山为教堂,悉心地聆听它的教诲,周华诚在山里,也曾以虔诚的心情领受大树的教诲。与自然本心接近之人,都能听到大自然的声音,得到大自然的指引。

瓦尔登湖畔的梭罗曾说,一个人只要充满自信地努力去过他心中想要的生活，他就会"把某些事情置诸脑后，越过一道看不见的界限；在他周围与内心深处会确立一些新的、人人懂得的更加自由的法规来"。我想，周华诚正是依照自我确立的内在法规，越过看不见的屏障，抵达身心的自由境界。

"高田坑最好的事情，是还有一片星空可以看。"星星月亮，自然原野，都是周华诚的大事，"想想看，唯有那些留下深刻印记的时光，才是生命中最可宝贵的，才算是没有被虚度了的片断。"

看着峡谷深涧里的秧田青青，周华诚甚至想长久地留下来，"人们总是向往着远方，或许出了这深山峡谷，能挣到更多的钱，但说到幸福度，还真的不一定会更高。在这山里，日子缓慢悠长，脚步不急不躁，也是美好生活的一种。"谁说不是呢？未来卸去了公务，我也能有这么一个理想的去处么？

"不管西方人还是东方人，自身感受宇宙之后，他心中产生的东西，才是他自己的东西。这是一手的、直接的体验。如果要真正地感受世界，必须抛弃很多东西——比如先入为主的'教育'，必须清空，重新回到一个婴儿的状态——重新成为一个很干净的人，成为一张白纸。"极是，那不就是老子所言"复归于婴儿"吗？如能做到，难能可贵。

"一条通往源头的道路是漫长的。"回溯钱塘江的源头，周华诚发出感慨。但我想，这条道路，还不仅仅是钱塘江尾到钱塘江头的道路，而是人类返归自性、回到本原的道路。周华诚的行走也不只是诗意的行走，想必还是思考、冥想和回归的行走吧？

2020 年 9 月 12 日、14 日，北京家中

不堪的过往，纷繁的当下

——读邹仲之《感怀上海》[①]

这是光鲜之外平民的上海，这是摩登之外居家的上海，这是洋房别墅之外亭子间里的上海，因此，这里的上海散发着湿潮的霉气和喧嚣的烟火气，承载着真实的历史片断和深刻的文化记忆。

历史过处，不尽是优美。同一个上海，有十里洋场的繁华耀眼和光怪陆离，也曾引起一代人的伤痛回忆；引来艳羡的目光，也曾遭到渗入骨髓的厌恶与抨击。林语堂的《上海之歌》简直就是对这座大城的诅咒，"我歌颂这著名的铜臭之城""我歌颂这搂的肉与舞的肉的大城""我歌颂这吃的肉与睡的肉的大城""歌颂这行尸走肉的大城"，在这里，"我想到这中西陋俗的总汇""想到你失了忠厚的平民与失了书香的学子；也想到你失了言权的报章与失了民性的民族；我想到你的豪奢与你的贫乏——你巍立江边的崇楼大厦与贫民窟中的茅屋草棚；也想到你坐汽车的大贾与捡垃圾的瘪三"。他的歌颂，全然就是不折不扣的讽刺，因为于浮华的表象之中，他看到了堕落的本质。

郑振铎、田汉、章克标、叶灵凤、郁达夫笔下，也都是旧上海五方杂处、动荡不安、破败萧条的景象，到了陆小曼之与泰戈尔，阿英之与城隍庙

[①] 邹仲之：《感怀上海》，三联书店，2014。

书市,陈丹燕之与淮海路的优雅女子,才稍稍有了一丝活泼、愉悦的气息。

在邵洵美眼里:"上海是一个最复杂的地方;从二十二层的华厦,一直到栉比林立的草棚子,都在此地存在着。她的确可以代表这一个时代的中国,是一种垃圾桶式的文明:独轮的小车与重翼的飞机,各自点着相当的位置。"每天为生计卖命的工人引起他的人文思索,他说:"西洋文明是戕贼人的力量的文明,但也是更能表现人的力量的文明。我并不反对这种文明,但是我所要求的,是我们人类应当想尽方法保全人类的力量,同时还得使人类的力量发生他有意义的作用。"

黄石在《傅雷、顾圣婴及"张迷"瞻仰的285弄》一文中回忆花园洋房之外住在破烂草房里的那些"聪明透顶"的儿时伙伴,他们耍着小聪明,他们机智诙谐,他们"常常使我自惭形秽","不过这批人大都没有逃脱四五十岁的下岗命运,直到今天,日子也不比父辈好到哪里去。"聪明,抵不过命运。白描的笔调,透着无言的深刻。

而彼时居于上海的大翻译家、知识分子傅雷即将迎来的又是怎样的命运呢?

那是一段不堪回首的历史。

如柯灵所叹"茫茫千日愁如海",时代的捉弄下,人人无力,人人自危。而自绝于命运与时代的,又何止一个傅雷?

十年过去,"文革"不再,留给人们的思索却是无边无尽。蔡翔在《70年代:末代回忆》和《底层》两文中表达的,仍是抹不去的愁绪与沉重,仍是走不出的困惑与彷徨。

上海,毕竟是一个包罗万象的复杂的城,任何单一的面相都不足以展示它的全貌和真实秉性。陆小曼笔下来访的大诗人泰戈尔,阿英笔下城隍庙的淘书之乐,陈丹青记忆深处文化艺术的滋生暗长,徐迟目睹的战争之下国际救济会的温馨一幕,都让人在这座大城的奢靡腐烂与人性的冷酷与残忍之中看到活力与希望。

上海,是上海人的上海,上海唯有在上海人的笔下才更贴切,更有味,更具说服力。谈及上海,自然少不了张爱玲、王安忆,独特的感受力、女人敏锐的触角和岁月的浸淫使她们的上海更细腻更特别,伴着电车的轰鸣、弄堂的嘈杂和城市的变迁一点点呈现于读者面前。王安忆写到搬家的经历,其间夹杂着诸多的复杂意绪,"两次搬家,一次比一次远地离开了市中心,一次比一次近地伸向了城市的边缘。离开住熟惯了的市中心,未免有点遗憾。然而不管怎么说,想想过去居住的局促,如今是阔绰多了,也就不必遗憾了。再说,还有那更边缘的地方呢;并且那边缘是不断往外扩着推着。所说,在那边的地方管我们这里叫'上海',似乎他们不是在上海。不过想想也没什么奇怪,上海本是由一块不是上海的地方变作的。"

选入的文章按时间编排,从不堪的过往,到纷繁的当下,呈现了半个多世纪社会、民间的上海图卷。

2018 年 12 月 18 日,北京家中

借着光的指引

——读小马哥《我走了很远的路,才来到你的面前》[①]

一名初中没毕业就被迫在新疆做了汽车修理工的孤儿,究竟是怀着怎样的信念和力量只身从边疆闯荡首都,成为中央人民广播电台"品味书香"栏目的金牌主持人?在他人惊羡和赞叹的目光背后,他的日子又曾是怎样一点一点不为人知地艰难支撑和捱熬的?不容选择的磨难给予他坚忍不拔、顽强生长的意志,又是怎样给他的生命注入了了悟的达观与平静?如果不是这本书真实地摆在了我的面前,我真的不敢相信,它的作者就是那个在中央人民广播电台文艺之声的演播室里曾与我有过多次交流的、一脸阳光的小马哥,我真的难以想象,在他达观的笑容背后,竟然掩藏了这么多不堪回首的往事和经历。

然而真正的达观正是从苦难中磨砺而出的。他经历父母和姐姐的相继离世,他被迫退学在新疆的戈壁滩上做一名修理工,他辞去修理工的工作奔赴前途未卜的远方,他在人才济济的大都市里补足自己的学历,过关斩将谋到中央人民广播电台播音员的职位……多年之后,当人们向他祝贺、对他夸赞、说他幸运之时,他的内心只有苦笑——只有他自己知道这其中隐含了多少的辛酸,只有他自己知道自己走过的每一分每一秒都曾何等的沉重与缓

[①] 小马哥:《我走了很远的路,才来到你的面前》,中国轻工业出版社,2018。

慢,只有他自己知道,黑暗中他曾怎样地隐忍前行、负重攀爬,"没错,我的确是一个被命运眷顾的人,然而,我又是经历了怎样绝望的挣扎和自卑的彷徨,才终于抓住了命运女神向我投下的这攀向高处的绳索!"他说。在书中,每一篇文章的标题似乎都承载了他的一段难言往事,流露着他的一片无言心音,告诉人们一切都来之不易:《哪有什么顺风顺水,还不是和命运死磕》《还好,迷茫中我没有放弃》《还未拼尽全力,就别说自己不可以》《只有努力,命运才会眷顾你》《你要相信,没有到不了的明天》……

那些往事,不堪回首。当读到失去双亲的他在某一天又接到相依为命、疼爱他的姐姐病危的消息,他将已然停止呼吸的姐姐心疼地抱在怀里,就像姐姐小时候抱着他一样,当读到他半夜在中央电视台试完音兜里的钱不足以将他送回到远郊租住的地下室而央求工作人员让他在沙发上睡一晚时,我的眼泪忍不住哗哗地流了下来……生活,有时候不容选择。逆境、挫折和困顿之中,别无选择的小马哥唯有不停地挣扎、向上、跋涉和奔跑,他必须以强过他人百倍的勇气和毅力去战胜生活。好在,他从未丧失信心。"生活的艰辛和苦涩,它可以消磨掉软弱者的意志,但却更能激发强者的斗志,让他们更执着而用力地活着。"小马哥始终都在"用力地活着",他说:"逆境和挑战,困难和挫折,永远都在,然而,命运的眷顾,也永远都在,只要你努力向上攀爬……不要怕跌入谷底,只要你肯站起来,迈步向前,重新出发,你会发现,无论你往哪个方向走,都是在朝上走。"这,就是他对苦难的理解,对生活的体认。

回想在新疆的那些年,茫茫的戈壁滩上,修车之余,工友们凑到一起打牌玩乐,他独自捧起书本或坐在收音机前,一任书籍或电波将他带向远方一片神秘而开阔的天地,他读书,他练声,他模仿电波那头的那个声音,他想成为一名播音员,他不顾别人取笑,日复一日地做着同一个梦……直至有一天,这个修理厂再也容不下他的梦想了,他感到远方有一种什么在隐隐地牵引和召唤他,他便毅然辞职,拿着买断工龄的3万块钱来到了北京,在这个眼花缭乱的大都市边缘,于一间阴暗潮湿的地下室里开始了自己的又一段跋涉。

在这里,一贫如洗、无依无靠的他忍受着孤独、不安和寂寞,吃最便宜的饭菜,混杂在三教九流的人群里,内心充塞着迷茫和忧伤。命运,再度将他推向了磨难和波折。然而这一次，是他自己的选择，梦想如一缕光，在最黑暗的时候照进他的心田，他依然读书依然练嗓，他要补课他要上学，钱眼看就要花完了他还要为生计奔波，他拼尽了全力考上了一个大专但他交不起学费……愁苦无奈之时，他想起小时候姐姐对他说的话：只要好好学习，日子再苦都不怕，总能挺过去。但残酷的现实却毫不留情地将他逼入不堪的境地，他说："然而，当真正的苦难来临之际，我还是无路可逃。"无路可逃的苦难使他坚强，然而坚强有时却又是最无奈的领悟："在一步步前行的过程中，跌倒过无数次，却因知道没有退路可回头，只好硬着头皮继续走。原来，这世界所有的坚定，都来自于置于死地而后的无可选择。"

在小马哥的生活中从来没有"轻易"两字，他说："这些年，我已渐渐认清了生活的真相，坚信美好温暖的事情从来不会轻易发生，苦过之后才会珍惜获得的甜。"自小马哥口中说出的苦难，也不同于一般的苦难，是他亲历的无比真实而严峻的苦难，是能将一个人的生命磨砺得顽强，也能将一个人的生命摧残得不堪的苦难。所以，对于苦难，他有不同的理解："如果说苦难真的是人生的垫脚石，我还是希望，在曾经走过的道路上，没有太多的苦难。""但生活没有给我太多的选择。"

好在，一切都过去了。

他终究没有向命运屈服，他全然接纳，咬牙坚持，命运有多苦难，他就有多顽强，渐渐地，他发现："越往前跑，越敞亮，能跑到终点，冲向那根红线的人，其实并不多。""很多人说成功是一座独木桥，但是，它并没有我们想象的那么拥挤，因为能一直坚持下去的人，并不多。"在历尽了磨难之后，小马哥跑到了终点，冲向了红线，实现了自己的梦想，在北京，他以加倍的努力读完了专科和本科，他以过硬的专业经受住了激烈竞争的考验，他走了很远很远的路，他来到了我们面前，每晚9点到10点，他怀着温暖的笑容和热情的心坐在中央人民广播电台"品味书香"的演播室里，通过电波跟大家分享书籍，给远方或近处的人们以鼓舞、激励和感染。他对待工作不敢懈怠，他加班加点，深夜2点穿梭在北京的街头，他不诉苦不抱怨，不仅仅因为这工作来之不易，还因为他无法辜负电波那头五湖四海心有期待的人们，或许在这千万的听友之中就有一个当年的自己，或许自己不经意的一点热情就能点燃一个苦难者梦想的火种，就能给困顿的人带来信心和希望……

他要给他们带去光。

多少年来，正是借着光的指引，他才度过了黑暗，泅到了彼岸，对生活获得了不一样的感悟。走过了苦难，品尝了幸福，如今在京城有了一份安稳生活的小马哥内心平静而淡定："世界不是恶意的，也不是善意的。世界是无意的。不管是朝霞还是夕阳，都是美妙的，也都是悲凉的。朋友会分离、爱人会走散、亲人会离开，这些让人不愿直面的真相，始终会客观地存在着。既然是客观存在，那么我们唯一能做的，就是认清它。然后，走过去。""你挺过了，人生会豁然开朗；挺不过的，时间也会教你如何与它握手言和。所以，我们都别怕，也不必害怕。"

除了著书，除了十几年如一日地依然通过电波影响、感染他人，忙碌的工作之余，今天的小马哥还在公众号里以自己的亲身经历帮助和激励如当年的他一样在奋斗中彷徨焦虑的年轻人，将生命中不息的光明与信念传递下去。"人生不过几十年，只要心里还有一丝光亮，就循着它的方向去吧。"他对跋涉中的奋斗者说，"有时候，坚持不下去的时候，换一种姿态，把梦的力量融入生命里，融入呼吸和心跳声中，那么，当机遇找上门时，这股力量便会化作一只巨大的手掌，托举起你，令你成为瞩目的闪耀的星。"

2019 年 4 月 9 日，北京

对浮世的一切保持好奇

——读兴安《伴酒一生》[①]

这书被我读得很尽兴。一边读一边对话,一边将有趣的句子圈出来或将直觉的心得写下来跟书的作者——兴安先生在微信中即兴分享,自始至终都是十分愉快的感觉——读者与书、与作者直面相见,无碍交流,还有比这样的阅读更美妙的吗?而读着的彼时,我不是在去观看女儿新年联欢会演出的路上,就是在出去办事的出租车里,总之书是抽零星小空读完的,而他丰富并且有趣的短章恰好适合这样的阅读。

兴安先生是我因出书偶然认识的作家出版社的一位出版人、作家、文学评论家,初次接触,他的名字还曾让我深感困惑,兴安,难道是姓兴吗?还是名叫兴安,那么姓是什么?我该如何称呼他?后来才知道原来他是蒙古族,兴安,有兴安岭之意。也许因为他是鲁迅文学院第九届学员——我的师兄的缘故,也许因为他也画画的缘故(彼时我的中国画拙作入选"中国作家书画展",他画的马《穿越时空》作为特约作品入选),也许,是美丽浩瀚的内蒙古大草原刹那间勾起我美好回忆和无尽想象的缘故,即使未曾谋面,与兴安先生的交流和交往似乎也并无拘谨陌生之感。

蒙古族是马背上的民族,兴安画马,是自然而然的事,正如他写《伴酒

[①] 兴安:《伴酒一生》,敦煌文艺出版社,2015。

一生》,在我看来亦是顺理成章。在内蒙古大草原上,我曾经真实地领略过蒙古族喝酒、劝酒的豪迈与热情,酒,与这一方水土和物候有着贴切的融入,仿佛这个民族血液中本有的存在。所以,在当当网下单时,我特意选了他的这一本,而且这本《伴酒一生》恰好又是"鲁迅文学院精品文丛"系列之一,顷刻间便又多了一份亲切感。正如马是蒙古族忠实的人生伙伴,酒,想必亦是他们在这片空旷凛冽的大地上热肠暖肚、排遣寂寞的好朋友,兴安说:"嗜酒之于我,大约是先祖遗传下来的基因。"总之这本《伴酒一生》充满了想象。

果不其然,尽管在我分享阅读心得的过程中,兴安说他自己比较满意的是书中谈巴伦博伊姆与萨义德关于音乐的文章、谈日本电影的文章以及几篇谈国画和当代艺术的文章,但我个人感觉,在这本集子里被他写得最精彩、最透彻、最富有特色和个性的还是涉及内蒙古的部分,那是只有在蒙古人的眼里才能领略、只有在蒙古人的心中才能照见、只有在蒙古人之间才能感应、只有在蒙古族作家的笔下才能呈现的内蒙古,这种感觉是于不经意间流露的——无论久居京城的兴安先生自己是否意识到了,那仿佛都是他无形的根。

而内蒙古,在书中的确也占了不少的篇幅,《草原深处的"那达慕"》《蒙古包:真实的与想象的》《阿音:为中国游牧蒙古人造像》《蒙古吉祥,草原天籁》《成吉思汗:"世界之鞭"还是"人类之王"》《〈狼图腾〉:展现草原的辽阔和深远》……或引发深邃的思索,或勾起美好的回忆,或触发深切的感怀。内蒙古大草原,是他写作的背景和始终都在的参照。他的画也没有离开这个背景和参照,他画的马,因掺杂着对马的特殊感情和独到理解而非常的与众不同,有思想,有个性,而这正是我喜欢的。在《文艺报》谈马时他说过一段话我很欣赏,他说:"我喜欢这样的马——它不是用来驯服的,它要与人类保持距离,它必须野性,哪怕是被套上缰绳,它也应该保持自己的世界。"这就是内蒙古的马,是兴安的马,其中我最喜欢的一匹拴在拴马桩上,却透着桀骜不驯的神情,沧桑中具足了野性,正是他这段话的写照。

生在乌兰浩特,长在呼伦贝尔,兴安与内蒙古有着难以割舍的感情。在书中,说起蒙古族歌手布仁巴雅尔唱片里的《呼伦贝尔大草原》,他说:"这首歌旋律优美深情,有很强的感染力,每次听到或者唱起,我都会感到血管中涌动着一股暖流,甚至会让我双眼含满泪水。其实它的歌词并没有什么特别之处,但是它的旋律结合并继承了蒙古民歌中最美妙最本质的元素,柔情、苍凉、悠扬、遥远、宽怀……它更适合在酒过三巡,嗓音被酒精滋润和穿透之后,用心灵和情感去体味和歌唱。布仁的声音是没有经过多少修饰的,他不是在为录音机或者某个缥缈的东西而唱,他其实是在为故土甚至是为自己和家人而唱,就像坐在你的身边的一个熟悉的老朋友,无论你在听或否,他都要表达和抒发,令听者忘记了歌声,回想远去的家乡的山川和故事。"说起蒙古族画家朝戈和他笔下的草原,他说:"作为一个蒙古人画家,草原的记忆是他绘画中重要的诗意来源,也是他精神家园的一个永久的意象特质。或许在朝戈能够绘画的年代,草原已经改变了,所以他画中的草原总是色彩斑斓,类似神话的布景,与我们现在所看到的草原相去甚远。现在的草原已面目全非,失去了原有的质朴、雄浑和野性。他的草原是童年时的草原,或者说它是梦幻中的草原。他用他的画,用他的草原寻找和回忆着远逝的美,他试图恢复和挖掘记忆中最纯粹的草原精神。"这是朝戈的草原,是否也是他自己的草原?"生性温和的朝戈,内心却充满粗犷的激情;他蛰居繁复的北京,却将心灵中最珍爱的部分留给了故土;他受过严格的西方现代艺术的专业熏陶,但他的笔触追寻的却是人类生活中已经或即将逝去的最古老最原生的形态。"这是朝戈的情怀,是否亦是他自己的情怀?而他作为一名生于斯长于斯的蒙古族作家,对于故土的理解自然是深厚的。他不仅看到了观光客眼中草原的"美丽",他还看到了蒙古人眼中草原的"严酷",如一次出差在锡林郭勒偶遇的"阿主任"的摄影中我们看到的四季草原的美好与沧桑,如鲍尔吉·原野在与草原对话的文字中时不时地流露的草场被破坏的惋惜与感伤,如在草原之上面对漫漫长天和无尽岁月吟出的绵绵不绝的哀婉曲调。

这一切,又仿佛都在酒中。在万马奔腾、风起云涌的瞬间。在遥远的记忆的深处。

兴安说得没有错,热爱艺术的他对于艺术的评述显然也是充满了由衷的激情的,无论是绘画、摄影、音乐还是文学,都被他评点得准确而到位,纷繁万象和历史尘烟之中还常常能够听到他的独到见解。这些,都因有着共同爱好而在读着的彼时引起我深入的兴味与共鸣。而最难得的是,他有自己的立场和审美。他以自我独特的敏锐于书籍中嗅出"文学意义上的文学",于绘画中体会"超然的纯净",在摄影中看到"唤醒内心的一种力量",在艺术的创新中期待"陌生化的美感和惊异"。"仁者见仁,恶者见恶,淫者见淫",在文学、在艺术中,兴安先生看到的是文学艺术之美、之丽,是心灵的脉动、光影的跳跃和色彩的狂欢。而他的语言又不乏风趣和感性,谈及日本作家村上龙,他说:"至此,我算明白中国读者为什么对村上龙不感冒了。她夸女人强悍与说男人软弱一样不会讨任何一方喜欢,但这就是村上龙的性格。"读来莞尔。论及《书店》这本平凡小书,他讲述了它的作者——英国女作家佩内洛普·菲兹杰拉德的故事,佩内洛普·菲兹杰拉德作为"一个不再年轻的女人",在一个不足千人的小镇上开了一家小书店,她开书店的理由很简单,"就是她认为小镇应该拥有一家书店,就像应该拥有面包和牛奶一样。"然而她不懂书,"她真的不懂书,但是惟其如此,她对书的热爱才让我温暖和感动。也许在她眼里书写的什么并不重要,重要的是有人写了,人们就应该尊重它。"这让我想起前不久在蓬蒿剧场遇到的李云,生活在四川一个小城镇的李云姑娘从来没有看过话剧,却在听说了蓬蒿的故事后,于蓬蒿危难之时,瞬间成为蓬蒿剧场的持股人。人间很多迷人的故事来自笃信。而兴安捕捉到了。

但他的文学和艺术又非不食人间烟火,这同样是显而易见的并且同时引起了我的共鸣,当看到他在《做一个幸福的"生活家"》一文中说"化庸常为欢喜,化烦恼为快乐"时,我忍不住在空白处即兴批注:"原本有一种欢喜源源不断、真实不虚,那种欢喜,源自欢喜。"读着的彼刻,便有欢喜溢满心间……

兴安在书的封面有一段题记:"这本书与我的记忆和生活有关,也印证了我驳杂的个人兴趣,虽然它虚度了我很多光阴,却也让我对浮世的一切保持好奇和敏感。我喜欢这种写作方式。"记忆、生活、好奇、敏感,这段话与他留给我的印象是吻合的。后来在一个聚会的场合我与兴安见了一面,文如其人,现实中的他与书中的印象亦是吻合的。

2018年2月14日,北京家中

已逝的光阴，接续的记忆

——读杨葵《过得去》[1]

几年前读过杨葵的《百家姓》，都是身边的小人物，朴实的文风感觉很"正"。这次在三联书店偶遇他的《过得去》，翻开来第一眼看到《农展馆南里10号》，便毫不迟疑地买下了——农展馆南里10号，那是我工作的地方啊！

没想到杨葵是作家出版社的一名老员工，曾在位于农展馆南里10号的文联大楼里工作了十几年，他的记录，弥补了我对作家出版社的记忆空白，让我看到20世纪八九十年代这栋大楼里的文学样态和人事变迁。

那时的杨葵刚刚大学毕业，文联大楼旁还没有长虹桥，杨葵先在文联的一本杂志实习，后到作家出版社工作，托了谁，见了谁，考了什么，第一个选题做了什么，得到谁的指点、关照和帮带，都写得一清二楚。文章里不时地提到曾在此工作的从维熙、张胜友、李敬泽、刘方、那耘、王元、张亚丽、林金荣、贺绍俊、冯秋子，等等这些熟悉的名字，有些多有耳闻，有些不久前刚刚退休，有些在作家出版社的云因系统里有迹可循，有些，还在我的身边和我共事，而我的办公室里，至今还挂着多幅落款"那耘"的字画，所以，听到这些名字的刹那，陡然间多了一份亲切感。

---

[1] 杨葵：《过得去》，广西师范大学出版社，2018。

老同志之外，四楼、六楼、作协、文联，都有杨葵年轻的伙伴和友朋，其中不乏像他一样的作家协会子弟、师兄师姐师弟师妹，谁和谁是一家，谁和谁在恋爱，谁和谁离了婚，谁是谁的儿子，谁和谁是兄妹，都样样门儿清。精力旺盛的他们中午不休息，扎堆儿谈文学，谈理想，打牌聊天，有时也到附近的馆子撮饭，谈稿子，会作者，不乏有趣的见闻和故事。谁能想到他们牌打得正热火朝天时，突然窜出来一个眉清目秀的小伙子，怯生生地问他们是否去看影协正放的他的电影，而那个被人回了句"票搁桌上吧"就腼腆走开的小伙子正是当年的王朔呢？谁能想到《诗刊》的门前，每天都堆着一麻袋一麻袋来自全国各地的读者来信呢？这些记忆，都将我拉回到那个不一样的年代，那是诗歌的年代，也是我亲历的年代。

杨葵长我几岁，彼时的我也像当年的杨葵一样风华正茂，被诗歌点燃，多情而又热烈，虽未向《诗刊》投过稿写过信，但诗歌曾经与我为友、为伴，唤起我无限的激情与梦想。在我的诗歌记忆里，除了北岛、顾城、舒婷、王小妮、席慕蓉，还有自己在校园涂抹的"诗歌"啊，那扑朔迷离的"灵感"和一页页稚嫩的诗行，也都是青春的记忆、岁月的见证啊，杨葵笔下油印的诗稿和活跃的诗人，也都曾出现在我的生活和视野中。那样的景象，一去不返。

从事编辑15年的杨葵，还是热爱这职业、留恋这过往的。在书中，他将自己的作者一一列出来，将印象深刻、曾触动了自己的作者以名字为题一一写出来，"没一个想落下"，篇幅所限，他的取舍遵从了文学、审美，而非以功名、私交为标准。罗安昌是他的第一个作者，这位来自江西赣州偏僻乡村的年轻人是通过投稿和杨葵"相识"的，大学毕业初到出版社工作的杨葵在自然来稿中一眼就相中了他的小说，认定了他的才华，用杨葵的话说，那是从自然来稿中"刨出了一粒金子"。随后他与作者有了二三十封的书信往来，沟通，建议，反复修改，一来一往中也了解了罗安昌自身的波折经历，对这位同龄人产生了更多的好感与同情。稿件修改完成后，杨葵申报了选题，一心想将他的书做成，但书稿到了终审被卡住了，原因是社里正在压缩选题，像小罗这样的新作者自然成了压缩对象，当不甘心的杨葵据理力争时，终审对他说："小说写得是不错，但确实没有好到那个地步。"一句"先放放吧"，给他留下了许多遗憾。毕竟，这是他头一次以编辑的身份和作者打交道，耗时半年，却一无所获，面对作者，他心有愧疚，替小罗感到惋惜，却心有余而力不足，后来他竟然说服出版社，给小罗所在县的群众艺术馆写了推荐信，"没过多久，小罗被调到县上工作，吃了皇粮。"他才稍稍感到了些安心。

作为编者，杨葵和作者的故事数不胜数，冰心、贾平凹、王安忆、戴锦华、孙郁、阿城、夏晓虹、孟京辉……这些作家、学者的作品都过过他的手，作为嗜书的读者，这些名字也曾不止一次出现在我的书单上啊，有些，现实中还曾有过短暂的交集，像戴锦华教授，几年前于鲁迅文学院的课堂上也曾领略过她的风采，不曾想，世间的事物，竟然有着如此美好的关联。像至今，贾平凹先生的小说依然是我社榜单上的主打，他的《暂坐》等多部新长篇已将陆续出炉。读到这里，出于好奇，我也忍不住借职业之便，随手在电脑编辑系统的"责编"一栏输入杨葵的名字，结果出来一串共 383 项记录，哪一年哪一月哪一日编辑出版了哪一本书，历历在目，未曾谋面的编辑杨葵，陡然间仿佛回到了我们中间，站到了我的面前。未曾谋面，却不陌生。这，就是文化的接续与传承吧？庚子年的今天，疫情改变了人们的工作、生活方式，每当看到同事在直播间对待自己的作品就像对待自己的孩子，心中有爱，眼中有光，一股暖意总会涌上心头，他们，也在日复一日地激发我、感染我。

当然，如杨葵当年的担忧，人在一个地方待久了，的确容易产生惰性和惯性，尤其是长期待在一个安逸的地方，做着驾轻就熟的工作，更易磨灭理想与斗志，难以实现创新与突破，使自己走向平庸乃至毁灭而不自知，形象的比喻，叫温水煮青蛙，最终有可能于无形中毁了自己。杨葵的离开，就是不甘于被禁锢在按部就班的庸常轨道里，不甘于栖息在思维串习围拥着的温床，陷入逐乐避苦的轮回，日益丧失自省的能力，他要挣脱惯性和安逸，突出重围，到"圈外"去拓展一片新天地，寻找新的可能。"出走"之后，无论经历了什么，尝试了什么，相信这经历和尝试都给他带来新的活力。

2003 年，杨葵离开了作家社。2019 年，我来到了作家社。他的离开，与我的加入，是否有着同等的意义呢？来作家出版社时我也已人到中年，还如一粒寻找生机的种子，果断结束了自己从事了半生的新闻生涯，来到自己热爱的文学领域，那也是一种发芽、成长的感觉，有如回到了故乡。

人去了,楼未空,杨葵笔下的《人民文学》、《文艺报》、作家出版社、文联出版社,等等中国作家协会和中国文学艺术界联合会的大小单位仍在这栋大楼里,王元、张亚丽、林金荣,作者的这些老同事后来和我产生了交集,成了同事,王元刚刚退休,自我到作家出版社供职起,曾和我在同一个办公室有过5个月共事的愉快时光,其他几位,因着共同的文学事业还在日常的工作中和我有着频繁的交往……

杨葵离开以后,据说文联大楼做过一次整修,杨葵记忆中在4层的作家出版社已经搬到了11至14层,他昔日的一些同事,职位也发生了变迁……然而站在楼道里,目之所及的每一个房间、每一个角落,依然摆放着满坑满谷的书籍,在花草、阳光和一代文人的掩映下,温馨,温暖,迷人而欢喜。

物以类聚,这样的气场,正是我喜欢的。农展馆南里10号,在杨葵的职业生涯中已经画上了句号,而这里的事业于我,才刚刚开始,那是我的"另一片天地"。

杨葵在书中还记录了苏北、虎坊路甲15号、新街口外大街19号和老城门的边边角角,那分别是他出生、居住、学习和生活的地方。过得去,他想说的本是回得去,过去了的岁月,唯有文字能够记住、重温和回溯。

2020年8月16日,北京家中

一本"出书账"

——读谢其章《出书记》①

这不是第一次读谢其章的书了,之前读过他的《玲珑文抄》,一个对旧杂志收藏有特殊爱好的人。他的这一本,我是冲着书名买的,已经出了13本书的我想知道谢先生20多本的出书经历又是怎样的。

这本书最大的凭依就是日记——那是他的"出书账"。怎么萌生的出书念头,与什么人接触、交往了,谁谁谁都说了什么,后来发生了哪些变化,合同怎么签的,签完后又有了多少波折,最后出版数量,稿酬,赠书册数,一一记录在案。就像他说的,记时不觉得什么,当过了多少年以后,这些近似流水账的记录忽然有了点意思,用在书中,与遥远的记忆彼此印证,反而成了一件有趣的事。读时我就在想,我怎么就没有这个习惯呢?回答是:我要也有,谢其章就不是谢其章了。

和我一样,他出书的经历也充满了波折,甚至更波折。从与出版社接洽、磨合,到签订合同达成协议,我的书稿拖得长的有两三年的,从签订合同到付印出版,再有个一年半载也不稀奇,合同签完游移不定的有,一再逾期的更像是顺理成章。读了谢其章的书,发现这一切都是家常便饭,司空见惯,他的遭遇,有过之而无不及。有时候出版人踢他的稿子像踢皮球一样,

---

① 谢其章:《出书记》,中央编译出版社,2016。

从这里踢到那里从那里踢到那里，今天说这个社吧，明天说那个社，为了利益举棋不定，出不来，也不回绝，就那么一直牵着，直到牵黄了为止。有时候出书也真的是需要机缘的，遇见"对"的人和社，就一顺百顺，遇见"不对"的，再扯也是个黄。

前年我与某出版社合作出书，合同签了一套两本，做完一本，另一本愣是黄了——人家不做了。无奈姊妹篇成了单篇。可是书写本来就是个业余的事儿，谁会有时间和心情跟他扯呢？后来，这一本只好打散了随另一套丛书与另一家出版社签了出版合同。读了谢其章的书，发现这事儿也不奇怪——类似的遭遇，他也早遇到了，合同签了，一部书稿兜兜转转，兜到最后，不了了之了。不知道这对出版社来说可否算是稀松平常，但有失诚信，总归不是一件愉快的事。

谢其章在书中并不避讳他的稿酬账单，每一笔都记得清清楚楚。在他晒出的账目中，我看到稿酬最高的一本也还未高出我的那本。但有意思的是，我的书中稿酬最高的那本恰恰是我最不在意的一本。也的确，书的价格和书的价值很多时候是不成正比甚至相反的，一本书在作者或读者内心的评价也常常如此。而事实上，我对价格并不敏感。出书的意义，毕竟不在金钱计较上。

于这些日常琐碎之外，出书，毕竟还该有着别一层的意义吧。那么这别一层的意义又是什么呢？博尔赫斯说，一代又一代的人写来写去，写的无非是那么一两本书，那么在浩瀚的时空之中，书籍的命运又是什么呢？对于写作者而言，还要在一个可预见的场景里继续重复和絮叨下去吗？还是像许多有野心的写作者那样，将进入文学史当作重要的人生目标去追求？这摆在案头的 20 本抑或 13 本，究竟是附着了能量的经典还是经不起时间的废纸呢？

噢，又或琐碎也是意义？谢其章写《出书记》，是否意在玩味呢？当然，玩味中又不时流露着自己的见解，显示一位收藏家的独特眼光。

2018 年 7 月 8 日，肯德基鼎好店

历史深处的神秘探寻

——读特·官布扎布《蒙古背影——萨冈彻辰传》[1]

一个偶然的机会,作家特·官布扎布在鄂尔多斯意外地听到了一个叫萨冈彻辰的人的神奇传说,后来,他得知内蒙古哈日嘎坦部落的人们至今仍像达尔扈特人世代奉祀成吉思汗一样守护和奉祀着萨冈彻辰的英灵,将他和成吉思汗画在同一张奉祀图上。那么萨冈彻辰究竟是何许人也?为何会受到如此高的崇拜和礼遇?他的事迹为何会被传得神乎其神?在蒙古族的历史上,他究竟立下了怎样的功德?带着这些疑问,特·官布扎布先生深入民间,开始了他的神秘探寻。

他的书写伴随他的好奇和头脑中一个又一个的问题步步深入,直到这些问题和谜团一一解开。其间特·官布扎布先生有疑惑,有踌躇,一度还曾丧失兴趣想要放弃,但机缘巧合,最终他还是重获了兴趣、灵感和动力,克服困难完成了这项头绪繁多的工作。写作的过程中,他并没有被传说的光环和表象所迷惑,而是怀着对历史负责的态度,带着自己的独立思考进入了他的严肃书写,如他自己所说,他要给读者奉献一些"有意义的内容",而非"言之无物的文字游戏"。

他将主人公萨冈彻辰还原到明末清初朝廷和蒙古部落的大背景中,他将

---

[1] 特·官布扎布:《蒙古背影——萨冈彻辰传》,作家出版社,2018。

笔墨聚焦在萨冈彻辰的著作《蒙古源流》上，在精心研读的基础上，他以《蒙古源流》的记述为线索，展开从开天辟地到萨冈彻辰所在年代的大历史，从蒙古祖先的出现到大元王朝的倾覆再到大草原群雄争霸的血腥拼杀，重点探寻蒙古族的起源、演进，还原这个马背上的民族昔日你死我活的生存状态。他广泛借鉴史家和学界的研究成果，遍访萨冈彻辰的后人、遗迹，又以作家的视角深入体会、感知，始终保持自己的独立识见，通过《蒙古源流》和蒙古族重要典籍《蒙古秘史》的比较分析，深入挖掘《蒙古源流》的独特价值所在，引导世人对萨冈彻辰先生做出客观、中肯的历史评价。

在史家和学界的共识之外，通过研究和探索，特·官布扎布找到了《蒙古源流》和《蒙古秘史》享有同等声誉的原因，这两部著作原来一个是正史，官方所修；另一个是凭借传说、记忆而来，个人编撰。而在特·官布扎布看来，《蒙古源流》的价值正在"民间"，民间记忆和传说虽非全然可靠，却也是历史不可忽视的一部分，来自民间的《蒙古源流》和官方所修的《蒙古秘史》相互补充，是历史还原不可多得的有力参照。在书中，心情一直跟着萨冈彻辰老先生的叙述跌宕起伏的特·官布扎布说："他所留下的这个内容的世界，让我好奇地穿越了从宇宙的形成、人祖的出现到善恶定型的幻妙说法，更是让我怀着敬意和渴望，行走一遍蒙古祖先激情悲壮、坎坷曲折的历史之路，更是让我深深地领会了大元王朝从帝国巅峰一步步滑落到历史平地的缘由真相……"在那个纷乱的年代，这位既非文史官员也非衙署史志编修者，却自觉担负起了这份民族责任的萨冈彻辰先生的形象便随着他的探寻逐渐地高大起来。

"因众生灵之福缘，天空升起日月星辰，照亮了四大部洲。""那个王的儿子叫妙光王。妙光王的儿子叫善王。善王的儿子叫胜善王。胜善王的儿子叫顶生慈护王。顶生慈护王的儿子叫乳王。他们共以'最初六转轮王'名传后世。自那时之后，直到现在，才有了'人'这个称谓。"回到原典，读着特·官布扎布从《蒙古源流》中引来的那些文字，隐约感到有着一些《圣经》、荷马史诗抑或《山海经》的味道。萨冈彻辰老先生以诗意的想象和形象的笔墨，在基本的历史框架和脉络中又穿插了许多神话和动人的传说，单纯的意境和诗意的语言将这部著作烘托得极富感染力，使它于史学价值之中，又裹挟了浓厚的文学色彩和美学价值。

从萨冈彻辰历经磨难、宁死不屈的传奇一生中，作家的特·官布扎布先生特别选取了《蒙古源流》作为落脚点，从历史和文化传承的角度书写萨冈彻辰的伟大。不同于民间后代的传说，特·官布扎布笔下萨冈彻辰的伟大是祛除了光环的伟大。而特·官布扎布又没有忽视光环的本身和那一方人的真实感情，而是循着光环认真地分析了背后的民族心理和社会、文化成因，由此引出更深层次的思索与拷问。

正如我在他的上一本著作《蒙古密码》中所见，特·官布扎布先生是一个很会讲故事的人，被他的情节吸引，读着的我怀着好奇心不由自主地随着他的问题和节奏一点点深入，直到和他一起完成这次神秘的探寻之旅。在书中，萨冈彻辰、《蒙古源流》、历史和"我"并行交替，彼此交错，杂而不乱地将壮阔历史的千头万绪一点点理清，显然作者也是经过了一番精心构思的，何况这是一部被作家出版社点名委派的"任务"之作。而写这部作品，身为蒙古族作家的特·官布扎布先生的确是最合适的人选。

在书的开头，特·官布扎布说鄂尔多斯是一个魅力超强的神奇之地，对他有一种超自然的吸引，那么他和萨冈彻辰的相遇，是否也是这超自然吸引中一种冥定的缘分呢？花去四年的时间扎根于纷繁芜杂的历史中，致力于民族历史的接续传承和重新厘定，是否也是一份功德呢？

2019 年 8 月 19 日，北京家中

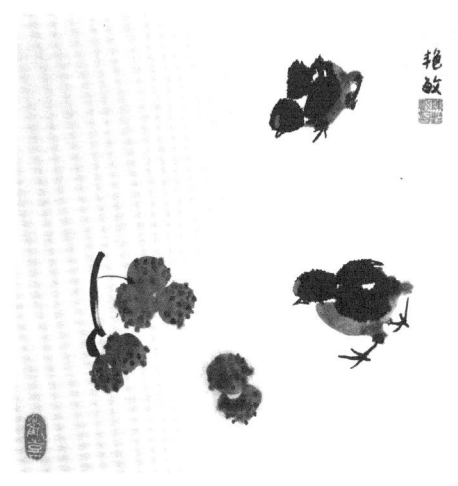

浪漫的情怀，文学的远征

——读木心《文学回忆录》[①]

这套上下册的《文学回忆录》是陈丹青先生根据20年前的笔记整理的。

木心先生当初在纽约开设文学讲习课，纯粹是出于一众同道的真心拥戴和自愿自发，对于木心本人来说，则颇有一点孔子和苏格拉底的意思，由此他的讲述也是真实、感性、素朴而生动的，话里话外闪耀着智慧的光芒和人性的光辉，有着文学和历史教科书所没有的光彩。

梁文道说："你看《文学回忆录》，斩钉截铁，不解释、不道歉、不犹疑。他平视世界文学史上的巨擘大师，平视一切现在的与未来的读者，于是自在自由，娓娓道出他的文学的回忆。"木心先生的确有这样的器识、眼光、勇气和高度，他始终不为左右，独立思考，诙谐调侃之中，频见真知灼见和与众不同的视角。

而这一切，也是建立在深厚的文学修养之上的。他于纽约那些不固定的居所里，从希腊罗马神话、新旧约、《诗经》、《楚辞》、先秦诸子、文艺复兴，讲到17、18、19世纪的英国文学、法国文学、德国文学、俄国文学、美国文学、爱尔兰文学、中国和日本文学，再到象征主义、意识流、未来主义、表现主义、达达主义、超现实主义、意象主义、存在主义、垮掉的一

[①] 木心：《文学回忆录》，广西师范大学出版社，2013。

代、黑色幽默、魔幻现实主义，一讲就是 5 年，在中外文学史上，成为不可多得的逸闻与趣事。

一、"哲学会过去，文学可以长在"

木心以他自己的领悟讲佛学，讲哲学，讲文学。

在他看来，东方经典以佛经最高，具有丰富的文学性和哲理性，研究佛经，是东方智者和知识分子的一个底。所以他教导大家多接触一点佛家原典，不要急于求成，要在宗教和哲学里泡一泡。

但他说中国没有哲学家。哲学是思考宇宙、人在宇宙中的位置及生命意义的，无功利可言，诸子百家在他眼里是热心于王、霸的伦理学家、权术家，伦理学在中国就是人际关系学，纯粹着眼功利。中国哲学家在他眼里只有老子一个，庄子半个。"天地不仁，以万物为刍狗。"老子的思想最透彻、孤寂、凄凉，完全绝望，人生观、世界观几乎是"粉碎性的决绝"，被他看作东方文化、东方精神的最高象征，原因就是其从宇宙中来，因此真实恳切，不自欺欺人。"老子的哲学，特别清醒地把宇宙观放进世界观、人生观。"而"天地无仁无不仁"，则是大宇宙观下更加彻底的洒脱。

木心欣赏尼采，说"后世哲学家无人不在尼采的光照中"。认为当今优秀的思想家、作家、艺术家都从尼采那来，酒神精神是少数天才的事。尼采提出"艺术就是艺术"，又说"艺术高于一切"。第二句我虽不苟同，因为艺术并未高于生活和生命，充其量与之同构，但我认同木心先生对尼采的评价：论影响，弗洛伊德最大，尼采最小，这是我们所处的这个时代的悲哀。"尼采是入世的，所以他疯狂。庄子佯狂，但他是出世的。佯狂是为自保，尼采不知自保。他真正的伟大，是'一切重新估价'。他观察、思辨的博大精深，无人可比。可是人不知道他的真相。他总是从最原始的角度来看世界，想世界。"

他不认为中国能出尼采，但他读出了老庄与尼采的相通，认为老子、庄子，是"尼采之前的尼采"。对此我有同感。尼采说一个人必须在深处，必须到深谷去，才能拥有深刻的、不俗的洞见，与《道德经》主张的顺应天性、回归本源、观照自身有着天然的契合。西方与东方，尼采与老子，在这里融会贯通。谈及尼采的阿波罗精神和巴克斯精神，木心认为前者观照、理性、思索,后者行动、快乐、直觉、本能,"人类的快乐,不是靠理性、电脑、物质,而来自情感、直觉、本能、快乐行动。"言语间他还揉进自己的哲学观和对世界的认知,认为"宇宙既不实在,亦不空虚,既无道,亦无总念"。

在否定中国哲学的同时,他又对诸子百家的文章功力及文学性赞佩有加,认为老庄是不折不扣的艺术家,其作品有永垂不朽的文学价值,中国文学的源流都从庄子来,"若不出庄子,中国文学面孔大不同。"汉的赋家,魏晋高士,唐代诗人,全从庄子来。从嵇康、李白、苏轼到鲁迅,骨子里都是庄子思想。石涛、八大也是庄子思想。"中国的伦理观是孔孟的,艺术观是老庄的。"老子精练奥妙,庄子汪洋恣肆,孟子庄严雄辩,墨子质朴生动,韩非子犀利明畅,荀子严密透辟,孔子圆融周到,是"精练的散文诗"。从这个角度,这些都是文学和文化遗产,养育了中国两千多年的文化。他以文学和文化的眼光读史,读哲学,读宗教,认为宗教、哲学都会过时,唯文学作品具有隽永气质,"哲学会过去,文学可以长在。"他将哲学、伦理、儒家,都当作文学来看,"其实没有哲学,只有艺术。"

许多远古典籍,不成体系,然而正是木心欣赏的。木心认为,"建立体系而成一家之言,并不难,不事体系而能千古不朽,却是极难极难。"尼采说,从事体系就是不诚恳。木心说,黑格尔体系最强,他不诚恳。老子即是观照冥想,无师自通。"从前的人真是大派,不写回忆录。这是大自然的作风。只留作品,不留作者。"

中国的纯文学是作品《诗经》《楚辞》,被他看作中国文学的"两张硬弓"。纵观诗歌的发展,却是一个从质朴到雕琢、从繁荣到凋败的过程,《诗经》还是自然的,到了唐宋诗词,就不自然了。"中国文化的酒瓶盖到了唐朝就掉落了,酒气到明清散光。'五四'再把酒倒光,掺进西方的白水,加酒精。"人类越早越文明,越早越明净,唐朝以降,文化不断衰退。不为所缚,自然天成,是诗歌的至高境界,诗歌发展到理性分析,便进入了二、三流角色。"许多人自称是自然的儿子,可他们自己多么不自然。"木心说,"纵观中国的诗歌传统,有太多的诗人一生为了押韵,成了匠人,相互赞赏,以为不得了,这是很滑稽的。"他反感无聊的玩弄和文字游戏,不理解文字为何句句对称,"刻意要这样,要那样,最后是害自己的。"

他也不喜欢长诗,"诗靠灵感,灵感哪来一万两千行!"所以他说:"如果把《浮士德》看成全世界的文学顶峰,全世界错。"从文化现象上看,《浮士德》伟大;从文学角度,《浮士德》不成功。我同意他说的,"诗与'长',不能放在一起。诗是灵感,灵感是一刹那一刹那的,二十四小时不断不断的灵感,哪有这回事?"但他同时又说:"中国的诗,量、质,无疑是世界上最大的诗国,可是真正伟大的世界意义的诗人,一个也没有。"对此我不赞同,中国是缺少真正伟大的世界意义的诗人,还是碍于翻译,中国诗尤其是中国古诗无法真正走向世界?值得探讨和商榷。木心自己也说,中国文学的两大致命伤:一是无法翻译,二是地方性太强。"中国字,只能生在中国,死在中国。"

木心肯定文学,但骨子里还是看重文学背后的哲学修养。他说:"所有伟大人物,都有一个不为人道的哲理底盘。"文学家光靠文字高超是不够的,最后还得靠"神智器识",即世界观来统摄。他欣赏莎士比亚作品的"无为"和"退开去"的态度,看到莎剧中的人性是世界性的,"所以他能写到外国去",相比之下,中国人限于视野广度很难出天才。他重视人性,迷恋人性的深度,认为要成就大的文学气象,须有自我观照的大的对象,"大的叛逆,要找大的主题。攻击上帝的,是尼采。攻击宇宙的,是老子。他们从来不肯指具体的人、事。"莎士比亚的作品里也有着难以企及的艺术家的深度,而艺术家的天堂、地狱之别就在于深度,"谁把这深度处理好了,能上天堂,处理不好,下地狱。"当然,"抱着希望进天堂的艺术家,是二流的(被奉为一流)。"

讲完这些,木心鼓励来听课的画家不要停留在画里,要去修炼画外功夫。

二、"艺术是前世的回忆"

艺术家的木心钟情于艺术,在他的心目中,艺术高于哲学,且比宗教更有生命力。"靠宗教,靠政治,都不能拯救人性,倒是只有文学和艺术。"艺术家在他眼里是仅次于上帝的人。

他欣赏先古艺术,因其天马行空,没有缰绳,好极了,"古代艺术家不具名,也少有传记。北宗山水画家没有签名。这是最自然的态度。自然界的花开鸟叫,落落大方,叫过了,开过了,就算了。大到上帝,小到蒲公英,都不签名,不要钱。"大气,大度,超然。想到自己,他说自己先无缰,后有缰,再脱缰,将来什么观点也不要。读到这里,我的脑海中瞬间想到几个字:境界,进化,成熟,圆融,通透。他鼓励画家、音乐家摆脱观点,回到真纯和原初。

艺术离不开天赋。历史使人通达,哲学使人明智,"艺术是前世的回忆。"常常令艺术家一见如故——那是本能的选择与分辨。木心说,艺术要从心中寻找,"你找不到,对不起,你的后天得下功夫——你前世不是艺术家,回忆不起来啊。"他强调天赋对于艺术家至关重要,"天才降生在哪里,哪里就出艺术。"天才的艺术家注定孤独,然而时代埋没不了天才,"因为他的天才比时代大,他的艺术寿命比时代的寿命长。屈原天才,比时代大。曹雪芹《红楼梦》一向是禁书,但禁不了。"天才不是精英分子,精英分子比时代小。"一种思想,不是从书中传来的——是从风中送来的。"这也是天生潜意识吧?而从血质中挣脱而来的天才的确是埋没不了的。天才的艺术家又是敏于受影响,受了影响而卓然独立的,结合自身体验,木心说:"我曾模仿塞尚十年,和纪德交往二十年,信服尼采三十年,爱陀思妥耶夫斯基四十多年。凭这点死心塌地,我慢慢建立了自己。不要怕受影响。"天才不可学。

艺术须有风格。"敏于受影响,烈于展个性,是谓风格。"风格就是找到自己,由你来重新估价一切,"性格在,风格就在,性格越锋锐,风格越光彩。"比如凡·高,完全让个性统摄作品;再如八大山人,一看就是八大山人。画家必须凸显自我,不落俗套,每一笔都要表现你的个性。"中国山水,一笔笔下去,全是性格。"伟大的人物都是同自己抗争的,木心将"每一行都要表现自己的性格"当作自己的毕业追求,在他看来,那也是诗人、画家、音乐家的格言。"你把凡·高、塞尚的画割开看,照样笔笔凡·高,笔笔塞尚。大艺术家莫不如此。"可能有人会问,怎么才能做到每一行都有自己的性格呢?怎样才能每一笔画出性格呢?这样问法,在木心看来已经很难写画出性格了。"艺术家呈现这个世界,唯一的依本,就是他自己。"他警戒不要效仿他人,他人的雅,就是你的俗。

艺术不排斥任性。"任性,要看任什么性。伟大的性,要任,大任特任。音乐家最任性的是贝多芬,乐谱中常标出:'必须这样!'画家中最任性的是凡·高。哲学家中最任性的是尼采。但话要说清楚：先要通情达理。所谓情，是艺术的总量。理，是哲学的目的。你不通不达，是个庸人。"他说，如果你自问已够通够达了，那就试试任性吧。艺术所任的最好的性，是人性，人的本性，人情深刻，阔大自然。上升到民族层面，"如果艺术不伟大，不可能表达民族。血是艺术家自己的血，血管是民族文化的血管——才行。伟大的艺术来自伟大的性格，艺术是无法培养的。"

天才的艺术家靠直觉创作。木心说，直觉是一种诚意，来自内心的童贞、崇高和纯洁，天才人物的特质、特权，掌握生命现象和精神实质，要靠直觉。"直觉排除任何实际功能，为直觉而直觉，是空灵、唯美、享乐的。"越是一流的画越靠直觉，中国的老子、庄子，都是直觉创造的哲学，柏格森的哲学是为天才和艺术家写的。"理性认识事物的外表，直觉认识事物的内核。直觉，要借助于天才。"凡伟大者，都有一个奇妙的角度，见人所未见，陶渊明的秘诀是直写印象；威廉斯得益于情感的直觉经验，不用比喻；塞尚直觉好，"根本不需要概念，直通观念。"本能与直觉相伴，是一种天赋倾向，"古代艺术家所以伟大，那是本能的自觉。"天才是自知自觉的，他跟随本能的指引，像一条鱼，没有人教他也会游到大海去。而只有本能的自觉悄然无觉，本自存在。木心指责美术学院忽视直觉和本能，教了一大堆概念，误人子弟，认为这是一个重要的、致命的问题。他对学生说："以后尽量减少形容词，减少比喻，归真返璞。"

天才无法框定和束缚。正如文学、哲学，一入主义，便无足观。木心说，最高的艺术，自己不会成主义，别人拿他当成主义，也主义不起来。从来没有"莫扎特主义"。行路要路标，但"伟大的艺术家是飞鸟、天鹅、老鹰，不看指南，飞就是飞，飞到死"。

在艺术家的所有品质中，木心赞赏真诚，认为没有至性、至真，便是二流，而二流人物再自觉，也不可能晋身一流。"古人忠而愚，今人聪明了，可是糟糕，真挚的情感也失去了。"为此他很遗憾，"古人为了争一口气，今人为了争一笔钱。"

三、"文学即人学"

文学艺术的根本，还是在于人。不可否认的是，所有的文学、艺术之中，人是核心。

高尔基宣称文学即人学，木心认为，凡是得到世界声誉的苏联作品，都是写"人性"。写"人"，写"人性"，是西方人文的总的传统，道德力量愈隐愈好，不做是非黑白的评断。在木心眼里，"中国近代文学：琳琅满目，一篇荒凉。"统观东西，他也看到西方的缺陷，认为西方最缺的是中国的含蓄和以弱制强，东方西方相通，才是文明的开始。每个人的来龙去脉不同，要找到自己的血统和来历，"找到后，用之不尽，'为有源头活水来'。"

结合自己的经验，木心道出读书的秘诀，那就是要看书中的那个人，不要看他的主义，不要找对自己胃口的东西，要找有味道的东西。和刘再复一样，他也反对文艺腔，"有了腔，文艺也不会太高明。"虽然文学中没有绝对的真实、自然，但素净、大家气和朴素自然依然是他喜欢的。

木心说，文学要有读者，但鲜有够格的读者。鉴于此，他的观点是"艺术家别在乎读者"。文学常常遭遇评论，但他认为，"真正伟大的作品，没什么好评论的，评论不过是喝彩。"他的评论不是喝彩，是中立、独立，由心而出，透过现象看本质，他总能直指核心，看得透彻。"知识学问是伪装的，品性伪装不了的。"他说，"没有品性上的丰满，知识就是伪装。"

他直言不喜欢伏尔泰文字里的浮夸、自鸣得意和江湖气，认为光靠嘲笑是不能成就伟大的文学的。他喜欢莱辛含有体温的文章和他的性格，也欣赏《易经》"不事王侯，高尚其事"的高贵，认为自信是必须要的，可以此测试一个人的高贵卑下，"见名人，要见其人，不见其名。大多数人是只见其名，不见其人。"

谈及小孩的善恶不分、野蛮和胡来，木心说："安徒生有这个东西。"那是一种天真、纯洁的质地，就像奥修所说，真正的纯洁，是不知道什么是天使，什么是魔鬼。叔本华是佛教的欧化，缺乏原创性，尼采是贵族中的贵族，可以好好研究下去，哈代是真正的大家，内心有大慈大悲，其乡村的描写无深意，无目的，了不起。集愤慨而幽默、渊深而朴素于一身的是兰姆，道出"人是一支有思想的芦苇"的？帕斯卡，其《随想录》受宗教催眠，厚厚一本，真有价值的句子凑到一起不满两页，但就凭这两页，就感动了全世界。木心反感罗曼·罗兰"太高的调门"，说他一上来起点太高，结果并不长进。傅雷也相似，"起点高，而不退到观众席，老在台上演戏，那糟糕极了。"在他看来，一方面，罗兰将艺术、艺术家极度概念化；另一方面，他的道德力量是极度迂腐的。这是不同的领悟和新的启发。

他喜欢拜伦，"拜伦的个人至上，纯粹的独立，纯粹的自由，其实就是尼采的超人意志。"木心理解的个人主义通俗、实在而又正面，在他看来，"把个人的能量发挥到极点，就叫作个人主义。"他认为卢梭的《忏悔录》不及夏多布里昂的《墓畔回忆录》：卢梭是假装的，大有保留的，避重就轻的；夏多布里昂是诚意的，不想哗众取宠的，不装腔作势的。"文学是不许人拿来做忏悔用的。忏悔是无形无声的，从此改过了，才是忏悔，否则就是，至少是，装腔作势。要忏悔，不要忏悔录。"

他特别喜欢都德的性格，"沉静而不觉其寡言"。而维尼因人类全体性的悲哀通向仁慈，境界开阔，"参透人情世故，依然天真纯洁。"普希金天生就是诗人、艺术家，"不改行的，起点就是终点，终点也是他的起点。"从一而终，从终而一。文学家的爱恨，是自由的，纯个人性的，他关心时事，但回到艺术便十分纯粹，木心认为这一点致命重要。"现实的归现实，艺术的归艺术。艺术不能跟现实走，艺术也不可能领着现实走。"简洁是大天才的特征。

诗人中他称道波德莱尔和兰波，"现代诗，波德莱尔开了一扇门，兰波开了一扇门。"哲学家中他推崇叔本华、尼采，他们深远影响了德国文学及世界文学，叔本华的随笔是很好的散文，尼采的《查拉图斯特拉如是说》是一流的艺术品。"说尼采是哲学家，太简单了。我以为他是：一个艺术家在竭力思想。"相反，他反感加缪、萨特，萨特的哲学在他看来就是大众哲学，励志哲学，加缪、萨特是非常执着的功利主义者，"他们是故作冷漠。一个执着的人，描写冷漠，一个非常有所谓的人，表现无所谓，这就是存在主义的虚伪。"但他也并未将萨特一棍子打死，说"萨特之为萨特，在于他有很高明的文学能量。这是他的高处、强处"。

他也不喜欢罗丹，说罗丹是个粗人，没什么文化，现在还有人热衷罗丹，那就有问题。读到此处我的内心出现了不同的声音：罗丹怎么了？他的作品很有生命力啊！跨越百年，当他的雕塑呈现在我面前时，一度感受到作品中澎湃的呼吸。人对艺术的感受与理解，大概也是不同的。中国的文人中，木心不喜欢徐志摩，直言从小讨厌徐志摩型的文人，细皮白肉，金丝边眼镜，忽而轻声细语，忽而哈哈大笑，文章也一样地轻浅，"所谓江南才子，他不过是'佳人'心目中的'才子'。"

他把世上的书分为两大类：一类宜深读，一类宜浅读。"尼采的书宜深读，你浅读，骄傲，自大狂，深读，读出一个自己来。罗兰的书宜浅读，你若深读，即迷失在伟大的空想中。"《道德经》，宜深读。《离骚》，宜浅读。《离骚》若深读，就殉情、殉国，浅读，则唯美。

木心的评判是主观的、自由的、爱憎分明的，谁又能说这样的主观不是稀缺和可爱的呢？

四、超越自身的时代

木心将艺术品分为三大类：第一类，有现实意义，没有永久意义；第二类，有永久意义，没有现实意义；第三类，有现实意义，有永久意义。第一类属政治宣传，宗教宣传，商业广告，流行文化；第二类不以反映现实为务，如塞尚、凡·高，"苹果、向日葵有什么现实意义？几千年前，几千年后，苹果，向日葵，都是这样。"

伟大的艺术超越时代。《红楼梦》的高明与大手笔，在于其超越了时间、空间，改变了"话说某某年间，某府某县"的传统，没有时间、没有空间，又充满了时间和空间——有时间处就有《红楼梦》，有空间处就有《红楼梦》。凭这两点，曹雪芹就睥睨千古。"曹雪芹聪明，抽掉他的时代。"正如尼采只对永恒发言。《红楼梦》的伟大，还在于它不是曹雪芹的自传，虽有自传性，但自觉摆脱了自传的局限。尼采在《瓦格纳事件》中说："在他自己身上克服他的时代，成为无时代的人。这是对哲学家的最低要求，也是最高要求。"这与曹雪芹异曲同工。超越时代，直指永恒。又如老子，"老子完全克服他的时代。他哪里只有他那个时代的特征？"木心说："无时代的人，是属于各个时代的人。"对于眼下的时代，木心采取不介入的态度。他看到个人遭遇时代，有人手舞足蹈，有人直接介入，但他以为，遭遇大事要先退开。退开观察。他认为天才的艺术家要知进退，特殊的时刻，要以退为进。

这让我想起木心美术馆陈列的他在狱中的手稿和他孑然独立的态度，不禁唏嘘感叹。

事实上，处身时代的人，不可能不介入时代，但木心认为，介入，无须标榜，"伟大的艺术必然是介入的，但标榜介入的人是急功近利，不标榜介入的人是深谋远虑。"介入，是苦行主义的态度，不介入，是快乐主义的，相比之下，超越比介入困难，需要通透和远见。围绕以上，木心给出思考题，又兀自给出了回答："艺术家到底要不要介入他的时代？我的回答：随你便。具体说：二流作家，最好介入。一流的，可介入可不介入。超一流的，他根本和时代无关。"时代感超强的作家，赢得了一个时代，对千秋万代来说，他输了。所以木心提醒各位，文学家个人的命运和文学史的大命运往往不一致，个人的作品不要随文学的大流，大流总是庸俗的，要追随永恒，如何永恒？"写当代，写出过去，意味着将来，就可永恒。"比如美，人天性喜欢美，因为美代表永恒。老庄，美学观点。孔孟，伦理观点。但在木心看来，人生道路，二者无法兼容，不可能既是美学观，又是伦理观。"文学家的乐观主义是糊涂，政客的乐观主义是欺骗，商人的乐观主义是既糊涂，又欺骗：目前的世界就是这个样子。我们呢，要做既清醒又诚实的人。"他很感慨，"真能独立思想，不靠既成思想行路，是太少，太珍贵了。"

回顾百年来的历史，木心认为五四运动相对说是百年来最自由的，皇权刚刚灭亡，国民党手忙脚乱，民间自行实行一种真实的百花齐放、百家争鸣。古代，最后一条路是隐退，做和尚，或进修道院，中外皇帝不约而同都给你一条退路，"但到我们，没有退路了"。他想说的是："文艺不需要提倡，也不需要经济起飞的，只要一点点自由，就蓬勃生长。这么说来，文学艺术多么可爱，多么可怜。"想到文人的诗酒流连，他说："饮酒必行令，行令必吟诗。这种风气，全没了。"现在是喝酒必谈事，谈事必交易。包括民间的文学传统，也正在一点点丧失，"以前母亲、祖母、外婆、保姆、佣人讲故事给小孩听，是世界性好传统。"深有感触，让我想起我的姥姥，在我小时候也曾给我讲了那么多好听的故事，给予了我温暖的陪伴和宝贵的爱，那是一种温润无言的教育。木心说："这种非功利的教育，渗透孩子的心灵。如这孩子天性高，这就是他日后伟大成就的最初种子。"是的，深以为然。

"我们看到、遇到的时代，是个反传统的、破坏的、解构的时代。弄得不好，人类文明就此完了。弄得好呢，可能来到的是一个人类文化重新整合的时代。"木心说，对待这个解构的时代，只能有两种态度：一种是守旧的态度，一种是超越的态度。"大前提弄清楚，看小事，一目了然。"

五、浪漫的情怀，文学的远征

五年的讲课，堪称奇迹。谈及自己的讲课，木心不无诙谐地说："我讲课、写作、演讲，三者不一样。写作是面对上帝（艺术），讲课是面对学生（朋友），演讲是面对群众（平民）。""我爱写作，不爱演讲，一讲，就跌价——现在要讲，只好跌价。"

而"课堂"上，他对学生又总是循循善诱，告诫他们要读书，又说文学书根本不用人教。画家，艺术家要有丰富的修养、储备，"对中国文化有多少根底，这是广义的家教。"又要学以致用，"一扇门要开，手里要有一万把钥匙，一把一把试过来，来不及的，良师告诉你，一用，就开了。"

联想到绘画，他说过于地看重技巧是个错误，你只看到了大师得心应手的技巧，没有看到他的另一面。"举例说，陀氏书中不讲哲学，不掉书袋，他流放时，书单上都是哲学书。"融会贯通，仿若自然。或者说，自然融通。曹雪芹精于绘画、书法、烹调、医理，《红楼梦》中稍微涉及，有的从来不提，他认为这就是艺术家的贞操、风范。大艺术家都有深厚的自我背景。"那个才气超过你十倍的人，你要知道，他的功力超过你一百倍。"

他看不上大陆的新文人画，认为那是文盲画的文人画，看了起鸡皮疙瘩。"中国的文人画，都是把文学的修养隐去的。"他也不认同徐悲鸿的写实主义，认为"徐悲鸿是伪古典伪写实。他的弟子既不懂古典，也不懂写实"。在他看来，"只有懂古典，才能懂浪漫，这是浪漫派的本分。只有懂浪漫，才能懂各种现代潮流，这是现代派的本分。只有懂得现代派，才能向前走。"真的强者，是自己往前走。

而一名画家，能花五年的时间讲出洋洋洒洒的中外文学史，学养、底子又是怎样了得！他以切身的体悟和迫切的心情教导诸位独立，要自成一家，自成一言。当然，他也知道这是一个漫长的过程，他希望诸位安静诚实做功夫，别浮躁。他为大家看书太少而惋惜，不但少，遍数也太少，莎剧，他自己就看了五六十遍，《福音书》读过百多遍，常读常新，他说："有人一看书就卖弄。多看几遍再卖弄吧——多看几遍就不卖弄了。"

作为艺术家，他对艺术怀有着真挚的热爱，认为"只有思想、艺术，能让一个人获得巨大的力量"。他以自己的情怀、理想教导诸位："大家现在画画是为了吃饭，应该怎样呢？应该是吃饭为了艺术。"不同于传统的"诗中有画，画中有诗"，他提醒大家绘画、文学是两码事，就像诗是诗，歌是歌。"我写东西始终要告诉大家：这是文学，不是音乐，不是绘画。"不同于一般的认识，他说："诗中有画，画中有诗，我听来是在挖苦人，骂人。"如此区分，是否也是为了找到艺术的独立个性，让艺术纯而又纯、与众不同呢？

木心的课堂是感性的，感性中流露着人性，人性中充满了情趣，情趣中又不乏真知。在某一页的笔记中，陈丹青先生注："座中有学生问：什么叫作'脱略'？木心：潇洒，在重要关头放得开，在乎到了不在乎。"在某一日的课堂上，木心说："上次丹青说，在加州遇到一台湾女士，是桐城派后裔。丹青问：什么是桐城派？我讲了，现在丹青恐怕又忘了。"呵呵。讲到艾米·洛威尔，他被艾米·洛威尔写《济慈传》感动，则不无羡慕地对学生说："济慈诗不多，命又短，而竟遇到知音，为他耗尽心血写了这样长的传记，太有幸了。"木心先生遇到陈丹青，又何尝不是有幸也？木心说，艺术家是通过朋友的手才把礼物赠给世界的，陈丹青是将他的礼物赠给世界的那位朋友么？难得，陈丹青懂他。

1990年6月29日，讲完中国古代戏曲，木心对大家说："停课两个月，小别两个月，临别赠言——超越自己。"1990年9月7日，讲中国古代小说时，"秋天了，还很热。在座的，已是老中青三代人。"1992年10月4日，暑假过完，再次聚首，木心对大家说："漫长暑假，大家都有一点经历，不妨讲讲，互相关怀一下。"1993年6月27日的课堂上，木心说："听了四年课，听下来，不要说奇迹，但可以说是怪事。没有人强迫我讲，没有基金会资助，居然讲的讲，听的听——这样的怪事，现在快要功德圆满了，我也快要回去了。"随后他又俏皮地说："为什么讲课？我有一个不可告人的目的——我要训练我讲话的时间和内容，要像希腊雄辩家那样讲演。四个小时，要能讲下来。"如此听课，多么享受！而我，借由书籍得此"二传手"，也属有幸了。而且读书至此，颇有一点孔子或苏格拉底讲学的意味，而如此的意味与场景，似乎一去不复返了。在这一页的空白处我留下批注："此时读书像飞一样，两个字：愉快。"而借此补课的机会，我亦倍感珍惜。

1993年12月19日，木心不无留恋地对大家说："下一课是最后一课——我们走了五年的'文学远征'。"而五年的"远征"，他不计名利，对他来说全然是一种乐趣，"为什么我厌恶名利？因为不好玩。"木心说："中国现在不少文人，说到底，是儒家。儒家，三个月不做官，急死了。给官家请去喝喝酒也过瘾。"他不一样，他热衷的是非功利之事，是自己热衷之事。五年当中，有人嘲笑他们上课，木心不以为然，他将此看得神圣，"嘲笑我们讲课，不是文化水准问题，是品质问题。有品质的人，不会笑骂。"

为了讲好这最后一课，他花了一天两夜的工夫，写了一个"教案"，完全脱开文学史，他要给大家一个够分量的、托得住文学史的一个结尾，"这是我67岁时讲的课。等你们67岁时，可以看看。"在这节课中，他向后看，拿古代艺术作自己的理想，再次礼赞古人凭直觉创造出来的艺术。"我爱人类壮年、青年、少年、童年时期的艺术——文化没有婴儿期的——人类文学最可爱的阶段，是他的童年期和少年期。"在这节课中，他还给予了大家耐心的叮嘱与坦陈："我要讲大家一辈子有用的东西。讲了，有备无患。你们用不用，悉听尊便，我只管我讲。是哪一些呢？分分纲目：文学是可爱的。生活是好玩的。艺术是要有所牺牲的。"他要让大家知道，文学背后的两个基因是爱和恨，爱到底，恨到底。"文学会帮助你爱，帮助你恨，直到你成为一个文学家。"他鼓励大家写诗写文章，还嘱咐大家要快乐，"除了灾难、病痛，时时刻刻要快乐。"要享受生活，"没有享受到的生活，算不上生活。"讲到这里，他跟大家说起"文革"时候写交代，自己苦中作乐，用写交代的纸作曲的经历。最后一课，他还语重心长地告诫大家，交友须有鉴别力，决绝了的朋友不要再来往，不要同不三不四的人厮混，"听了几年课，这点鉴别力要有。跑过家门的松鼠，长得好看，我喂它吃，难看，去去去。"哈哈。

"絮叨"完这些，他不无伤感地与诸位告别，给大家送上殷切的祝福："1994年，我愿大家都有一个好的转变。课完了，我们将要分别，即使再见面，要隔了一层了，校友见面，客客气气。过去这一段，今后得不到了，想来心有戚戚。"展望未来，他说："现在相约：十年十五年后，你们翻翻今天的笔记，有用的，有趣的。"

的确，这是一个可爱的课堂。这是一本有益的书。

陈丹青在后记中写道：五年辗转不同人家中。每位听课人轮流提供自家客厅，寒暑假各人忙，春秋上课，每次讲四小时，每课间隔两周，若因事告假者达三五人，即延后、改期，一二人缺席，照常上课。听课人几乎全是画家，"我猜他不会天真到以为众生的程度与之相当，但他似乎相信每个人果然像他一样，挚爱文学。"

它的可爱还在于自然而随意，"木心讲课没有腔调——不像是讲课，浑如聊天。"陈丹青说，"我们当年这样地胡闹一场，回想起来，近于荒谬的境界：没有注册，没有教室，没有课本，没有考试与证书，更没有赞助与课题费，不过是在纽约市皇后区、曼哈顿区、布鲁克林区的不同寓所中，团团坐拢来，听木心神聊。木心也从未修过文学课。"在陈丹青的回忆里，木心的讲授，充满了文学的赤子之情。"他挚爱文学到了罪孽的地步，一如他罪孽般与世隔绝。"而他又是那样的特立独行，"我不知道他怎样实践了尼采的那句话：在自己的身上，克服这个时代。"对于那些半即兴的演讲，陈丹青怀有着执拗的热爱，"木心的史说是否有错？我愿高声说：我不知道，我不在乎！或曰：木心的观点是否独断而狂妄？呜呼！这就是我葆有这份笔录的无上骄傲。"

回顾那些从木心先生口中讲过的文学家艺术家，陈丹青说："这个人，不断不断与他们对话、商量、发出诘问、处处辩难，又一再一再，赞美他们，以一个中国老人的狡黠而体恤，洞悉他们的隐衷，或者，说他们的坏话。真的，这本书，不是世界文学史，而是，那么多那么多文学家，渐次围拢，照亮了那个照亮他们的人。"

今天，这位辩难并赞美的老人已经去了，永远地去到了另一个世界。怀着深切的回忆，陈丹青在书的最后一页郑重写下："这寓所的完整地址是……"这，也是一种不舍，一种纪念吧？

在某一日的课堂上，木心先生曾说："最好的学生，是激起老师灵感的学生。丹青是激起我灵感的朋友。"而陈丹青，的确无负于他。

2019 年 11 月 29 日—12 月 7 日，北京家中
2022 年 5 月 20 日改

超功利，大慈悲，合天地

——读刘再复《文学常识二十二讲》[①]

一

刘再复先生的这本《文学常识二十二讲》原是他在香港科技大学面对理工科学生的课稿，旨在向同学们普及文学常识，培养审美意识，因此深入浅出，通俗易懂，出其不意之处还有一些新观点、新启发。

刘再复先生是一位有良知、真性情、独立思考的人文学者，他总是用自己的真情实感做学问，讲真话，他带着热情怀着热爱，贴近文学的内部去讲文学，因此讲出来的文学有生气、不呆板，容易被人理解、接受并产生共鸣。他以文学的方式、感性的语言讲述文学的概念、本质、特性、要素、功能以及文学的腔调、文学的初衷、文学批评与阅读，努力廓清文学与自然、文学与宗教、文学与自我、文学与政治、文学与艺术、文学与人生、文学与道德、文学与文化、文学与天才、文学与状态的关系，为听众和读者勾勒出一个大致的文学轮廓，从写作抑或鉴赏的角度给他们以参照、借鉴和帮助。

什么是文学？他认为文学最核心的本质是自由，文学的最高层面是审美，"文学所追求的最高的自由境界，乃是天地人神甜蜜共在的审美境界。

[①] 刘再复：《文学常识二十二讲》，东方出版社，2016。

这一境界不仅高于功利境界，也高于道德境界。文学正是站在这一境界上，直接领悟生存与存在的意义。"他强调文学只能做审美判断，"所谓审美判断，实际上是指情感判断、人性判断。"在他看来，作家"从更高的人性层面来观照世界，这样的文学便具有超时代的永恒价值"。

他回答了什么是文学，也回答了什么不是文学，从正反两个方面加深读者对文学的印象和认知。他说："凡是把自由情感、自由心灵加以驱逐、加以扑灭的行为和作品，都不是文学。"文学必须关注全人类的前途与未来、良知与责任。不能只维护"现有的生活"，还必须呼唤"应有的生活"。"文学所有这一切目的，都不是暂时的、狭隘的、实用的小目的，而是长远的、广阔的、普遍的'人类延续'的大目的。所以大目的与小目的总是要发生冲突，而且是永恒的冲突。"他坚持文学的独立性，"它不仅超越现实功利，而且可以超越时代，超越生死。"文学也不应被道德绑架，"作家既要保持绝对的向善的伦理态度，又不可以在作品中设置伦理法庭，也不可变成道德说教，解决好这个矛盾，才能产生好作家。""只呈现人性的真实，不作道德的判断，这才是文学的真笔法。"

在他看来，文学具有两个重要本性：一是真实性，一是超越性。真实是文学的第一天性，是文学创作的出发点，"文学天生真实，它以真实立足，以真实打动人，以真实获得价值起点，以真实获得境界。在文学领域里，有真才有美，有真才有善。""文学的真实性最重要的是见证与呈现人性的真实性和生存条件的真实性。""生存就是困境。因此，伟大的作品总是深刻展示人性的复杂性与人生的巨大困境。"而作家作为写作主体，则应怀着真诚的态度，去探讨、发掘和呈现人性深处的各种可能性，使作品不是停留在社会的浅表，而是进入人性的深层。

超越是文学的第二天性，"文学的最高境界是超越现实功利、现实道德、现实视角，也超越现实时空的审美境界。这一境界，王国维称之为'宇宙境界'，冯友兰称作'天地境界'，我则称它为'审美境界'。"那么什么是美？康德说"美就是超功利"，柏拉图说"美就是美本身"，刘再复认为文学的境界高于道德境界和功利境界，"'文学的心灵'一定是超功利、大慈悲、合天地的心灵。"文学中的"大悲悯"是对好人悲悯，对坏人也悲悯。文学，只能做审美判断。文学的自由就体现在超越性，其遵循的是"无法之法"。作家要充分发挥艺术主体的本真本质属性,建立自己的艺术视角,展示不可重复、不可替代的个性,使作品超越大众性、群体性、世俗性而进入审美殿堂。"文学是充分个人化的精神活动,所谓超越视角,实际上就是个人视角。好作家要创作出好作品,首先是他们看世界绝不沿用他人的视角。"用个人的文学立场和人道观念去做审视,"每一个伟大的作家,都一定有独特的不同凡响的视角。视角一变,新意就出来了。这是作家'原创性'的秘诀之一。"而人与人、作品与作品的差别最终就是境界的差别。

基于文学的这两个特性,刘再复特意强调了文学的去腔调。去腔调,也是作家成长的关键,"装腔作势"是大忌。去腔调,主要是去三腔:学生腔、教化腔和文艺腔。奢华空洞的学生腔是文学的幼稚病、浮华病;教化腔主要是说教;文艺腔则是写作的公式化,信口开河、人云亦云的老故事、老腔调。"成熟的写作者下笔一定要自然,要质朴,要真实,文章写到炉火纯青时,就是完全没有表演。写作不是演戏,而是讲述与诉说。"这不就是《菜根谭》所说的"文章做到极处,无有他奇,只是恰好;人品做到极处,无有他异,只是本然"吗?当然,刘再复在强调说出真话的同时,还强调了说出新话。

文学的事业就是心灵的事业,心灵是文学的第一要素,"凡是不能切入心灵世界的文学都不是一流的文学。"复杂的人性至少包括动物性、人性和神性,"文学呈现的心灵是充分个人化的心灵世界,不是群体心灵的符号。""作家、诗人的心灵,不是一般的心灵,它应当像'天眼''佛眼''法眼''慧眼'一样,具有'天心''佛心''法心''慧心',或是《人间词话》所说的'赤子之心',即童心。""所以作家比来比去,不只是比文笔的高低,更要比心灵的高低,也就是王国维所说的境界的高低。"他特别指出,四大名著中的《水浒传》和《三国演义》艺术性虽然很高,但心灵指向存在问题,一个布满"凶心",一个布满"机心",不能算作最上乘之作。

心灵之外,文学作为一种审美形式,还要具有审美趣味和想象力。

谈到文学批评,他按文学主体将之划分为政府批评、大众批评、机构批评、个体文学批评和时间批评。政府批评靠权势,有效亦有限,只能在短期内起作用;大众批评代表读者水准,作家不能一味迎合,"好作家不求'万人之诺诺',宁求'一人之谔谔'";机构批评多指文学评奖机构的批评,其标准、代表性、权威性值得商榷；个体文学批评是文学批评者、文学批评家的批评，然而，"不是所有的个体文学批评家都真懂文学，有的批评者确实'眼光如炬'，但有些批评者则'眼光如豆'。"艺术感觉力和艺术判断力不同，"胆"和"识"不同，决定了文学批评的不同，"有识没有胆，怕得罪作家，不敢把自己的真感觉说出来，这不行；相反，仅有胆而没有识，也不行，这可能会导致胡说胡评。当下的批评家，多数是两者都缺少。"现实中我们所看到的文学批评还存在小圈子现象，相互熟识者更是一团和气，吹捧、说好话的多，客观审视、严肃批评的少，如果是作家或出版机构刻意营造的市场推广活动，则更是会有"拉拢"些吹鼓手来捧场的事实或嫌疑，因此，当代批评家批评当代作品，确实会有不实之处，大概这也是对当代文学批评应持审慎态度的原因吧；时间批评是等待时间去检验，"历史淘汰掉那些无价值的鱼目，把珍珠留下了，这就是时间选择或历史选择。这才是最权威的选择，我们不妨称之为'天择'或'上帝选择'。"通常人们都会认为经典是由时间来检验的，但前不久我也听到文学批评家吴义勤先生在接受《中华读书报》记者就这个问题采访时的观点，他认为时间检验是一个伪命题，在他看来，"当代人对当代作品经典的评判与发言权显然比后代更为重要。当代经典首先是为当代人创造的。当代读者更能理解当代作家所处理的生活与经验，如果当代人不读当代作品，如果当代人不承认、不珍惜、不发现、不确立自己时代的经典，当代人写作的意义又何在呢？"这听上去也是很有道理的。我想，无论是哪一类批评，以超越的眼光做批评，将批评的标准和尺度放在刘再复先生所说的"人类性"和"普适性"上，做出的批评才有分量。而作为一个写作者，我也赞同刘再复先生的话，他说：自信的好作家不在乎大众、批评家、评奖机构的批评，只相信时间会做出公正的判断。相信几十年、几百年后他的作品还会放射光辉，因此，他按照自己的意志，面壁写作，让内心自由飞扬，而不理会外面评语，这种作家的心态最健康也最难得。谈到文学的初衷，他说文学的初衷可以用"有感而发"来概括，"诗人、散文作者、小说作家（开始时并无'家'的桂冠）开始写作时并没有当今作家那么多功利企图，只是'有感而发'。或者说，只是心灵有所需求而已。文学返回文学的初衷，便是返回作者自身，返回文学的天性、自性、个性。"这让我联想到自己的创作，如吃饭和呼吸，自然而然，开心愉悦。感同身受，便很好理解。刘再复先生始终强调自我，强调真我，强调个性，认为"从事文学的第一条件是必须说自己的话，必须有自己的语言、自己的声音。对于文学家来说，守持独立不移的品格，比什么都重要"。这就是陈建功先生曾经对我说过的"自立于文坛的个性"吧？

刘再复先生区分了两类不同的创作主体，提出热文学和冷文学的创作主体，认为热文学的创作者是一个"燃烧的自我，飞扬的自我"；冷文学的创作者是一个"思考的自我，沉浸的自我"。他在文学与艺术、文学与人生等方面也有精彩论述，强调了文学具有思想深度和内心空间，能够导引人们抵达人生的诗意状态。在论及文学与天才时，虽然我感觉他并没有说得特别透彻，但他强调了文学写作的"原创意识"，读来仍有新意，他说："我们所写的每一篇文章，都应当在文学历史的长河中，增添新的水滴，即前人笔下未曾有过的新的风景。"大家必有新笔，此言不虚。

而单辟一章讲述"文学与状态"，则直接体现了文学和文学课的感性魅力。搞文学不能无状态。"文学状态，也可以说是作家的存在状态。从反面上说，便是非功利、非市场、非集团的状态。从正面说，是作家的独立状态、孤独状态、无目的甚至是无所求状态。"这的确是文学最好的状态。而22堂课听完，我的精神也顿有饱满舒爽之感。

2018年3月4—5日，北京家中

二

泛泛地记录了一些读书心得之后，意犹未尽，总觉得还有一些强烈的印象想要记录和表达，于是此时又打开电脑，涂写续篇，将没说完的话说完。事实上，每当我们阅读完一本书，能够在脑海中留存的、使我们印象深刻的，可能往往就那么一点，或者两点。就这本《文学常识二十二讲》而言，让我记住、深思并获益的，一是文学的真实，二是文学的悲悯，它撞击并启发了我并加深了我的信念。

一直以来，都怀着无比虔诚的内心去写文字，顺应生命的流动，跟随真实的情感，因此我与"真实"二字是熟悉的，"真实"于我是贴切和契合的，所以，在看到刘再复先生将"真实"称为文学的第一天性时我激动不已，再次将他引为了知音。人生一世，简单清澈，我无法容忍自己虚伪地活着，亦无法容忍在文字里去造作，简单清澈、自然流淌的人生只能用诚实的心灵和笔触去表达和呈现，容不得半点的虚伪与矫饰。人与文，本该有着同样的质地，明亮，高远，美而又美。真正的文学是真实自然、敞亮通透、发乎于心的，与生命同频，没有任何附加的目的和外在的追求，亦无一己的个人私欲，而是将切身的所见和所闻，所思和所想，通过自己的视角自然地呈现给这个世界，与世人做审美的分享或醒世的参照。

当然，文学要做到真实、文人要时时说真话也并非易事，历史上因言获罪的事件中外皆不乏其例，秦始皇的"焚书坑儒"即为极端一例；清代的文字狱，对文人的迫害亦令人发指；而"文革"时期，很多文人知道书籍是危险之物，为了保全性命，不得不忍痛付之一炬……历史的经验和记忆，给世间的真实以及现实影射的文学的真实均造成了巨大伤害，给文学的创作者带来难愈的心理伤痕，所以在中国文学史上一度出现"伤痕文学"。孙郁先生在《走不出的门》一书的后记中曾经不无抑郁地写道："我曾和一个新认识的朋友说，自己研究了许久的鲁迅与'五四'话题，可是却没有一点那个时代人的风骨，仿佛越来越像那一代人讥讽的对象。中庸，迟缓，毫不峻急与冲荡。这也是一种错位，陷于渴望，而无力量奔走，真真是行动的侏儒。我希望自己能够走出苦境。慢慢来吧。人生只剩下'虽不能至，心向往之'的心态，那就静静地待朽了。"他说："虽然知道这旧账还堆积如山，我们这代人做的还是清理旧物的工作。而我渴望的是一扇通往明快世界的门。我的写作，有时就是想走出一扇门，可笑的是我还没有推动它。"有时候要从一扇门进入另一扇门的确并非易事，作为书写者，在自我可控的范围内，本真地活着，真实地表达，不虚伪，不粉饰，是否就是对于"真实"二字的坚持和坚守呢？

关于悲悯，刘再复先生的理解更为丰富和厚实，他说文学中的悲悯不仅仅是对他人悲悯，还包括对自我的悲悯，这悲悯祛除了观念、派别，抛开了是非善恶，也不是简单的道德评判，而是纯粹从人性的角度出发，对个体和人类困境的一种深入关怀与观照，是"看到"的彼时发乎于心、设身处地、不染尘埃的同情和怜悯，是一种纯洁、纯粹的情感与情怀。记得奥修曾经说过，真正的纯洁就是不知道什么是魔鬼，什么是天使。如此的"混沌"与刘再复先生的悲悯乃至佛家的无分别心均有着内在的相通，有着走出狭隘，置身宇宙和天地之间的大视角和大情怀。正如刘再复先生所说，超越是文学的第二特性，这悲悯之中，便有着天然的超脱和超越，只有拥有了这样的视角和情怀，这样的超脱和超越，文学的境界才更开阔、更敞亮、更纯正。而相对于是非、道德，承载了悲悯的文学的确是美好和柔软的，是寄予了人类的美好期盼和想望的，所以再复先生说，作家"从更高的人性层面来观照世界，这样的文学便具有超时代的永恒价值"，而悲悯，是写作者的一种天然的感情。作家在政治和道德看不到的地方用心灵去体察细微的人生，写出人性的深度，他站在一个更高更远更超脱的视角，用深切的悲悯去观照、理解世事和众生，他追逐某种永恒的、闪光的东西，因此他的写作是指向未来的，带着前瞻性和预见性，不拘泥于眼前的景物，不裹挟于耳边的聒噪，不受时间和空间的束缚，从一个更纯粹的角度穿越时空，走向恒远。

2018 年 3 月 5 日、26 日，北京家中

文学要有纯正的意味

——读刘再复《文学慧悟十八点》[①]

继《文学常识二十二讲》之后,刘再复先生出版了香港科技大学的又一本讲稿。为了避免重复,先生特意打破顺序,以不同的结构方式总结出十八个点,以直觉和感悟的方式逐一讲解。然而,句句共鸣。

这十八个点,涉及文学的要点、起点、特点、优点、弱点、难点、基点、亮点、戒点、盲点、拐点、制高点、焦虑点、衰亡点、交合点、审视点、回归点和终点。那么何以叫"慧悟"呢?先生在导言中给出解答:"慧悟,就是要用智慧去感悟万物万有。"那么将写作回归到生命自然的本源,写作或许便不再是一件刻意追求之事了,如先生所说:"无目的的写作,是我的最后觉悟。"

和《文学常识二十二讲》一样,这本《文学慧悟十八点》也非从理论着眼,而是从感性入手,因为在刘再复看来,"对于作家最重要的,不是文学理论,而是'文学状态'。"而"文学状态"则是非功利、非功名、非集团、非主义、非市场的状态,是一种近似庄子所讲的混沌的状态,同时也是孤独、孤绝和寂寞的状态。

所以,在刘再复看来,文学的起点就是一个字——"感"。有感而发,

---

① 刘再复:《文学慧悟十八点》,商务印书馆,2018。

"而不是'有用而发''有利而发'或'有求而发'。"站在这个起点上,要有所感觉有所感知还要有所感悟,写出个性和异点,发现别人不曾发现的东西。而相对于科学包括人文科学的明晰,文学更强调要抓住细微、朦胧和模糊的感觉,"能抓住朦胧感,才是好作家。"而拥有敏锐的感觉,也是作家最高贵的素养。

谈及文学的特点,他用一句形象的话诠释:"心脏不是文学,心灵才是文学;骨骼不是文学,风骨才是文学;胆汁不是文学,胆气才是文学。"在他看来,"文学的事业,一定是心灵的事业。凡是不能切入心灵的文学作品,都不是一流的作品。"而最后的作品是身心灵全部参与的作品,要容纳自身的人性与宗教的神性,面对人性的丰富性和复杂性,体现大慈悲和大悲悯,还要打通人文的广度、历史的深度和哲学的高度,兼收并蓄,写出人类面临的生存困境、人性困境和心灵困境,从而凸显文学性。

文学的根本优点,他用一句话表述,就是最自由、最长久的。而"自由表述是一切价值中最高的价值""文学拥有各种超越的可能性,所以它最自由"。这种自由,还表现在内心的大自由,而文学追求的正是内心的自由、精神的自由,能否获取,关键在于自身的觉悟。关于长久,他认为文学具有超越时代的、永恒性的品格,不能跟着时代潮流跑。

文学的弱点,即"最没用"。也正是这一点,文学才超功利、超实用,敢确认这一点,也是作家的一种精神品格。文学即是无用之用。作为一种审美活动,它用春风化雨的笔调潜移默化地影响人的心志人格,陶冶人的情操,丰富和滋养人的灵魂,使人获得精神愉悦。貌似的"无目的"之中,又合着人类最高的善这个大目的,那是"合天地""合人类"的目的,"只有'合天地''合人类',才是永恒的,才是最大的善。文学写作,要合天地大目的,合至善,合人类最根本的心灵方向。"总之境界格局眼光要大。深以为然。

文学的难点,在于创造"形式"。作家要具备把心灵转化为审美形式的才能,其中涉及文句创造、文眼创造、文心创造和文体创造之难,语言要美,要击中要害,要有思想,要有大情怀、大视野、大精神、大境界,要有胆有识,锥入文心深处,真实而有深度,还要创造出不同的文体,呈现出独特的风格。

文学的基点是人性。人性具有无限的丰富性和可能性，文学要见证人性的真实和人类生存处境的真实，显示灵魂的深度，即人性的深度。文学面对的人性是超越了时代和阶级的普遍的人性，作家要写出人性的复杂性。"文学面对的就是变化多端的人的命运。这种命运既有常数，也有变量，有静态，也有动态。命运充满偶然，人性也充满偶然。把握'人性的真实性'，绝非易事。"好的作品将人性世界动态化，但即便如此，文学写作也不能只是局限于人性，还要发现和挖掘人性中的神性，"文学的功能之一，就是把'人性'往'神性'方向提升。"

文学的亮点体现在原创性。"这个亮点，往往是一种直觉，一种灵感。""作家创造文学的亮点，靠的是直觉，是悟性。"作家创造文学的亮点需要天生的才能，而好的文学批评家亦是发现文学亮点的批评家，他拥有良好的文学感觉力，也需要天赋。刘再复说的文学亮点不是吹捧出来的"伪亮点"，"好作家不必刻意追逐'亮点'，也不必相信，许多文学评奖机构所推举的作品便是文学的亮点。对于好作家而言，重要的不是求当'明星'，求作'亮点'，而是追求充分的创作自由，创造性是在良心深处与历史深处创作文学光明，那才是永远与天地共在的星火与亮点。""真聪慧的作家必定会把'文学的亮点'放在自己心中，自己享受光明而不在乎外部的评语。"是的，回到文学的真实与真诚，回到与自我的交流和心灵的对话之中。

那么文学的戒点是什么？是应当努力戒除什么。在刘再复看来，写作要力戒平庸，力戒矫情，力戒迎合，力戒媚俗，力戒认同。力戒平庸就是拒绝一般化、公式化，没有错、但也没有别出心裁、没有个性和亮点的文章不可取；力除矫情，便不能把"肉麻"当有趣；力戒媚俗，便不能紧跟"形势""大势""时势"，不能取悦和随大流，"好作家一定要有独立不移的立身态度，既不媚俗，也不媚雅。"保持价值中立和灵魂独立；力戒认同，强调的是文学启迪读者独立思考的作用和作家独立不移的品格；迎合和讨好在他看来则是文学的大忌，他特别提到"力戒写畅销书的念头"，"畅销是一种结果，而不应当是出发点。"除这些"大戒点"之外，还有戒妄言、戒浮言、戒谎言以及戒啰唆、戒重复、戒拖沓、戒生搬硬套、戒滥用形容词等"小戒点"。

文学的盲点，更多讲的是文学中未被自己看到或被自己忽略了的部分，刘再复着重强调了三点：一是身为文学中人却不知何为文学状态。而"作家最广阔的天地就在他个体的自由思想和自由表述之中"。二是只知意识世界而不知潜意识世界。包括只知"美在生活"，不知"美在生命"，其中还涉及作家是用头脑写作还是用生命写作的问题以及人性的真实。他批评了某些时代、某些作家的作品中没有性爱，没有梦，没有本能的压抑，没有潜意识的骚动，英雄都戴假面具，所有呈现出来的人性皆不真实，从而失去了文学的生动性。三是只知已完成的客观世界，不知未完成的个体世界。"凡是具有个性的心灵，一定是'未完成'的心灵。"通过这种"未完成"，表现"充分个性化的人与心灵"，找到心灵的张力场。这三大盲点，关系到文学的个性与活力。

文学的拐点即文学的转折点。在他看来，中国文学以"诗""文"为正宗，以戏剧、小说为邪宗，诗的拐点也正是文学的拐点。西方文学则以戏剧和小说为主脉，文学的拐点更多地表现文学思潮的转折，比如从古典主义到浪漫主义、从浪漫主义到自然主义、从自然主义到写实主义、从写实主义到荒诞主义等等。在谈到自然转折和人为转折时，他认为："文学是心灵的事业，是一个字一个字从心灵深处流出来的事业，并不是外力可以控制的事业。"由此，他提出创造先于转折的主张。

文学的制高点，即文学的高峰。"凡是能够代表一个民族或整体人类的精神水准并能够成为一个民族或整个人类共同仰慕、阅读、长久传颂的文学经典，都可称之为'文学高峰'，或'文学制高点'。"比如代表中国文学高峰的诗经、楚辞、汉赋、唐诗、宋词、元曲、明清小说，代表中国贵族文学高峰的屈原、李煜、曹雪芹，代表山林文学高峰的陶渊明、王维、孟浩然等。谈及衡量标准，他提到意大利小说家卡尔维诺关于经典的十三个标准，强调了经典的"不断重读"和常读常新，还提到韩少功关于经典的三个标准，即原创的难度、价值的难度和共鸣的广度。他认为文学经典就是那种不为政治、宗教、民族所隔，直指人类普通人性的优秀作品，以审美的眼光来看，还要从中见出崇高感，达到超世俗、超人间的与天地相通、与神志共鸣的境界。"伟大的作家诗人，他们抵达文学的制高点，在精神层面上就得抵达'悦神悦志'的天地境界。这是把文学情感提升到精神的顶端，即只可领会很难口传的顶端。"而"要攀登文学艺术高峰，首先从境界上去占领'制高点'，实现技巧和精神的高度融合，实现手腕、人格、情调、姿态、意蕴、神志的完美合一"。

在文学的衰亡点一篇中，刘再复分析了不同时期和地域文学衰亡的规律与动因。他认为中世纪的神权统治导致了欧洲文艺复兴前的文学衰亡，在神权强力的思想控制下，那个时代连天才都没有出现，亦无审美形式，出现了文学沙漠。所以，强权是文学之殇。其中他提到奥古斯丁"可怜兮兮"的文学，"神性的'娘娘腔'"，也提到现代文学艺术家"一主二仆"的困境，"'仆'即文学，'主'则是政治意识形态和市场法则。"在他看来，单就全球范围内的市场法则，就可使文学在"退入边缘后退入绝境"。而作家则应保持一点混沌和天真天籁的状态，不能因太依附而丧失心灵的大自由和灵魂的活力，不能因太势利而失去文学应有的大慈悲、大悲悯精神，不能因为太无耻而丧失真诚、境界和风骨，要有来自自身的性格抗体、性情抗体和人格抗体。

他同时关注了文学的回归点。他认为"回归"是一种大现象。"回归，有时是文学的策略，有时是文学的主题，有时是作家的自救。"他特别提到"西方的大思路是'回归古典'，而'五四'则是'面向西方的现代'，完全没有'回归'的意思"。他认为西方的文艺复兴是"回归希腊"的文艺运动，"'复兴'是目的，'回归'是策略"。是将人从神的牢笼中解放出来，而中国的两次文艺复兴，即唐宋两代的古文运动则与之同出一路，唐代古文运动是散文对骈文的胜利，宋代古文运动是自由散文对西昆酬唱体的胜利。此外还有文学主题的回归以及作家心性回归和反向意识，返回精神的"原乡"和"原点"，复归于婴儿，复归于朴，复归于无极，回归一种真纯的状态，达到生命的纯化、赤子化和质朴化。

谈及文学的审视点，他着眼于文学鉴赏、接受与批评，其中涉及对文学批评标准的讨论。文学的交合点讲的则是文学与历史、哲学、心理学等其他学科交合嫁接，产生全新文学面貌、文学样式和文学思潮的现象。

至于文学的焦虑点，刘再复说，好作家唯一的焦虑是写不了好作品，无法突破和超越自己。虽然"一个真正的作家艺术家，他对自己的艺术未能进步会产生焦虑与恐惧"，虽然再复先生在文中极力推崇"为文学去死、去自我毁灭的精神"，但广大作家还是不要为文学而自杀。文学也只是生命中万千方式之一种,为什么不顺其自然呢?

最后,他探讨了文学的终点,"就文学本性而言,文学并无终点。"因为心灵无终点,内宇宙无边界,人性无边际。而文学之美,也正在于这无穷无尽的神秘之中。

讲了这么多,在我看来,归结为一点,就是:文学要有纯正的意味。

2019 年 3 月 20 日,北京家中

第二辑

我 行我素，自在生活

永远睁着的心灵的眼睛

——读雨果《雨果散文精选》[①]

雨果享誉全球，但我真正接触雨果的文字不多，好奇心导引我找到他。

《雨果散文精选》大致收录了三个方面的内容：游记、演讲录和情书。游记的部分在我读来有些枯燥，流水账一般的文字并无太多特色，故未留下太过深刻的印象，拖沓之处是跳着读的。想必作者的心思不在这里。当然，其中也有印象较深的段落，比较喜欢的有他对莱茵河的描写："这是一条既属于战争者又属于思想者的河流，它融进了两方面的欧洲历史，它的身上既蕴含使法国前进的壮丽波涛，又具有使德国思想深沉的潺潺流水。莱茵河包罗一切，它像罗纳河一样湍急迅猛，像卢瓦河一样宽广辽阔，像缪斯河一样峭壁夹岸，像塞纳河一样逶迤蜿蜒，像索姆河一样碧绿清澈，像台伯河一样历史悠久，像多瑙河一样高贵大气，像尼罗河一样神秘莫测，像美洲的河流一样金光闪烁，像亚洲的河流一样充满寓言和灵感。"

演讲的部分却大不相同，激情澎湃，大气磅礴，陡然见出了大文豪的气度与气势。这种气度与气势表现在语句的肯定、态度的坚定和无以掩抑的内在激情，他支持的和他反对的用他的句子表达出来都铿锵有力，义无反顾。看得热血沸腾。他急切地想说服他人，达成愿望，趋近理想，那些恳切的话语、精辟的发言让我看到活脱脱的一位优秀演说家，台下掌声雷动，而他，

[①] 雨果：《雨果散文精选》，周瑛译，长江文艺出版社，2013。

是一团火焰，一颗耀眼的明星。

他以他的身心和他的文字参与到对国家、对社会、对政治以及对平民的关切中来，他以内在的宽厚和普世的悲悯呼吁团结，反对分裂，支持和平，反对战争，他以深切的同情支持大赦，以浪漫的情怀做着消弭对立的努力，以强烈的信念呼吁自由、平等、博爱，以博大的胸怀期待世界大同。在庆祝《悲惨世界》出版宴会上的发言中，他态度鲜明地支持思想和言论自由，"没有思想，人类就不能呼吸，它大于一切权利。谁束缚思想，谁就是在侵犯人类。无论是说话还是写作，是印刷还是出版，都拥有相同的权利。"他说，"限制新闻的自由，也就是限制文明的自由。"在洛桑和平代表大会上讲话时，他说："人类的第一需要、第一权利、第一责任，便是自由。"他认为国界是通向自由的第一束缚和捆绑，解除捆绑，取缔国界，撤除海关，撤走士兵，即是自由与和平。"谁对国界有兴趣？国王们。他们将世界分而治之，一条国界便是一座哨所，一座哨所便是一个士兵。一切特权在说，一切禁令在说，一切审查在说，一切专制在说：过不去。人类的一切灾难都来自这条国界、这个哨所、这个士兵。"他说，"我们要和平。我们热切地要和平。我们绝对地要和平。我们要人与人之间的和平，人民和人民之间的和平，种族和种族之间的和平，兄弟和兄弟之间的和平，亚伯和该隐之间的和平。"他超越主义，超越种族，拥抱真知、真理与真美。他怀着良好的愿望，将悲悯与道德置于政治和战争之上，他说："治国的良药是怜悯和和善。要想让革命服从文明，就必须将道德的法则置于政治的法则之上。"他对平民尤其是穷人给予了深切的同情，他临终时留下遗言与穷人息息相关，他说："我将五万法郎留给穷人。我要求用穷人的柩车把我送进墓地。我拒绝任何教堂为我祈祷，只求为普天下的灵魂祈祷。我相信上帝。"

作为文学家，他看到并珍视着文学的价值。他在国际文学代表大会开幕词中说："什么是文学？它代表着人类精神的进步。什么是文明？它是人类精神每向前迈进一步所做出的永不停息的发现。我们可以说，文学与文明是相通的。"在他看来，一支二百万人的军队过而不留，也抵不过一部《伊利亚特》传诵至今，是文学造就了民族的伟大。"希腊领土狭小，有了埃斯库罗斯便显得伟大。罗马只是一座城市，但是有了塔西佗，有了卢克莱修，有了维吉尔，有了荷拉斯和尤维那利斯，它就能享誉全世界。提起西班牙，就不得不说塞万提斯；说起意大利，首先想到的会是但丁；谈到英国，就不得不谈莎士比亚。而说起某时某刻的法国，就不得不谈伏尔泰，巴黎的光彩照人与伏尔泰的灿烂光芒不分彼此。""如果各种联盟，各种对抗，各种代表大会建成一个法国，而诗人和作家建成另一个法国。"他说，"在三个大洲的土地上，哪儿有一种思想在发芽，哪儿就曾经种下一本法国的书。"在雨果看来，以个人名字来给时代命名、来概括某个世纪的情况只会在希腊、意大利和法国三个国家出现，在纪念伏尔泰逝世一百周年的演说中，他说："历史上有过伯里克利的世纪，奥古斯都的世纪，利奥十世的世纪，路易十四的世纪，伏尔泰的世纪。这是希腊、意大利和法兰西特有的现象，只有这些国家享有以人名来命名时代的特权，这是文明的最高标志。在伏尔泰之前，只有以某些国家领袖的名字来命名时代的先例；伏尔泰比国家领袖更重要，他是思想的领袖。"作为一名文学家，像众多的大家一样，他要播撒光明，传播真善美，他要以自身的光明照亮世界。当听他说道："让我们相爱吧。比起对敌人挥舞拳头，也许向敌人伸出双手更能有效地解除武装。"当听到他说："我们要消灭仇恨。如果说人类的文学只有一个目的，那就是这个目的。"我刹那间联想到泰戈尔，联想到泰戈尔的话剧《赎罪》中的台词：利剑能够杀死敌人，但歌声能够使敌人变为朋友。伟大的灵魂原本都是相通的，他们将美好的情感与想望，深切地灌注到他们的文学中。

  在《克伦威尔》的长篇序文中，他从文明史和文学史的角度展开谈了对于诗歌的看法，表达了很多独到的见解。他将诗歌分为颂歌、史诗、正剧三个时期，"原始时期是抒情的，古代是史诗的，而现代是戏剧的。颂歌歌唱永恒，史诗赞美历史，正剧则描绘生活。第一期的诗歌特征是纯朴，第二期的诗歌特征是单纯，而第三期诗歌特征是真实……颂歌里的人物是伟人：亚当、该隐、挪亚；史诗的人物是巨人：阿喀琉斯、阿柔特斯、俄瑞斯忒斯；正剧的人物是凡人：哈姆雷特、麦克佩斯、奥赛罗。颂歌借助理想生存，史诗维系于伟大，而正剧则以真实立命。"这三种诗歌来自于三大源头：《圣经》、荷马和莎士比亚。分别呈现青年、壮年和老年的面貌。他对于颂歌的描述非常美："原始时代，人们刚刚在这个世界苏醒，诗歌便紧跟着醒来。颂歌便真实地表达了人类面对一切使人心醉神迷的奇迹所发出的感叹。那时，人和上帝靠得很近，所有的沉思都出神入化，所有的梦境都是神的启示。人们直抒胸臆，他们不但要呼吸，而且要唱歌。他的诗琴上只有三根弦：上帝、灵魂与万物……这是各种文明起源时的必由之路，这种生活十分便于孤独的沉思,随性的冥想。人们想做就做,想走就走,而他们的思想就如同他们的生活那样,天马行空,毫无定性常态。这就是第一个人,第一个诗人,第一个青年,第一个抒情诗人。他全部的宗教只有祈祷,他全部的诗歌只有颂歌。"在此他提到原始抒情诗《创世纪》,提到荷马史诗,"一切都那么单纯",那么大气磅礴。

然而关注当下的文学,他说史诗的时代即将画上句号,"是时候了。世界和诗歌的新时代即将开启。"他剖析新的社会和宗教以及在此基础上诗歌的成长,"基督教带领诗歌走向真理,现代的诗神与基督教一样,以更高远、更宽广的目光来看待事物。诗神开始意识到,世间的一切并不是'尽善尽美'的,丑与美并存,畸形与优雅相邻,滑稽藏在崇高的背面,善与恶并列,光明与黑暗同行。"他注意到反差对比,注意到对立的观念和元素正孕育着文学的深刻与丰富,正剧正于滑稽与丑陋的不确定中打破美的程式,增添着文学的吸引力和感染力,"把原始的抒情诗比作平静的湖面,映照着天上的云彩和星星;诗是从湖里流出的大河,映衬出两岸、森林、田野和城池,最后奔流海洋;而这海洋,便是正剧。它既像湖面映照天空,又如大河反映两岸。但只有正剧才有无底的深渊,才有凶残的风暴。"

他提倡文学革命,反对艺术平庸。他说艺术给人的是翅膀,而非拐杖,他主张依据自我本性与特点、依随灵感与直觉、依随生命的律动自由创作,推陈出新,反对依循传统和旧框架的套路与惯性抄袭模仿,人云亦云,反对教条主义,反对体系、法规、规范,"让我们举起榔头,砸烂所谓的理论、诗学和体系。它们正是挡在自由大门前的石灰墙。没有规则,也没有典范。"他说,"诗人们要务必当心,不要抄袭任何人,不管是莫里哀还是莎士比亚,是高乃依还是席勒。如果一个人真有才华,却不惜掩埋自己的本性,将个人的特色放置一旁,而去模仿别人,扮演这种纯粹模仿的角色,那他自己可就一无所有了。"文学艺术就是独特的创造,是与天性、本性合一的独特的创造,创新,创造,创作,史无前例的开创性,是文学和艺术的价值所在。在他看来,正剧所避免的致命的缺点就是平凡,"我们需要的是一种自由、明晓、忠实,敢于毫无忌惮地倾诉,毫不做作地表达的诗句。它将自自然然地从喜剧过渡到悲剧,从崇高到滑稽;既踏实又充满诗意,既有艺术匠心又富于灵感,既深邃又鲜明,既开阔又真实。"

在《克伦威尔》序中,他还谈了自己的文学理想,谈到自己宁肯冒着被逐出剧院的危险而创作一部真实甚至傲慢的正剧，也不愿创作一出曲意逢迎、虚伪狡诈但可上演的悲剧。他以不指望作品被搬上舞台的决心，大胆地尝试不同的选择，使自己的创作自由自在，毫不做作，真抒胸臆。对于文学的流弊他也看得明白："这里党羽匍匐在地、真诚的有识之士却无人赏识，天才高贵的清正却换来误解，真正的平庸洋洋得意地把挡在前面的佳作贬为平庸，众多小人物被当成大人物，众多庸才被当成塔尔马，众多侏儒被当成阿喀琉斯！"但他相信时间会做出正确的评价，迟早人们会明白它真正的价值，"只有书店老板才会求一时的成功。"他依循自己的风格和内在的指引致力于剧本的创新，在美与丑、崇高与滑稽的反差对比中做着全新的尝试，他知道"崇高再加上崇高，很难产生一种对照""你抹去了丑，便也抹去了美"。而"腐朽的高雅和所谓的高贵实际上正是平庸的代名词"。

　　当然，文学家的雨果，在本质的深处是超越了文学的，如他序文的最后对自己所做的概括："他热爱理性胜过热爱权威，热爱武器胜过热爱文章。"

　　情书部分则展示了另一个截然不同的雨果。那个气宇轩昂的演说家的雨果不见了，那个充满理想抱负的文学家的雨果不见了，那个激情澎湃、铿锵有力的不同凡响的雨果也不见了，能见到的，是匍匐在未婚妻阿黛尔脚下的服服帖帖的奴隶，在信中，他以下跪的姿态热切地恳求着阿黛尔，力不从心地做着挽留，撕心裂肺地经受着折磨与伤痛，在爱情的烈火和周遭的磨难中痛苦挨熬着，给人的感觉阿黛尔每时每刻都有可能离开，甚至产生强烈的预感她会离开，从焦急热切的程度、信的长短、写信人的语气均能感受到双方情感的不平衡，但直至最后一封，也未透露两人的走向、结局，合上书本，从他处查得两人后来竟然走向了圆满。而爱情终究是最为诡异和难测的情感，据说走向了圆满的雨果后来在阿黛尔之外，又曾恋上了许多的女人，其中一位叫朱丽叶的女士与阿黛尔并行，同他保持了50年的关系。当然，这是题外的闲话了。

　　雨果，终究是关注世人的。在"最后的遗嘱"中他提到："我即将闭上我世俗的双眼，但是我心灵上的眼睛将永远睁着，而且比任何时候睁得更大。我拒绝任何教堂为我祷告。只求为普天下的灵魂祈祷。"

2019 年 7 月 22—23 日，北京家中

伟大的作品，古怪的作家

——读毛姆《阅读是一座随身携带的避难所》[①]

几乎不读小说的我，很少有机会接触毛姆，通过散文介入，对我来说或是接触小说家最自然的方式了。而小说家毛姆的读书随笔，也向我传递了不一样的信息和视角。

他从作家本身切入，以深入剖析作家的方式去剖析作家作品，从而找到他自己的角度。当然，对毛姆来说，这种角度或许就是一种本能的角度。因为每个人都有他自己独一无二的存在和思维方式，作为作家，这种独特便愈加凸显。"一个作家能写出什么样的作品，取决于他是个什么样的人。所以我们才希望了解那些优秀作家的生平——他们个人经历中的东西。"他说。

他的分析带着小说家的眼光。首先，他选择的作品多为小说作品，他选择的人物多为小说家，塞万提斯与《堂吉诃德》、歌德与《威廉·麦斯特》、艾米莉·勃朗特与《呼啸山庄》、狄更斯与《大卫·科波特尔》、司汤达与《红与黑》、巴尔扎克与《高老实》、福楼拜与《包法利夫人》、托尔斯泰与《战争与和平》、契诃夫与他的短篇小说……其次，他以小说家的现实、深刻和不偏不倚洞察小说家，如同剖析小说主人公般地去剖析作家，将作家放到具体的时代和琐碎的生活中去还原作家，因不回避作家的复杂人性和爱恨情

[①] 毛姆：《阅读是一座随身携带的避难所》，罗长利译，北京联合出版公司，2017。

仇而将作家写得立体丰盈，真实严苛，俨然不同于暗含美化倾向的散文笔法。

他笔下的作家都是带有缺陷的，正如他说："没有任何一个作家是完美无缺的。对一个作家的长处大加赞赏，这没什么问题；但若是对他的短处视而不见，甚至一味地赞美的话，恐怕反而会有损他的名誉。"勤奋之外，毛姆笔下的狄更斯奢侈铺张，而且有着"岛国人的褊狭性格"，从现实生活中狄更斯与凯特、玛丽、乔治娜姐妹以及爱伦·泰尔兰等的爱情纠葛，他推断《大卫·科波特尔》很可能是狄更斯的一部个人传记。机敏、感性、极具天资之外，毛姆笔下的司汤达又是相貌丑陋、遭人嫌弃、有着明显性格缺陷的人，"抱有荒谬的偏见，而且总是眼高手低；他多疑（也因此容易受骗），狭隘、苛刻、不谨慎、极度自负，又有极强的虚荣心；他沉迷肉欲且品味粗俗，行为放荡却又缺乏激情。"其笔下的司汤达几乎等同于《红与黑》中于连的翻版："他把自己的好记性、勇气、羞怯、自卑、野心、敏感、心计、多疑、虚荣、易被冒犯等性格特点，以及肆行无忌和不知感恩的行为特征，通通给了于连。我想，从来没有哪个作家会像司汤达这样，把自己的全部性格赋予笔下人物的同时，又描绘出这样一幅可鄙、可恶、可憎的人物肖像。"虽然他说："在所有为世界精神财富添砖加瓦的伟大小说家中，我以为其中最伟大的一个就是巴尔扎克了，他毫无疑问是个天才。"但他又说："我确定他不是一个很有趣的人。"在他的笔下，巴尔扎克有着不守信用的性格缺陷、冷漠无情的道德缺陷以及爱慕虚荣、挥霍无度的生活恶习，"他就是个不知羞耻的借债人。"毛姆索性不客气地说，"若说男人向女人借钱有失风度，巴尔扎克对此却全不在意，从来不为此感到丝毫内疚。"而曾为他还债的母亲在濒危时向他求救，他却以不可思议的冷漠表现得无动于衷，最终也未伸出援助之手，"总之最好承认，他就是一个极端自私而无德，同时也缺乏诚实与坦率的人。"就是这样一个人，却写出了伟大的作品。而且奇怪的是，他只有在举债的压力下才能专注写作，并且写出最好的作品。以写作为生命目的的福楼拜，基于与女诗人露易斯·高莱特不可思议的精神之爱和一些日常行为，被毛姆认为："他极端褊狭，他是个浪漫主义者，却害怕成为浪漫主义者，他挫败而愤懑，只因他缺乏自己理想中的性爱能力，就干脆地投入到包法利夫人的肮脏故事中，破罐破摔。"陀思妥耶夫斯基在毛姆笔下就是一个性格古怪的赌徒，只要身上还有几个法郎，就会毫不犹豫地再次回到赌场去，在自身人格的映照和撕扯下，他写出了《赌徒》以及《罪与罚》，"陀思妥耶夫斯基性格多疑、自负、急躁、轻率、自私、过分谦卑且不可信赖、心胸狭隘，还喜欢自我吹嘘。""就陀思妥耶夫斯基来说，他的急躁、自负和浮夸的性格远远超过传记作者在书中对他的描述。""陀思妥耶夫斯基就是这样一个人，似乎与作家的崇高地位相矛盾，但我保证再也没有比陀思妥耶夫斯基更伟大的作家了。"内心本就矛盾纠结的托尔斯泰在毛姆的视线里就更加痛苦挣扎了，托尔斯泰之热衷于体力劳动，被认为是为了发泄其写作未能发泄掉的欲望，而提及托尔斯泰让其私生子为自己的其他小儿子赶马车，毛姆则带着由衷的憎恶与不平了。在爱尔默·莫德的《托尔斯泰传》和西蒙教授所写的托尔斯泰传记之间，他信任后者，认为它将作为英语传记文学中的经典之作而被流传下去。

毛姆的这些叙述，给作家与作品之间留下了思索空间。

在这些作家之中，他偏爱契诃夫，他说："赞赏他，说明你鉴赏力不错；不喜欢他，则相当于你承认自己是庸人加外行。"他欣赏契诃夫"无头无尾"的天赋，他变自身缺点为优点，写出的短篇小说有如一种以虚构人物形象为主的散文，说是无有头尾，但"事实上，契诃夫本人的短篇小说往往有着非常出色的开头，总是几句话就把事情交代清楚了，简明扼要，文不加点，一读就能了解下面将是怎样的环境出现怎样的人物"。他以异常质朴、求是的眼光观察事物，"他的才华无与伦比，能将某个地域、风景、对话或者人物描画得栩栩如生。"他作品中的真诚与直觉被毛姆认为是一种民族天赋，"而契诃夫的这种天赋显然比其他俄罗斯人更为突出。""一个作家能否保持自己的地位，一般来说取决于能否始终保持自己的独特性。我以为，契诃夫比任何作家都更加深刻而有力地表现出了人与人的精神交流。"即便如此，他也不回避契诃夫自身性格中的消沉倾向，认为刻意回避反而有损作家形象。

当然，这些文字里也隐藏着他对于文学的判断。在毛姆看来，简·奥斯汀不在小说中提及法国大革命等历史事件，正体现了她的非凡见识，因为"以文学的观点来看，那些事情不过是短暂一现的昙花"，他看到"过去几年，有关第二次世界大战的小说出版了那么多，已经没有读者读了"，所以，要以超时代的眼光看文学、从事文学。此外他认为，"一部作品获得了多少批评家的交口赞誉与课堂里的耐心研究，或者多少学者的讲解分析，并不能使它成为经典，只有读者获得的乐趣和教益，才是一部作品成为经典的关键。"

在分析《呼啸山庄》时，他说《呼啸山庄》是以丑为美的，"它丑恶，却给人以美的感受。"作为艾米莉·勃朗特的首部作品，虽然"整本书的风格都是矫饰而夸张的"，但"《呼啸山庄》并非是拿来供人讨论的书，它是一本供人阅读的书。发现小说里面的错处很容易。它是很不完善的，但它只有极少几个小说家才能给予读者的那种东西——力量"。当谈到这部小说中的人物塑造，他说："我们每个人的内心都居住着不止一个人，这些人往往还是相互矛盾的。将用自己拼凑起来的人物塑造成一个活生生的人，这便是小说家的独特能力。"

"精美的文笔并非小说家必备的基本素养了，充沛的精力、丰富的想象、大胆的创造、敏锐的观察及对人性的关注、认识和同情才是。"

小说之外，他在书中还谈了自己对于哲学书籍的嗜好，以及对于宗教和伦理学的看法，针对真、美、善发表了自己的见解，同时谈了些对于读书的看法。

2018 年 11 月 29—30 日，北京家中

有书相伴，岁月静好

——读安德烈·纪德《纪德读书日记》[①]

《纪德读书日记》是安德烈·纪德先生写给自己看的，这也正是它的可读之处。

作家离不开阅读。这个小开本的读书日记是刘铮先生从纪德日记中特别选译的，集纳了日记中的读书片段，小篇幅，不修饰，无顾忌，三言抑或两语，都是内心真实所感，笔下真实所评，能够窥见纪德对于诸多作家、作品的看法以及他自己的内在面貌和文学观念，赞赏抑或批判，均态度鲜明，不遮不掩。

在日记所列的一长串作家作品中，纪德最欣赏陀思妥耶夫斯基，自称对陀思妥耶夫斯基的佩服程度超出了一个人佩服所能达到的极限，重读陀氏的《群魔》之后，更是说陀氏令他钦佩到难以承受，"以我对其他作品的记忆将它照得更亮。"在他眼里，《阿尔赛娜·吉约》也是一流作品，"比我认为梅里美能写出的任何东西都要好"；《沙格帕的修面》令他嫉妒，"我多希望是自己写的！"一系列英译的契诃夫短篇小说被他读得兴致盎然，瓦尔特·佩特的《想象中的肖像》亦唤起他翻译的冲动。但也有不少是他瞧不上的，比如普鲁斯特、法朗士，他说："有大众的卑怯相助，我想不出还有什么作品在使舆论陷于错误方面比普鲁斯特的《索多姆与戈摩尔》更有本事了。"

[①] 安德烈·纪德：《纪德读书日记》，刘铮译，商务印书馆，2020。

他讨厌普鲁斯特十足的平庸和乏善可陈，也不喜欢法朗士的流利、细腻、优雅和迎合读者，认为那只是娴雅辞令的成就，"只一杯，人们就把它饮尽了。我不大相信，那些人们马上赞同的作者的作品会流传后世。"他不认为法朗士的思想比自己更高明，"无论我怎么努力，在法朗士的作品中我都感受不到一点震撼；读法朗士，我毫无震撼之感。"他也不能容忍道格拉斯《奥斯卡·王尔德与我》中露骨的虚假，认为写作此书就是在犯罪。

他以作家的眼光阅读，以自我的感受评判，不受时评、他人左右，在日记中坦诚自己的看法。很多作品被他"看穿""看透"，或多或少在他眼里都存有瑕疵：《格列佛游记》有限、粗糙而尖刻；《约翰·克里斯朵夫》虽"有一种粗糙的优雅，一种恰当的调子，弥补了风格的不足"，但其冗长与拖沓却超出了忍耐的限度，其中的"暴露意图"更是"一种艺术上的恬不知耻、一种粗俗"。他奋力阅读《托尔斯泰日记》，但仍然"毫无乐趣，毫无收获"。从弗朗西斯·雅姆寄来的《诗选》中，他读出的只有愚蠢、假天真和自满，"没有什么比他的谦卑更让人觉得是骄傲的了"，他也不喜欢伏尔泰过于纤细的"工笔"手法，威廉·詹姆斯的《心理学原理》他读两章就读不下去了，因为"它确实平庸"，读完《德伯家的苔丝》，他的钦佩多过喜爱。对于人与文不相称的"虚伪"作家，和夸夸其谈、并无真赏的同行，他表现出的则是深恶痛绝，报纸不知节制、"发了狂"的赞词令他反感，他常常无语又无奈。

优秀的作家不被阅读束缚。纪德先生书不离手，但他不承认受了书本的影响，"在文学中，真正有价值的，就只是生活教给我们的那些东西而已。我们从书本中学到的一切始终是抽象的，是一纸空文。假如我从没读过陀思妥耶夫斯基、尼采、布莱克或勃朗宁的书，我不信我的作品会有任何差别。"如果说影响确实存在的话，他也只承认书籍唤醒了他自身的内在思想，"可那种思想是我自己的，而非得之于他们。"在书之外，他有自我充足的给养，因此他独立而又自信，"总之，我自觉足够丰足，断不至于要把那些属于别人的思想说成是我自己的。"

在写作的问题上，纪德也保持着清醒和前瞻。读得越多，他越了解作家自身的局限，越看到跳出自己所处的时代，敏锐地察知一代人的共同缺陷是多么难的一件事情，而长存于世的经典恰恰是不受时间束缚、超越了特定年代的作品，一味附和自我、附和时代的作品将不可避免地具有短命性。所以他反对刻意经营、雕琢与讨好，"我并不相信未来的人会因我们在自己的书上花这么多心思而对我们心存感激。恰恰相反，花了太多心思的书反而可能比别的书更快地让他们扫兴。"面对外界的褒贬，他保持着内在的从容与淡定，他相信，"用不了二十年的光景就可以看到，人们现在对我的书大肆抨击之处，恰恰是它的优点所在。对此我很有把握。"

纪德先生的阅读状态总体是轻松自然的，有时在家里，有时在途中，有时在河岸边，有时在火车上，阅读常常是一天美好生活的开始，也是他写作的调剂与调适，他享受这个过程。在1913年6月29日的日记中，他说："每天我都读一章《享乐主义者马里乌斯》（极其愉快地），朗诵《快乐的人们》一小时。花三到五小时（经常是五小时而不是三小时）在练习弹琴上（只弹巴赫和肖邦）。"他享受的是阅读，亦是阅读带来的美好时光。

他阅读的方式亦随心随性，有时默读，有时朗诵，常常读得"兴致勃勃，了无挂碍"，兴之所至，还会于某个阳光灿烂的午后，读出来与妻子Em. 分享。书中的语句时而予他启发，时而使他陶醉，时而引发共鸣，时而激起不满与愤怒，是继续阅读，还是适时中止、束之高阁，都随心所欲，自然真实。1914年5月的某一天，他被爱伦·坡的诗句所感染，"'带我还乡，回到荣耀之地，希腊。'在开往比雷埃夫斯的船上，我已经在反复吟诵《致海伦》（爱伦坡的诗）的这些诗句。我的心中只有平静、喜悦和安详。"1921年1月11日，在读到第260页时，他对手里的《绝境》终于忍无可忍，感慨"很难遇到一本比这更与我不相合的书了"，随即合上，换另一本。出于好奇，他阅读陌生的作者，获得新鲜感，读得愉快时，顺手将它插入"好书"的行列，以备下次再读。阅读，是他生活的一部分。

1916年10月30日，纪德在去往奥夫朗维尔的路上，《还乡》伴他度过了五个小时的愉快时光："五个小时的路程，对我来说不算太长，这多亏了《还乡》一书。"而当读到这一页时，手捧《纪德读书日记》的我正靠窗坐在济南开往北京的高铁上，两个小时的车程，有这本小书相伴，亦是无限美好。

2022年2月5日，北京家中

好的作品是少数人的

——读顾彬《一千瓶酒的英雄与一个酒壶的故事》①

"没有李白,就没有顾彬"

20 余岁来华学习,70 多岁到北京教书,汉学家顾彬对中国怀有着深厚的感情。在书中,他常常顺口就说出"我的北京"怎样怎样,"我的北京是一个曾到处都有田地的北京,一个蓝天的北京,一个自行车的北京。"他每天坐在办公室里研究中国古代哲学,眼下正在写列子,思考有无,时不时地就会脱口而出:"我怎么了?发疯了吧。大概没有学好我可爱的庄子和孔子。"久而久之,他的思维方式里,已经融入了太多的中国元素。

在他的心中,中文是很美的语言,50 年的中文学习与研究,给他打开了一个全新的世界,他说:"是的,是这样,我喜欢这样,我需要这样。"50 年前,他偶然受到李白的启发来到中国;50 年后,他说:"没有李白,就没有顾彬。"

"在我办公室大窗外的地平线有西山。"和很多的北京人一样,原来西山也是他的参照,原来他也像我一样看西山识天气——晴朗的日子,西山的轮

---

① 顾彬:《一千瓶酒的英雄与一个酒壶的故事》,北京出版社,2017。

廓清晰明媚，雾霾天气，西山就从视线里消失，不见了踪影。他与西山的缘分，几乎可以等同于他与北京的缘分，初来北京，第二天他就去爬了西山，接下来的很多次，他在山下思考"得大自在"的问题。

他每天精力旺盛，自诩一天睡4个小时而不累，解释起来，原因也很"中国"："秘密大概是我每天吃生大蒜、生姜，还喝小酒，中国高度的白酒。"他也游泳、踢球、爬山、骑车，"无论在北京还是在波恩。我不需要宝马或者奔驰，我需要的是一辆快的自行车。"对他来说，自行车是哲学家的交通工具，骑车时可以思考"存在"的问题。"我累吗？我不会累，上帝不允许，党也不允许。因此我非常健康！"在他的眼里，70岁不算老，人生才刚刚开始。

他也不时地发点牢骚。对于拆迁，他就耿耿于怀，"拆老房这是拆一个城市的来源，留下来一个伤口。"房子拆了以后，人们住进了高楼，"可是，因为高楼大部分一模一样，人很快会觉得缺少什么。缺少一种认同感。房子跟书一样，应该作为一个人最密切的朋友。我们真正的朋友不可能没有区别。他们是个体的，他们有自己的面貌、语言和手势。"他将自我理想和记忆中的中国与眼下巨变中的中国加以比照，又截然分开，冠以"他们的"和"我的"中国："我的中国是蓝天的、四合院的、没有太多车的、小房子的、非常慢的、闲暇的、不一定是不幸福的、没有钱的、简单的。他们的中国是发展的、快的、堵车的、高楼的、让人家疲劳紧张的、不一定非常幸福的、富裕的、复杂的。"

时光浸染，无论如何，中国文化已经渗进了他的骨髓，"我今年70岁。坦率地说，没有中国文化，就没有我。"恍兮惚兮，静下心来他甚至自问：我将近50年活在中国的文明之下，我还是一个外国人吗？

"没有翻译就没有世界文学"

"没有翻译就没有世界文学，翻译创造了世界文学。"作为翻译家，顾彬对翻译有深刻的见解。

他以切身的体会，认为翻译家就是烈士，烈士意味着牺牲；翻译家就是爱，爱意味着将最宝贵的时间和词汇奉献给他人。但翻译家不能没有自己，他要通过翻译找到自己的话语，通过翻译创造自我。翻译也不能只懂外语，翻译家不能只是翻译家，"假如我只是翻译家而不是汉学家，我怎么可能把鲁迅、郭沫若翻译出来呢?!"翻译不是简单的传声筒，而是借由语言的再领会和再创作，"我们翻译语言，语言不是工具，而是内容，好的语言给我们带来对美丽生命的渴望。"

"对一个翻译家来说，最重要的不是他的外语，而是他的母语。"所以，作为一个翻译家，他更看重的是母语，认为翻译家的水平，应该从文学艺术和语言的角度来评价，文学作品翻译的好坏，取决于译者的语言和文化水平，"因为文学需要诗意。如果我的翻译 99.99% 没问题，这还不够，因为最后那 0.01% 里，可能会有文学作品最重要的部分，也就是诗意。"

他提出"中国为什么没有叫得响的翻译家"的问题，并且认为抄袭是"走出去"最大的症结所在。"翻译中国古典哲学的中国学者经常抄袭外国人的翻译，特别是英文的。"他说他讨厌这种"骗人的"译本，将翻译只停留在了翻译，缺乏专业积淀和学术造诣。他认为翻译时代是专家时代，要跟专家合作。而中国要走出去，就要有自己的翻译家，然而在他眼里，中国还需要几十年，才能在翻译学上赶上德语国家，才能在翻译实践上与日本相比较。

当然，作为读者，对于译著的衡量角度只有一个，那就是阅读感受。正如顾彬所说，差的、缺乏灵性的翻译损坏了作品，磨灭了作品的光泽，而今日的图书市场，不乏这样的粗制滥造，真不知道有多少的优秀作品，被生涩的翻译阻隔和糟蹋了，每每遇到，只有合上书本，一声叹息。大翻译家傅雷不仅追求翻译的"信达雅"，要求自己对所译著作反复通读、领会，而且坚持翻译自己熟悉和喜欢的领域，在翻译的"再创作"上拓展出新天地，其译著《艺术哲学》《希腊的雕塑》读来顺畅而富美感。《凡·高艺术书简》的译者张恒和翟维纳虽名不见经传，却也将画家的著作译到了极致，带有画面感的语言不仅与画家的气质、心性、作品相合相契，也曾给读者的我带来美好的阅读感受。

常年与语言打交道的顾彬也很在意这感受，汉学家兼翻译家的他对于语言有一种发自内心的爱惜。对他来说，语言本身就是内容。"现在中国一些地方建设高楼住，建地铁出行，建高铁旅行。但是他们的语言赶得上社会的发展了吗？"抽身事外，以一个旁观者的视角他仿佛看到，好中文的读者在国外，不一定在中国，"也好，这样好的中文不会沉没，外国的译者会保存它，也包括我在内。"观察所得让他隐隐地惋惜，惋惜中又有庆幸，他爱中文，他要捍卫它。

"作为一个汉学家或者作家我想用最深刻的、最美的词。"他说，但他也有力不从心之时。"汉学家在看译文时并不是去给译文挑错，因为我们都是人，错误是无法避免的。"对于别人的批评，他有些不服气，"谁不犯错，谁是上帝。我不想当上帝，我很满意能做人。"他包容他人的错误，也不避讳自己的错误，"是的，德文非常难学，不过中文更是。因此批评我现代汉语的人是不是对我要求太高了呢？"

对于批评，他的感受是："当代中国精神缺少的是一种有活力的传统。也就是说，一种既不要盲目地接受，也不要盲目地否定，从批评的角度来继承的传统。"面对中国当代作家，他说他常会有一种"非常可怜的孤独"，"他们老希望我们了解他们，但是他们不想了解世界。他们总是提要求，觉得他们是了不起的，觉得我们外国人不够重视他们。但是他们理解我们吗？对他们来说，我们才是他们的译者。无论什么书都可以翻译，这是中国的口号；不是谁都能够翻译，这是我的回答。"在这篇文章的结尾，他留下的是一声叹息："可怜的中国当代文学。"

穿越困惑、纷争，他说他是保守的，他看《论语》看《圣经》，但是他说："我的信仰是爱，是仁与义，不是抱怨，也不是仇恨。请问，我错了吗？"他欣赏丰子恺，思考丰子恺何以至今还会有读者？"因为他有信仰，所以他的文艺充满了温暖，充满了爱。"

在顾彬眼里，"丰子恺的世界已经失踪了。"

探寻成为作家的可能

"我决不容忍自己只是一名翻译。"顾彬并不满足于做翻译，他还要探寻成为作家的可能。每天早上他趴在北外家里的桌子上写诗歌或散文，"早上五点半写诗的时候，我感觉到生活、宇宙和大地的幸福。"

中国是诗歌的大国，也是散文的国度，诗歌、散文是他的最爱。

对于诗歌，他有独到的理解，在他看来，诗歌难，不一定是诗人故意朦胧，而是我们经常不够了解别人说的话。"听，不只是听到或听见，好像更是体会。"气是诗歌的语言，是人生的节奏，人们朗诵诗歌时，就是在模仿大地的呼吸。

诗歌的来源是宗教，是在神物的影响下写作，而"当代的诗歌丢掉了它原来必须有的高尚的声音，这就是宗教的声音"。当然，他所说的宗教，也未必就是一门具体的宗教，而是某种"神圣的东西"。"大诗人都应该把人家忽视的事物，写成伟大的诗歌。"而且大诗人有这样的能力，因为那是他的本能。"他们喜欢从天空来看大地的悲剧。他们喜欢扮作风筝。"

对于散文，他仿佛倾注了更多的情感。50年的深入体察，使他认识到"中国是一个诗意散文的大国"。他译散文，写散文，"我中文的'事业'好像一辈子只是散文。"

这本用汉语写就的散文集，就是他活跃的创作实践。

当然，他的创作实践离不开他的汉学研究和翻译经验，如果说研究和翻译是一种途径、一种通道，那么写作，或许是他更本然、更直接的驱动和呈现，是有待他拓展的一片新领域，为此他感到激动和兴奋。

总之，他对作家的身份怀有着期许，并以自得其乐的方式践行之，得意之时他自问自答：我是一个中国作家吗？好像是。

将欧洲与美国区分开来

他对世人迷信英语和美国人的骄傲自大感到不满，好像世界上只有一种语言，那就是英语，只有一个文化，那就是美国的。"如果一个美国人说没有翻译，他的意思是没有英文译本。因为美国搞的是一种文化帝国主义，我可以理解，为什么对他们来说我们不存在。"而碰到只重英语不重德语，潜意识中认为"好的德文翻译不如非常破的英文翻译"的中国诗人，他也赌气，"好吧，我们不再翻译吧。让美国人或者中国人多翻译。不过，他们会做吗？美国每年出版的书中只有百分之五是翻译书。德国每年出版的书70%以上是译本。"

他本能地维护德语。"来找我的不少人要求我把他们'了不起的'作品翻译成英文，他们这样做，是对我的母语的轻视。这样也说明他们是愚笨的。德语是欧洲人说得最多的语言，德国出版的外国人作品最多。美国呢？美国对国外不太感兴趣，美国人只歌颂他们自己。"他很遗憾很多人不明白，中国诗歌的市场不在美国，也不在其他英语国家，而是在德语国家。他越想越生气，"好像我们做什么都不对。""好吧，我不再翻译，我多写我自己的书。"呵呵，多么可爱的老头！

总之他不喜欢同美国混淆。因着一张"外国脸"而屡屡被认作美国人的经历使他不悦，"孩子们把我们外国人看成美国人，我不管。我的研究生最近向我祝贺感恩节，我的问题就来了：因为感恩节完全是美国人的节日，跟德国没有任何关系。我也不会祝贺中国人樱花节，因为那是日本的。"为了完成这区分，他在书中使劲强调，"美国离德国非常远。"可是，"连中国诗人也搞不清楚美国与欧洲的区别，这让我不知所措。"是啊，我们统统将他们归为了"老外"不是吗？

他以自身的理解去诠释德国文化和美国文化。在他看来，德国文化是怀疑的文化，"'怀疑'帮助我们不要盲目地相信什么，提醒我们不要盲目地服从谁。'怀疑'会要求我们多思考所有的口号，一切固定的说法和观点，同时多思考我们自己的立场。它让我们明白，我们今天的看法和明天的不一定还一样。"当然，他也反思怀疑本身，"也可能我们有时应该对怀疑表示怀疑。"自我怀疑的同时，也了解和容纳别的思想。美国文化是肯定自己的文化，往往目中无人，他们不喜欢批评自己，喜欢歌颂自己。汉学需要的是彻底的思想家，而"从欧洲来看，美国汉学家是文盲"。除英文之外，他们只掌握一门中文，还不一定能说。在顾彬眼里，美国汉学家很少有新思想。

为此，这个老头还常常为自己辩护，他不避讳别人对他"欧洲中心主义"的批评，不避讳从欧洲的角度来看中国文学，"我当然没办法离开我的历史、教育背景和我的母语……为什么中国人要求我们欧洲人应该从中国来看中国，但是自己老从 Benjamin（本杰明）或从 Faucault（福柯）的观点了解他们的文化呢？难道不是中国人自己才在搞他们需要的一种欧洲中心主义吗？"

包括中国的大学教授不会英文，不会日文，在他看来都是先天的缺陷，而在德国，他自小就接受了多种语言训练。"儿童时代我们的老师们让我们背诵拉丁文的散文、古代希腊文的史诗和巴洛克时代的十四行诗。大学时我的古代汉语老师、我的导师要求我们背孟子、王维、苏东坡的作品。我今天写诗，都是在古代希腊语文的节奏和唐朝诗歌的诗意下创造我的诗行。"

这是一种固执，也可说是一种自信。

"好的文学是少数人的"

对于文体他有自己独到的认识，读者和出版社都在追捧长篇小说时，他说，长篇小说的时代已经过去了。

"无论是中国、美国或德国，我们研究它们的文坛时，我们会发现对读者与出版社来说只有长篇小说才算文学，文学就是长篇小说。""目前为了出名、赚钱，谁都写小说。好像小说才算文学，文学好像就是小说，特别是长篇小说。我根本不看长篇小说。它们无聊死了，男男女女，都一个样。我看诗歌，中国的诗歌，我看散文，中国的散文。"相比于长篇小说，在他眼里，中短篇小说还过得去，"余华的中篇小说《活着》算大作，但是他的《兄弟》呢？他老在重复同样的场景，真无聊。"从雅俗文学的角度，他认为当代长篇小说大部分属于通俗文学，"谁在德语国家写长篇小说，谁属于通俗文学界。"但他仿佛也认识到，优秀的作品很少会有人想买或看。

他推崇第一、二次世界大战前后的长篇小说，认为鲁迅、叶圣陶、沈从文、萧红、张爱玲的中短篇大部分是杰作，"我最近看过的长篇小说，无论是美国的、德国的或中国的都比不上当代诗歌、散文、中篇小说的表达力量。老实说，这些长篇小说从语言、形式、内容来看是最没意思的作品。"但读者是残酷的，市场也是，最差的书也能成为畅销书，那些长篇小说人们会看，虽然看后会扔掉。"写长篇小说的中国作家会写几十个人在一百年的情况。他们不能只描写一个人的灵魂。鲁迅创造了阿Q，创造了一个人的精神。中国当代作家还能勾画这类的人物吗？我怀疑。"

在他看来，长篇小说的危机是十分明显的，它们抓不住近代、现代、当代历史的本质，"一百页之内经常找不到一句想记住的话。"他对贾平凹的

《废都》失望，对《老生》也不看好，认为那只不过是为了满足出版社和作者赚钱的欲望，"太多的中国当代作家为了钱或者什么其他原因，成为了文学的叛徒。"

那么问题出在了哪里呢？他以《中国作家最大的问题是不能等》做了回答。

他常常从求他翻译作品的作者那里感觉到急功近利。他说写作应该是孤独的，"不孤独，就不是好的写作。""尼采还没有发疯前，他找不到出版社出版他永垂不朽的大作。他只能自己掏钱出版，给不太想读的人看。马克思呢？他太穷，甚至买不起写《资本论》所需的纸。如果他们跟今天的一些中国当代作家一样，先要求出名，再要求成功，还要求发财，那么我们今天就听不到他们两位的名字。"他怀疑"中国当代作家是不是真正的作家"，以他的所见，来法兰克福的中国诗人都是二三流的，现当代艺术和今天的文学也不一定还能代表美。

他还看不惯中国的文人相轻，看不惯中国当代作家一出国就批评、批判他们的国内同行，甚至"在我们面前否定他最亲密的朋友"，他举出实例，有名有姓地表达不齿，流露出鲜明的爱憎。

他不喜欢中国作家尤其是中国男作家的自以为是，他们自以为了不起，是"因为他们基本上不会外语，不看、也不要看他们国际同行原文版的书，所以他们根本不知道他们在国际文坛上是谁，不清楚他们的水平不符合世界最好的少数作家的。我说'少数'，因为优秀作品是少数人的"。他将当下的世态放入悠远的历史中去观照，以找到一个清醒的角度去定位自身，"后代会批评我们，但是我们不知道，因为我们当代人都觉得我们是历史的高潮。白帝城的猴子也可能是这样看自己的。不光时间是残酷的，历史更是残忍的。今天最伟大的，明天变成了历史的木乃伊。"

那么对于小说家他怀有怎样的期待呢？

他期待作者写一个人的一天、一个人的灵魂。"严肃的小说家从长篇小说转到中篇小说，从社会的全景转到一个人的困境。不再描写几十个人物，集中在一个人的灵魂或精神，在一个事物与它的秘密上。"不再讲什么几十年的家庭史，"宁愿讲一天或最多一个星期的事件就够了。"不光是短篇小说可以讲这些小故事，长诗也会。"今天我们需要人宣布长篇小说的结束，把我们带走，带到文学的本身。"这确实是一个智慧、深远而有见地的问题。

他期待好的语言，"为了吸引普通大众的注意，政治、经济、媒体都在用最简单的词汇、最流行的话语形式。他们这样做是正常的，因为他们要成功，要很快成功。但是，一个作家不应该向他们学习。作家难道可以不考虑读者市场吗？是的，必须。最深刻的哲学是少数人的，好的文学也是。"

"中国作家最大的毛病是他们不能等，也不敢等。"然而好的作品，都需要时间。

2020 年 8 月 17 日、9 月 24 日，北京家中

悠悠的往事，无尽的乡愁

——读马悦然《另一种乡愁》[1]

触动我的，是马悦然先生写在封底的一段话："一个人为什么会用一辈子的时间做毫无用处的人文学研究呢？肯定不是为了挣钱。是为了求功名吗？也许，尤其是年轻的时候为了在学术界发迹。但是，我越老越清楚地意识到做研究的动机究竟是什么。一位哲学家曾说：'真理是美丽的。'我想，学者追求的正是他的研究结果所能带给他的美。"

以美为动机的钻研在我看来是迷人的。阅读过程中，我也屡次被马悦然先生的纯粹、真诚和感性所打动。在书里，他谈古汉语，谈古音韵、古语法，寻找汉语的根源、现代与传统的联系，咬文嚼字，连我这个生于斯长于斯的中国人都感到枯燥乏味之事，他却津津有味地花去了毕生的精力，只能让我肃然起敬了，没有出自内心发乎本能的热爱概是无法做到的。来中国之前，为追随老师学习汉语，他曾露宿在斯德哥尔摩的街头和火车站，任驻华使馆文化参赞两年间，他广交中国的作家朋友并将自己喜爱的作品推介到海外，凭借的都是不息的热情。

他的研究不仅根植于书本，还着眼于生活和世情之中。从读林语堂《生活的艺术》与汉语结缘并将目光转向《道德经》，到师从汉学家高本汉自

---

[1] 马悦然：《另一种乡愁》，新星出版社，2015。

《左传》始研究古汉语,到前往四川调查当地方言,再到自己也成为造诣颇深的汉学家,他的轨迹偶然又必然,简单却执着。他从四川拉"板板车"的劳动者喊出的号子、陕西不识字的老头子王老九写出的诗歌以及民间的"弹词"和"数来宝"中获得灵感,发现其与荀子在两千多年前写下的《成相篇》一样的节奏,"我相信这种节奏的起源非常早。也许修筑长城的俘虏和奴隶哼着的就是这种节奏,修建商朝帝王的宫殿和坟墓的劳动人民说不定也哼着同样的节奏。也许这节奏跟中国土地一样古老?"由此他看到"世界上绝没有一种语言的生命力能够跟汉语相比"。

汉语在马悦然眼里有着无穷的魅力,先秦文学更是被他视为挖掘不尽的"金山",得了结石疼痛难忍之时,他坐在摇椅上读《庄子·秋水》,以缓解疼痛,中国的传统文化,已深入他的骨髓。长年的浸淫,也使他写下"明亮而有节奏"的流畅汉语,为研究四川方言在报国寺住了大半年的他,文章中时不时地还夹杂着标准的四川土语,俨然是位地道的四川人,而事实上,他也的确娶了一位四川妻子,把中国当成了第二故乡。所以多年之后,他带着子孙重回中国,为的是再看一眼他度过了大半生的"第二个祖国"。

马悦然先生在书中娓娓叙来,满怀深情地回顾了与中国的缘分和陈年往事,写下初来中国的经历见闻。他写下《我的妻子陈宁祖》,回忆与陈宁祖邂逅的爱情故事,继而写下《悼念宁祖》《我心中的公主》,抒发内心的深切怀念,时光流逝,物是人非,有美好,也有感伤。在《我心中的公主》一文中忆起陈宁祖,他说:"先做她的不敢表白的情人,再做她的外国丈夫,最后终生怀念她,坐在这里写下这个故事,给她的同胞看。"写下的,是一往情深。宁祖女士已离他而去,但他在心底小心地珍藏着昔日的美好回忆,写到陈宁祖追随他到中国香港完婚,他将话题岔开了,"我现在不谈宁祖跟我怎么过蜜月,也不谈我们回瑞典去的旅途上所经历的一些奇事,更不谈我们在一起过的 46 年的幸福生活。这都属于我自己。我只想说,原来连开水都不会烧的宁祖到了瑞典之后自我发挥出非常精彩的烹调技术,这真是一个奇事!"

在书中,他也谈翻译家的责任,"一个具有必要的语言能力而对文学感兴趣的汉学家应该用一部分的时间搞翻译工作,让他自己的同胞有机会欣赏他所欣赏的文学作品。"他自己就是这么做的。他翻译《水浒传》《西游记》，翻译李锐、曹乃谦、高行健、北岛、杨牧，也翻译无名小卒的诗作，他的动机朴素又纯正，他说他从不翻译自己不喜欢的作品，"我从事翻译工作最重要的动机，是让我瑞典的同胞们欣赏我自己欣赏的文学作品。"联想到自己写作读书随笔的动机，我对马悦然先生的讲述深有共鸣，天下美好的事物都值得发扬之，推广之。

在阅读的问题上，他有自己的看法，又保持了开放的心态。他承认各有所爱，又重视读者参与创作的过程，他自己也时常由一段书及一幅画，作漫无边际的通感的联想。当看到他佩服的老诗人艾青抨击朦胧诗时，他在给艾青的信中并不避谈自己对北岛和顾城的喜爱，他看重的，唯有文学价值。他欣赏林语堂达观、幽默、自由、享受的人生态度，视庄子、白居易、苏东坡、屠赤水、袁中郎、李卓吾、张潮、李笠翁、袁子才、金圣叹为同道和精神伙伴，在林语堂逝世30周年国际学术研讨会上，他深切缅怀，感念感佩，皆由心出。

马悦然先生是一个善良宽厚的人。他在书中提到"君子"，生活中也遇到很多像君子的人，而他本人无疑也是一个中国式的君子，他典雅又不失本真与活泼的文字，读来亲切又可敬。在《谈后悔》一文中，他谈及最令他后悔的一件事，不是对家人少有陪伴，不是花了太多的时间研究一本伪书，也不是没有勤学精进，而是在澳洲的一个酒吧，他曾看到一个原住民进来买了一瓶酒（那时，原住民不准买酒），将酒瓶放在大衣口袋里，然而他的口袋是裂开的，酒瓶子不幸就从口袋里掉到了水泥地上，碎了，"我还记得原住民失望的模样。我这个愚蠢的瑞典人当时没有想到给他那可怜的人买一瓶酒！到现在我真的为这件事伤心。"

他总是以美好的心地揣测人和事。在瑞士搬家时，他家中珍藏的名画被盗，难过之余，他想到偷画之人肯定是爱上了它，想到画挂在他人墙上天天有人欣赏，也便安心了。继而想到偷画之人也许并不爱画，但转念又想，偷画之人即使将画卖掉，买画的人也会欣赏它，于是便又安心了。

他做严谨的学问，也过有趣的人生。他宁愿相信南怀仁神父地图上指明的韦尔斯西南部的一片林中空地上有一块吃音的巨石是真的，"我有什么理由疑惑他的话呢？既然南怀仁神父是一位学问非常高明的人，又是基督徒，我宁愿相信他的话。要不然，我们这个世界对我来说显得更无聊了。"他宁愿相信一位香港地区的老诗人,在踏破铁鞋寻找其父的一本书而无觅处时,辗转来到他瑞士藏有其父珍本的书架前不是偶然的,由此他写下《一个奇特而真实的故事》。对人对事,他本能的反应是信任。而相信,就总会发生。

重回"故里",马悦然先生思绪万千。他到中国,到四川,到留有记忆的每一个地方。书中有一幅照片,是 1979 年他坐在报国寺外一个小木凳上,与 30 年前的一名人力车夫亲切地叙旧攀谈,悠悠的往事,于那一刻再度勾起了他无尽的乡愁吧?

2022 年 2 月 8—9 日,北京家中

在爱中陨落,在舞蹈中永生

——读伊莎朵拉·邓肯《我的爱,我的自由》[①]

我的爱,我的自由。这个女子的一生一半是为爱而活,一半为舞蹈而活,爱和舞蹈是她生命中并行的两条主线,此起彼伏,缺一不可,爱,指向了不息的生命活力和随时涌动的内在欲望,而舞蹈,则给予她全然的自由和自如,在无数个接通天性与神性的瞬间带给她盛大的欢喜。

她的爱亦伴着自由。受离异家庭影响的伊莎朵拉·邓肯反对婚姻,赋予爱情以自由的含义和想象,她无拘无束地大胆去爱,义无反顾地赴汤蹈火,她深情执着,亦遍体鳞伤,几乎每一段爱情都带给她难言的伤痛,几乎每一场爱恋都将她烧焦烧灼,然而她不管不顾,伤痛过后,她继续伤痛,燃烧过后,她继续燃烧,一场爱情结束,她又飞蛾扑火般地投入到下一场轰轰烈烈的爱情,她捕捉着爱的火花,她享受着爱的芬芳,她采摘着爱的果实,她沉浸于爱的世界。她追求着爱,她最终失去了爱,她想留住,她什么也留不住,她渴望永恒,然而没有永恒,她满眼凄迷,她泪光闪烁,她无力无助,她黯然神伤,而在最孤独难耐的时刻,她只能于艰难中由自己去完成对自己的救赎。她在自由中爱,而爱却最终未能给予她自由,她为爱伤感,为爱苦痛,为爱煎熬,为爱心碎,被爱裹挟在那一股不可控的力量之中。而她爱的

[①] 伊莎朵拉·邓肯:《我的爱,我的自由》,江苏凤凰文艺出版社,2014。

结晶——生命中她至爱的三个小天使于不幸中的意外夭折，给她脆弱无依的心灵带来永久的阴霾和伤痛，给她多劫的人生带来致命的阴影和打击。最后，这位可怜的女子自己竟然也于尼斯死了了非命。在她自述的文字里，仿佛有一种命运的力量若隐若现，像是一种预示，牵引着她，随着她的经历、感觉、爱情，将她推向一个不可知的深洞。读着的彼时，有一种爱莫能助的疼惜与无奈。

爱是什么？爱情真的可以永恒吗？世上真的有永恒之物，真的有永恒之爱吗？作为没有血缘、偶然相逢的两个独立的个体，爱情真的具有永久的黏着力吗？奥修说："让爱处于流动中。"的确，唯有变化和流动中的爱才具有无拘无束的新鲜活力，爱情亦因此充满了不确定性，然而，它的迷人之处也正在于此，变化不居，是爱情的自然主题，执著于爱情、渴望永恒的女子在爱情里受伤、受苦，似乎就在情理之中。追逐爱的邓肯在每一场爱情里都专一、专注，而没有一场专一、专注的爱情将她框在了一个固定的地方，她说："你们也注意到在这部自传里，我对我的情人总是忠贞不贰。其实，如果他们对我同样忠贞，我是绝不会离开他们的。因为我一旦爱上他们，一生都会忠贞不渝。要是我离开他们，那只能怪他们变化无常，叹命运之残酷。"也许在爱着的彼时，每一个人都是专注的，都有着留住的美好意愿，然而，爱情是双方互动下的一个又一个变奏，甚至不为人的主观意志所左右，未来走向哪里通常也是未知数，今日阳光灿烂，明天就有可能雷雨交加，来得快，也可能去得快，来时满目芬芳，去时一地苍凉，本是爱的常态。婚姻约束了爱情，没有婚姻约束的爱情就能给人带来真正的自由和幸福吗？在激情与性之外，维系爱情的又是什么呢？当爱情被固定在婚姻之内，如何保持新鲜的活力呢？客观地看待婚姻，通达地对待爱情，认真严肃，又流动不居，在爱中爱，在不爱中解脱。

舞蹈是伊莎朵拉·邓肯的第二条生命，舞蹈使她飞翔。她的舞蹈来自天赋，来自宇宙，来自大海，来自"那一刻"的闪念，带着某种不可遏制的内在力量，挣脱所有的条条框框，只因循随时随地的灵感和内心的指引，顺应原始的冲动，于不知不觉中完成前所未有的创新与创造，散发出独特的活力与光彩，即兴而不可复制。她在舞台上跳舞，她在宴会上跳舞，她在皇室贵族的客厅里跳舞，她在街边跳舞，她在酒馆跳舞，她在听到某个曲子的瞬间跳舞，她在看到花落的某一个片刻跳舞，她在海边跳舞，她在人群中跳舞，她在欢喜时跳舞，她在悲伤时跳舞，舞蹈是她时时的冲动，在她的体内，与生俱来，无以摆脱，她为舞蹈而生，她与舞蹈同在，舞蹈流淌在她的血液里，她的生命中，她是舞蹈的使者，舞蹈的化身，她的人生就是舞蹈的人生，她的舞蹈带给她不灭的激情与梦想，她用舞蹈表达幸福，表达悲伤，表达爱情，表达绝望，表达转瞬即逝的欢乐和绵延无尽的忧伤，她的舞蹈，是生命蓬勃的涌动，是自我和人性的解放。她演讲，她办学校，她对舞蹈有着天生独到的认知，她依循直觉理解艺术，反叛艺术，创造艺术，她以自己的方式认定艺术，在热爱中追逐真艺术。海边出生的她得到了大海无尽的浸染与启示，她说她的第一个舞蹈动作就是在那波涛滚滚的韵律中诞生的，她的舞蹈融入了生命，融入了河山，融入了天地，带着大自然新鲜的能量与气息，灵动着蓬勃的活力，因此激动人心，唤起人们内心的波澜和深切的感应，刹那间与芭蕾舞等被拘泥在某种范式里的舞蹈区别开来。在艺术观念上她标新立异，在艺术态度上，她严肃、固执而有原则，四处奔波、颠沛流离的她宁肯与贫穷为伍，艰难度日，在母亲和兄弟姐妹的陪伴下从一个地方到另一个地方，也不在是非功利的诱惑面前无谓妥协，在她最不堪的时候有人开出惊天高价请她跳舞，她都因违背自己的舞蹈理念和内心意愿而坚决回绝，并且预言未来自己的价值将远远在这之上。她我行我素，她骄傲自信，她耐得住寂寞，也看得到未来，她像所有天才一样，对于自己的价值有着深刻的自知，而最终她所有的预言都实现了，舞蹈成就了她的梦想，她在舞蹈中绽放。

初次接触邓肯是早年我于中央电视台做电视专题片《业余练芭蕾》时查到她的资料，作为现代舞的创始人，她对芭蕾舞的刻板和造作实际是反感的，如她在《美利坚在跳舞》一文中，认为舞蹈表现的是一种精神，芭蕾的做作和小步舞的屈膝卑躬都不能表达自由的美国精神，要表达一种正直、仁慈和纯洁，表达爱心和温柔之情，这样才会成为一个美丽的人。她完全脱离传统的窠臼赤着双脚融入自然当中去跳舞，不断吸纳古老文明和历史资源，又于游历中随时获得灵感。在帕台农神庙，她与希腊深入感应，给自己的舞蹈注入不一样的气息。在美国，于芭蕾舞之外，她呈现完全不同的舞蹈形式，刷新人们对于舞蹈的印象。

在不久前鲁迅文学院的课堂上，我有幸从邓肯女士的一段视频中领略到她舞蹈的风采，身着白裙、赤脚跳舞的她带着梦幻的感觉，天使般轻盈透明，瞬间使我获得不一样的感受，将我引向一片极致的美感。

经历了无数个漂泊不定的岁月，这个女子去了，只在书的封面留下清秀的面庞和颇具个性的目光，执着，笃定。在她的生命中，爱情和舞蹈彼此缠绕，并行交替，当爱情黯淡时，舞蹈使她重放光彩；当爱情熄灭时，舞蹈让她重拾希望。她在爱中陨落，她在舞蹈中永生。

2018 年 3 月 28—29 日，北京家中

我行我素,自在生活

——读亨利·戴维·梭罗《瓦尔登湖》[①]

《瓦尔登湖》的意义,或许并不在于文学的本身,而是一种开创性的生活方式和生活态度。那些文字,算不上精彩,甚至有些流水账的散乱,然而生活本身或许就是散乱而不加修饰的,文学在前,还是生活在前,这是一个值得关注的问题。

梭罗来到瓦尔登湖,毕竟不是为了文学,不是为了出版一本《瓦尔登湖》的随笔集,《瓦尔登湖》只是他生活选择的附属品。如果只是从文学的角度,《瓦尔登湖》不如《夏日走过山间》的文辞优美,也不如《论自然》观点的精辟和富有深度,但他走出了不同于约翰·缪尔,不同于爱默生,不同于其他自然文学作家的独特道路,做出了不同于他人的生活选择。

也许是心性使然,也许是机缘巧合,也许像他说的,只是为了某种私人业务的便利,在喧嚣与宁静之间,在奢侈与简朴之间,他选择了后者,选择了森林和群山环抱中的澄明清澈的瓦尔登湖。他远离都市、人群,卸掉文明的包裹,自觉地将自我还原到自然的山水之中,如一棵树木、一座山峦、一只鸟兽那样妥帖地融入那一片原野。避开文明、离群索居的他以全新的视角看待生活,看待人生,看待世俗的成败与得失,以自我的直接感受,领会简

[①] 亨利·戴维·梭罗:《瓦尔登湖》,潘庆舲译,2015。

单与丰富、卑贱与高贵，以自己的直接经验，探究生活的本质，在他眼里，"人们赞赏并被认为成功的生活，也只不过是生活中的一种罢了。"他要依照内心，尝试不同的生活方式和人生模式，他说，文明可以打造皇宫，却无法轻易地打造国王和贵族，他要的，或许就是返璞归真，以及内心的那一份无边的自在与自由。

"每一个早晨都是一份令人愉快的邀请书，使我的生活与大自然本身一样简朴，也许我可以说，跟大自然本身一样纯真。"在瓦尔登湖，他感到自身的灵魂和器官每天都散发着新鲜的活力，"每一个毛孔都浸透喜悦"，在这里，他自由来去，我行我素，与大自然浑然一体。在这里，他以最少的开支过着最为简朴的生活，"仅仅面对生活中的基本事实"，使生活条件降到最低限度，但他并非逃避生活，也非与世无争或刻意所为，而是怀着热情深入生活，汲取生活的全部精髓。在他看来，"绝大多数奢侈品，以及许多所谓使生活舒适的物品，不仅不是必不可缺的，而且还极大地有碍于人类进步。"他所崇尚的，是"简朴、独立、豁达大度与富有信心的生活"，是哲学家式的智慧生活，由此他的内心充实满足，单纯快乐。"简化，简化吧！用不着一日三餐，必要时一餐就够了；用不着一百道菜，五道菜足矣；余下的事按比例递减。"在这里，他说，他最大的本领就是需求很少，他露天做饭，捡些浆果，他自给自足，自得其乐，"五年多以来，我就这么着光靠双手劳动，养活了我自己，而且我还发现，一年里头只要工作六个星期，就足够支付我所有的生活开支。"他说。

他珍视自由，反对苦干，抵制忙碌，认为那是浪费生命。他拒绝吃荤、喝茶和咖啡，因为那与他的想象力格格不入。他坐在小山坡上吃着浆果，为的是滋养自我的天性。有时候他蹲在大树下看蚂蚁大战，一看就是大半天，他风雨无阻地外出散步，在最深的雪里跋涉八英里或十英里，只是为了去跟一棵山毛榉、一棵黄桦树或者松树中的一个老相识会晤。时间，就是在随心所欲中度过。漫游的途中他常常看到丁香花开得美好，芳香四溢，"宛如在第一个春天里开放一模一样"，他看到麻雀落在自己的肩头，与他度过一个注视的温馨片刻，"春天临近，我正坐下来读书或者写作时，红松鼠来到了我的屋子底下，它们成双配对地直接到我的脚下，叽叽喳喳，叽叽咕咕，或者有时长嘶短鸣，那声音古怪得出奇，我还从没听见过呢。"他与大自然做着时刻的感应,大自然也时刻地勾引出他内心的欢喜。

"我喜欢给自己的生活留出更多空间。夏天一清早,惯常洗过澡之后,有时我独坐在洒满阳光的门口,从日出一直到正午,出神冥想,置身于松树、山核桃树和漆树丛中,四下里一片孤寂和宁静,唯有鸟儿在近处歌唱,或者悄没声儿地掠过我的小屋,直到夕阳余晖照在我的西窗上。"在那里,他顺应自然的节奏和自我的内心优哉游哉地生活,享受独处的乐趣,有时亦会于突然之间悟出东方人玄思和赋闲的意味来。瓦尔登湖畔的小屋和空地,也常常是他静心阅读的最好场所,兴来之时他摊开书本,伴着鸟语花香,读荷马,读埃斯库罗斯,读维吉尔,读柏拉图和孔子,读他喜欢的诗歌和最好的古典原著,享受读书的乐趣,"一本书既能解释我们的奇迹,又能向我们揭示新的奇迹。"身为作家的他,亦能领略作家即是"向着人类的心智说话,向着任何时代一切能理解他的人说话"。彼时的他,掏出纸笔,也在不时地向着自己的心智和穿越了时空的理解他的人述说。

居住于瓦尔登湖畔,他深爱着一会儿蓝、一会儿绿、"位于天地之间,兼具天地之色"的深邃纯净的瓦尔登湖,他用大量笔墨给予了它优美的描写,细致地写出了瓦尔登湖春夏秋冬四季的美好景致,记述着它的故事,追索着它的传说,与传说中那个叫"瓦尔登湖"的女人一起陷入迷离的幻想。"湖是和我一起睡在康科德这张眠床上的大伙伴",梭罗说,在这里,他看野鸭嬉戏,看小鱼畅游,看十一月间群山映于水上的暗淡色调,看冬日来临,鹅群伴着黑暗中的尖叫和拍翅声,笨拙而又缓慢地飞来,落在瓦尔登湖上,或低低地掠过树林,飞向美港,去往墨西哥。他自制湖的全图,探测湖的深度,寻找湖的出口和入口,他漂在湖上,似梦非梦、半睡半醒,安然地度过夏日一个个悠闲的上午,享受无所事事的惬意和快乐……有时候,伴着瓦尔登湖,他的思绪飘向远方,在现实、文学、宗教以及东方、西方之间往来穿梭,自由联想,恍惚之间他感叹:"我的天哪!我在那里遇到了婆罗门教的仆人,梵天、毗瑟拿和因陀罗的僧侣,此人还打坐在恒河国上他的寺院里念《吠陀经》,要不然就带着他的馅饼皮和水罐,栖息在一棵大树底下。我遇见他的仆人过来给主人汲水,我们的水桶好像在同一口井中碰在一起。纯净的瓦尔登湖水,已经和恒河的圣水掺在一起了。"

大自然,赋予了他自由的灵魂,也给予他无尽的启示,陡然间使他观照自身、发现自我，使他获得许多不同于他人的感悟，这些感悟，被零星地记在了他的文字里。看到树木向光向水的本性，他说："我们的生命源自大自然，就像长在水边的柳树，它的根须也向水边延伸一样，人的天性不同，因此情况也殊异。"与自然万物相往还，他感慨："万物是恒久不变的；变的是我们。"面对荒野的诱惑，他说："我发现，至今仍然发现，自己内心深处有一种本能，想过一种更高级的生活，亦即所谓精神生活，对此大多数人都有同感；但我还有另一种本能，却想归入原始阶层，过一种野性生活。"追随本能、跟随内心的他热爱着那片土地，在他看来，那不是一个死气沉沉的历史的一个片断，而是活生生的诗歌，在他眼里，世间万物天真无邪，沐浴在明媚的日光里。

梭罗用他自身的经历告诉我们，世间的生活方式有无数种，而人的选择实际只在一念之间。"一个人只要充满自信地朝着他梦想指引的方向前进，努力去过他心中想象的那种生活，那他就会获得在平时意想不到的成功。他会把某些事情置诸脑后，越过一道看不见的界限；在他周围与内心深处会确立一些新的、人人懂得的更加自由的法规来。"梭罗，就是要依照自我确立的内在法规，越过看不见的屏障，抵达身心的自由境界。"我们的生活应该过得相当随意，不受约束。"他说，"说你要说的话，而不是你该说的话。"这，是他在瓦尔登湖的几年里最深刻的感悟。

后来，梭罗离开了瓦尔登湖，他的离开和他的到来一样自然洒脱，从这里，他又去探索全然未知的另一种生活了。

2019 年 7 月 12 日，北京家中

未失野性的水域

——读亨利·戴维·梭罗《科德角》[①]

第一篇《海难》，读得心情沉重，翻开的刹那便给全书涂上了阴郁的色彩。

接下来的科德角，也不尽是想象中的美好，在那个自然造就、苍凉荒僻之地，在那个人类无力回天的大风大浪任意吞吐之地，海难，已被人们司空见惯，甚而有些麻木了——每当听到海难的消息，寂静的海滩便一下子热闹起来，人们不约而同地聚拢而来，当救援的力量在大自然面前束手无策，当满载了人员、货物的船只在大浪的翻卷中不幸沉没，岸上的人们似乎并未太过悲哀，甚或那悲哀是短暂的——接着他们便忙于打捞沉船的物品，打捞上来的东西归各自所有。

风平浪静的日子漫步在空旷的海滩上，梭罗也常会遇到几段漂木或几件物品，上面交叉支着两个木棍儿，他知道这是打捞者做的标记，表明这些物品已经有主，其他人也便不再动它。在科德角，家家户户都有来自沉船的补给，梭罗看到，"几乎每座房子旁边都放着一根从沉船上打捞来的圆木，或是一两块布满钻孔的厚木板"——一件衬衫，两角硬币，几块木板，沉船，甚至构成了他们的日常生活。

[①] 亨利·戴维·梭罗：《科德角》，刘艳译，哈尔滨出版社，2018。

当然，大海变幻莫测，顺着海风和海水漂来的也不尽是眼前的沉船物品，那些千奇百怪的器物可能来自遥远的另一个国家、另一片水域或另一个人，隐含着不为人知的故事……

这与亨利·贝斯顿在《遥远的房屋》中描述的几无二致。在梭罗之后，亨利·贝斯顿曾到科德角的海边独居一年，在一个开了十个窗、被他称为"水手舱"的小木屋里经历了科德角的春夏秋冬，在旅游者游历、观赏的心态之外，目睹了科德角的喜怒哀乐——大美的风光之外，沉船仿佛也是这片海域的题中之义——在这里，亨利·贝斯顿一度眼睁睁地看着一艘大船在狂风大浪中无法靠岸，亦无法被营救，连同船舷之上站满了的人们一点点地沉入大海……痛苦不言而喻。

然而这就是海，"这就是赤裸裸的大自然——对于人类漠不关心。""天地不仁，以万物为刍狗。"大海带着无法更改亦无从把握的力量日复一日、年复一年地平静着，咆哮着，变幻着。

绕着无常的海岸梭罗走遍了科德角，走遍了它的向阳面、背阴面，走遍了无数的航海家、探险家留下的书籍、日志或逃生图中指示的边边角角。他来到哥伦布当年起锚的地方，来到"五月花"号停泊的海湾，看到《巴恩斯特布尔县东海岸记事》中的避难屋，想象着几百年前第一批英格兰人登陆此地的好奇心情，和科德角高地灯塔恪尽职守的看守员度过不同寻常的一夜……

透过史书的记载和民间的传说，他窥见这片历史上"未开化的野蛮人的海岸"昔日的林木葱茏和今天的荒凉贫瘠，看到昔日的籍籍无名和今天的桅杆林立，而在大海的意志下，科德角还在无尽的变动之中——大海塑造着这片海岬，也销蚀着这片海岬，在时间的测度中，人们看到它还在不断地迁移和变化，100年后的科德角将变成什么样子？那时还有没有科德角的存在？人们不得而知，但一个确信的事实是，亨利·贝斯顿建在海边的"水手舱"已经不见了，当它被海水无情地吞噬后，人们为了纪念它，曾在海边另建了一座，不料新建的"水手舱"不久又被海水吞没了……人们唏嘘，然而无奈，在与野性自然的较量中，人类的意志并非总是占尽上风。

置身科德角的梭罗说，科德角像一艘大船，航行在一片未失野性的水域中，站在科德角的山岭、海滩，就如站在轮船的甲板上，看着大西洋波澜壮阔，惊涛拍岸，危险中孕育着未被征服的壮丽大美，他说科德角是独一无二的存在，去过了科德角的海，大西洋沿岸的其他海景便都黯然失色、平庸无奇了。

距离是美。离开了科德角的梭罗，忆起仲夏时节天气晴朗的科德角，忆起人们"生活在阳光明媚的沙滩上，生活在沙茅草与杨梅之中，奶牛与他们为伴，一些漂木和几株海滨李子树就是他们的财富，浪涛拍岸和海鸟鸣唱就是他们的音乐"，内心顿生怀念。

2021 年 10 月 19 日，长虹桥

健康人类的共同召唤

——读蕾切尔·卡森《寂静的春天》①

《寂静的春天》，和《瓦尔登湖》一样，读来并不十分优美流畅，枯燥中带着流水账的烦琐，但它的意义不在文学价值，而是其颠覆性的方式、理念以及前所未有的贡献与创造。

"寂静的春天"，也没有想象的美好。繁花似锦、鸟语花香的春天本不该是寂静的，"寂静的春天"，只是蕾切尔·卡森在书的开头所做的一个虚构的假设——美国中部，一个春暖花开、万物和谐的小城镇，突然之间被一个怪异的阴影笼罩，村民和家禽因突染怪病而遭遇死亡，整个村子突然间淹没于一片死寂之中……

这是假设，却非危言耸听。彼时的蕾切尔·卡森正先于别人地预感着这一切的发生。

她看到，地球上的生命体在其所处环境作用下的进化过程是经久而漫长的，然而人类的出现，却给地球施加了改造自然的巨大力量，这力量改造了自然，也破坏了自然的和谐，"它不仅出现在生命所生存的外部环境中，还侵入了生物的内部组织之中。说到影响环境的普遍污染源，其中化学药品产生的危害最大，其危害甚至不低于辐射危害，我们对此却知之甚少。"

---

① 蕾切尔·卡森：《寂静的春天》，韩正译，商务印书馆，2017。

《寂静的春天》，就围绕化学药品对自然界的危害展开。其后果，自然也危及到了人类本身。

蕾切尔·卡森说，昆虫早在人类出现之前，就居住在这个地球之上了，它们主要以两种方式与人类利益产生冲突：一是和人类争夺食物，二是成为人类疾病的传播者。在与昆虫作斗争的过程中，人们便使用各种各样的杀虫剂、除草剂，却不知道，以杀虫剂为代表的化学物质正在破坏自然的平衡，造成严重的水污染、土壤污染，而人类自己，也当然不能幸免。

蕾切尔·卡森通过药剂的分类、分子的构成等一系列科学分析告诉人们，化学药品会破坏或改写决定未来形态的遗传物质，还能轻易地使得基因突变，引起一系列恶性的连锁反应，食入了人体的化学毒素还可能经由母亲传递给子女，造成更加深远的危害和影响，面对更多、更为复杂的后果和可能性，科学家甚至也不甚明了，如麻省理工学院的罗尔夫·伊莱亚森教授所说，对这些化学物质的合成效应进行预测或是对混合有机物进行识别是不可能的，"我们根本不知道它们是什么，它们对人类影响如何。我们一无所知。"

而在一无所知的情况下，人们就已经在大量使用了。工业主导的时代，看到有致命危害的化学药剂如雨水一样被肆意喷洒，蕾切尔·卡森焦虑又无奈，借由书籍，她试图从各个角度努力将化学制剂的危害告诉世人，并辅以调查的案例、数据和报告，告诉人们水，土壤，生物，人类，自然界中的一切事物都是相关联的，当朝着一只昆虫喷洒杀虫剂抑或朝着一株小草喷洒除草剂时，影响和诛杀的不只是一只昆虫一株小草，还有土壤、水、食物、庄稼、牲畜、野生动物、海洋生物和人类自身，那一通药剂喷出的，是大自然的不祥之兆。"我们和植物之间应当是和谐共生而不是相互对立的。"蕾切尔·卡森说，"对于养育万物的整个自然界，我们没有投入足够的关照，这是源自于我们谨慎精神的缺失。"因为很多的时候，人类改造自然的行为是急功近利和顾此失彼的，"人类对待植物的态度是狭隘的。"

于是很多的灾难和教训便在这狭隘中诞生了。土地管理者在进步的名义下，肆意地去满足牧场主们贪婪的要求，借助除草剂和一年年的除草计划顽强地除去美国西北大平原的山艾，殊不知，看似不起眼的山艾，在自然演化的漫长过程中，却是历经了千万年的反复拣选和试错，才成为西北大平原的王者。现在,人们要强行地除去它,结果怎样呢?除草计划暂时取得了成功,"但是紧密联系在一起的生命之网已经被撕裂了",羚羊和松鸡随着山艾一并消失,鹿群也受到重创,这片土地因为野生动物的毁灭而变得愈加贫瘠;康涅狄格州格林尼治市为保护榆树免遭虫害,实行了为时十年的喷药计划,结果怎样呢?"喷药的行为将鸟杀死,同时也没有对榆树进行有效的保护。"其中有一年榆树的死亡率还攀升了10倍,在美国家喻户晓的知更鸟到来的消息也不再登上报纸的版面,不再成为人们餐桌上讨论的话题了,失落中人们抱怨着:若是春天没有知更鸟的歌声,简直无法想象这个世界是多么无趣,多么寂寞啊……

事实上,人类在农田和森林上空喷洒的农药还在不断增加,被英国一位生态学家称为洒在地面的一场"骇人的死亡之雨",而且"这个世界所遭受的污染不仅仅局限于大规模的喷药问题。实际上,对我们大多数人而言,日复一日,年复一年所受的那种与无数小剂量的直接接触更让人忧心。这就像水滴石穿一般,从生到死,人与化学物品所进行的持续性的接触将会招致灾难性的后果"。甚至我们吃的每一顿饭都与化学药剂有着直接或间接的关联,人类喷洒的毒物,又以癌症等各种疾病和灾难的形式反馈给人类自身,那是人类正在付出的代价。蕾切尔·卡森深切地感受到:"毒物的时代已经完全来临了。"

蕾切尔·卡森将人类对自然的无礼征服以及人类残酷的生存哲学给其他生物造成的痛苦与伤害称为无妄之灾,如她在书的开头所担心的,"现今的美国,越来越多的地区已经看不到鸟儿前来报春的情景了;原先清晨时分,都能听到鸟儿美妙婉转的歌声,而如今,只剩下一片死寂。那些伴随着鸟儿的歌声而来的色彩、美感和乐趣都在难以觉察间猝然消失,以致那些没有受到影响的地区的人们对这些变化的到来毫无察觉。"那是现实版的"寂静的春天"。打破和谐的,或许只是一些大权在握的独裁者或利益攸关者做出的专断决定,但"对于千百万人而言,大自然的美妙与秩序具有深刻而必不可少的价值"。

所以,在书中,蕾切尔·卡森努力传达着自己的观念:我们所需要的是更高层次的判断力和更为长远的眼光,但是多数研究人员的身上却缺乏这种素质。生命是超越了我们理解的一个伟大的奇迹,甚至当我们要与之对抗的时候，也要心怀敬畏……使用诸如杀虫剂作为武器充分证明了我们知识的匮乏，能力不足，要是知晓如何去引导自然的发展，那么完全不用诉诸武力，在这一点上，我们不能够对科学自大自负，而应当怀有谦卑谨慎的态度。

天育万物，各有其妙。人类不应傲慢自大、自以为是地对大自然横加干预，自然本身在"无为"之中自然构建，和谐完美。在昆虫防治等方面，蕾切尔·卡森期待有利于大自然各方的全新选择。

然而出乎意料的是，这朴素、诚恳的想法却极大地触动了利益者的神经。蕾切尔·卡森的文章在1962年6月号的《纽约客》连载之时，在化学工业界引起的是惊雷般的恐慌，紧接着蕾切尔·卡森受到了"像当年达尔文所遭受到的，甚至远远超过达尔文当年"的攻击，随着书的出版和发行，这种攻击更加猛烈，尤以农场主、部分科学家和杀虫剂产业支持者为最。工业巨头孟山都化学公司甚至模仿蕾切尔·卡森《寂静的春天》，出版了一本小册子《荒凉的年代》加以对抗。然而，如克林顿当局的副总统、环保主义者艾尔·戈尔在《寂静的春天》中文版前言中所说："她惊醒的不但是我们国家，甚至是整个世界。《寂静的春天》的出版应该恰当地被看成是现代环保运动的肇始。"

《寂静的春天》作为环保运动的里程碑，唤醒了民众的意识，并促进了政府的行动，被公认为是20世纪最具影响力的书籍之一。直至今天，它还在引导着人们的环保意识不断觉醒，使更多的人加入到环保运动中来。有花香有鸟语、粲然欢喜的春天，毕竟是健康人类的共同召唤。

2020年4月22日，北京家中

将自我,放归于自然山野之中

——读毛罗·科罗纳《貂之舞》

毛罗·科罗纳的阿尔卑斯山是迷人的,因为那是他的家。

自然而然地,阿尔卑斯山在毛罗·科罗纳的心灵和记忆里便多了一些故事,多了一层色调,更多了一些感情。因为从小,他的爷爷就教他如何体会草木的性情,告诉他每一种植物都有自己的脾气,"被人抚摸时,有什么反应,就看是哪种脾气。有的甜美、有的愁苦、有的刻薄、有的顽强、有的自私……不一而足,就和我们人类一样。"笔直光滑、洁白俊美的槭树有着盛气凌人的骄傲,体态僵硬、矮小干瘪的鹅耳枥则隐忍自卑,藏身于人迹罕至、岩石密布的地方;山毛榉生来就嬉皮笑脸,总是一副优哉游哉的样子;俊秀高雅的梣树则喜欢热闹,随着天意以典雅的舞姿飘向远方……当以贩卖木器为生的爷爷不得不砍下一棵树时,他总是怀着恭敬爱惜的心情,在刀斧划下的瞬间,让小毛罗·科罗纳务必用手紧抱着这棵树,"他相信这么做,会让树木觉得自己受到保护。"

从小,毛罗·科罗纳的爸爸就带上他去丛林打猎,和密林深处的大小动物交际周旋,斗智斗勇,锻炼勇气心智,更使他于自我隐秘的空间里,觉察

---

① 原载《中国绿色时报》2020年12月11日第4版。
② 毛罗·科罗纳:《貂之舞》,广西师范大学出版社,2019。

到内在深处的同情悲悯之心。当父亲用加重的语气强调貂和狼是"有害的动物"时,毛罗·科罗纳暗自思忖,"对谁有害呢?今天我们扪心自问。看它们那胆小的样子,总是鬼鬼祟祟、谨谨慎慎的,在雪地上一坨软绵绵、松泡泡的绒毛,这样的小东西,能害谁呢?"一只惊慌失措中被猎捕的狐狸于他,"也不过是一只娇小、无辜的狐狸",人类理所当然的猎杀行为常使他感到内疚,不止一次地,他将自己藏匿于大山深处。

他从小就在山谷间日复一日地聆听布谷鸟和小溪的歌唱,看大山里的四季轮回,草木荣枯,花开花落,于任何一个不经意的瞬间,进入奇妙的神思冥想。这里的每一棵树、每一个人、每一只鸟兽,都与他息息相关,紧密相连,大自然的气息已经进入他的血脉,成为他的一部分,也成为上天的恩典,所以,他穷其一生也未曾离开这里。"与天地万物神交之际,我们享受了至高无上的静穆与恬逸。什么也不用说,我们自会明白自然之美与简朴生活之可贵。"这是大自然的教化与熏陶,也是天地不可多得的馈赠。童年的我不也如毛罗·科罗纳一样,在姥姥家迷人的小村庄里接受过如此的功课吗?也许正因为此,也才拥有自然豁达的人生吧。

在千万年的日升日落之中,阿尔卑斯山蕴含着无尽的启示,在文明之外,为毛罗·科罗纳打开了另一扇门,开启了另一种人生,那是接地气的人生,亦是接近天堂和上帝的人生,简单,却深邃,往复,却纯粹。在这里,他深谙着自然的奥秘,也掌握着自身的密码,那是冥冥之中自然的航向,导引着他快乐向前。这是他地理的家园,更是他心灵的家园。

万物有情,毛罗·科罗纳亦用有情的心灵去感知万物,感知家园,感知握在当下的每一天。

当弟弟难抵文明的诱惑去到大都市,毛罗·科罗纳岿然不动地留在了这里,他选择了与山为伴,如青松般守望。这里的一切他太过熟习,万物的生灭,四季的轮回,都如日月晨昏般稀松平常,日复一日的熏染启迪,已使他的内心不喜不惊,无忧无怖,透彻明亮。他知道,当夏日尽得伸展之后,冬天的森林将呈现另一番模样,"届时,各种色彩、气味、杂音都将笼罩在一片无形、无相、无色的混沌之中,消失得无影无踪。"那,不也是人生的归宿吗?他亲爱的爷爷,就是在一次出门谋生的途中,再未回来。

所以,当科学家经年累月地研究蚂蚁为何会以特定的模式移动,毛罗·

科罗纳却说:"人生朝露,想与这短暂的时光和睦共处,只要以单纯的眼光去欣赏它们,明白世上有这么一种生物存在,就够了。"当忙碌的世人在摩天大楼里为伟大的目标只争朝夕,他在阿尔卑斯的山林间选择了一块空地坐下来,于静止的时间中体验神奇的所在,屏息等待布谷鸟的歌唱……是啊,顺应万物自然的走向和生命的纹理,难道不是最智慧的生存么?从"文明"中回溯、出走,回到最欢喜的地方,难道不是最亘古的指引与正道么?

"天地万物一直想与我们和平相共存,只为了助我们一臂之力。可惜人类耳听大地之声、眼观大地之色,并借此自我治疗的本能已经越来越薄弱。"幸而,毛罗·科罗纳等来了布谷鸟的歌声,"即使是在城市里,只要在窗台上摆一盆天竺葵,就听得到布谷鸟的歌声。但想听得到,得先停下脚步来倾听,一天大概只要几分钟便已足够。这时,我们很可能蓦然回首,回到小时候一切似乎都还很美好的那段时光。那是涌自我们内心的歌声,正在回应布谷鸟的呼唤。"这歌声,将他带回到永在的家园。

他文字里的貂之舞,是记忆中江湖历尽的老猎人与精明机警的貂之间的生死博弈,在阿尔卑斯山的密林深处,在神秘魔幻的记忆里,这样的场景时刻都在上演着,猎人与猎物,沿着各自冥定的轨迹将自己交付给了时间和命运,延续下来的,是一代又一代的传说。

然而令他刻骨难忘的,还是瓦琼灾难——一场由科技的估量不足和膨胀的物欲引起的自然灾难,导致他的村庄山崩地陷,被掉入瓦琼湖的大山溅起的万丈波涛淹没在了时间和洪流之中,这个曾经充满生气的地方从此家破人亡,片瓦不存……现代化的灾难摧毁了村庄,也割裂和瓦解了传统、人心,移至他处的村庄再难聚起往日的元气,也难找回昔日的欢声笑语。唯有毛罗·科罗纳在书里,以惋惜的目光和温暖的情感,回忆着村里的老猎人、小摊贩、好心的朋友,回忆着他的弟弟,最后的磨刀匠,回忆着,属于他的那片山谷里回荡的天籁和凄婉动人的传说,虽然今天,一切不再。他的村庄伴随着瓦琼悲剧的到来不得不打破原始与文明的边界,只剩下留在书中和记忆里的美好片断。

阿尔卑斯的山野自然,给予了他健康的心态,使他自信笃定,也使他随遇而安,当自己被送去神学院寄读,丧失了可供奔跑的草地原野,隐隐的失落中,他依然感恩这际遇启发了他对文学、书本和艺术的爱好,使他得以用另一种方式,将他心爱的山谷、村庄和那一方水土风情留在世人的视线里……

毛罗·科罗纳不是作家,雕刻家兴来持笔,是情之所至,其笔下如涓涓流水,近乎天成,又如阿尔卑斯山的森林山野,不容造作。《貂之舞》是他的处女作,读来却有一鸣惊人之感,克劳迪奥·马格里斯在序中说得贴切,"故事的背景往往局限在狭小的范围内,却有着十分辽阔的视野;事件无非是一些小人物不起眼、沉浮于世的人生,却笼罩着一层不朽的意义。"伟大,从来就自平凡中出;不朽,从来就自日常中来。昔日坐在旅游大巴上,看窗外掠过的阿尔卑斯山概括、雄壮,无论如何也不会想到,切近看去,还有这么多丰富有趣又感性的细节,还蕴藏着如此斑驳、深刻的生活、智慧和哲理。当文学乃至景色加进了一点深切的情感,那味道和姿色果然就顿然不同了。

这书的封面,亦来自森林原野中的一棵树木吧?轻盈洁白中带着依稀的纹理,透着山野的呼吸,与整本书的气息相融相合,浑然一体,它是要我们随着这气息,将自我也放归于自然山野之中吗?

2020 年 8 月 11 日,北京家中、长虹桥

挣脱束缚，破壳重生

——读安妮·莫罗·林德伯格《大海的礼物》[①]

这本薄薄的小书是安妮·莫罗·林德伯格的女儿为其整理再版的50周年纪念版。也许是早已习以为常，安妮·莫罗·林德伯格在世时，她的女儿对这书不以为然，至少在她20岁之前从未读过，而在安妮·莫罗·林德伯格过世之后，这本书成了女儿从母亲那汲取智慧和救助的源泉。

安妮·莫罗·林德伯格是一位不同寻常的女性。据她的女儿介绍，1930年她取得一级滑翔机飞行员执照，成为全美首位取得该级别执照的女性；1934年，因其飞行及探险经历，成为美国首位获得国家地理学会颁发的哈伯德奖章的女性；她根据自己的探险经历出版的小说《聆听风起》一度稳居畅销书排行榜前列。这位女性，65岁时还和家人一起在佛蒙特州滑雪，70岁时仍在瑞士的阿尔卑斯山脉长途跋涉，75岁高龄时依然徒步至夏威夷毛伊岛的哈雷阿卡拉火山，在那里和家人共度良宵。

写这本书时，安妮·莫罗·林德伯格女士在佛罗里达州墨西哥湾一个叫卡普蒂瓦的小岛靠近海滨的小木屋里，她从家庭、工作、人际往来等千头万绪中暂时抽离出来，独自面对星辰大海，在陌生中发现，在突破中寻找，在简单中求丰富，获得全然不同的心灵感悟与体验。

[①] 安妮·莫罗·林德伯格：《大海的礼物》，机械工业出版社，2020。

她独自一人躺在海滩上，仰望满天的繁星，"这种亲近的体验给我带来一种发自内心的喜悦。大地、海洋和天空的本源之美对我而言意义更为重大。"小岛上的人们"如孩童般单纯，又如圣贤般纯粹。每一天、每个动作都像岛屿一样，经历时空的洗涤，完整、独立、无关其他"。

"海滩上偶遇的陌生人会向你微笑，会走近你，送给你一只贝壳，接着便转身离开，留下你独自一人。他们做这些事，并没有什么特别的理由，就只是很随性地去做了。他们并不需要你的任何回报，也不需要讲究什么社交礼节，更不会借此机会去建立什么社会联系。在这里，礼物就是单纯的礼物，人与人之间充满信任，自然能毫无戒备地接受抑或赠予礼物。"安妮·莫罗·林德伯格由衷地赞叹，"这种纯粹的关系，是多么美好啊！"

这些美好的画面，定格在她的生命中。

在与世隔绝的海岛上，在狭小、简陋的小木屋里，她反而完整地拥有了属于自己的空间，"时空的局限和通信的不便，让我没有其他选择。这里没有很多活动要去参加，没有很多事要去做，没有很多人要去交往，时空充盈、闲适，但正是因为如此，我才发现，自己所做的每件事、每项活动、交往的每个人都很有意义。"在那里，她看到"好的人际关系能够折射出一种光芒，在这种光芒的照耀下，所有其他人际关系都能变得更为美好"。良好的互动形同舞蹈。在那里，她舍弃人际关系中伪善的东西，邀请完全交心的朋友共处，在简单之中，获得精神的自由和丰盛。

当然，她也知道，人与人，纯而又纯的关系虽然真实，但也不可能永远存在，认识到其在时间和空间上的局限性，便不执着，不失落，起承转合，坦然接纳。"人总要学会接受这样的事实：我们永远无法回到过去某种关系中，也不可能让一种关系永远停留在一种简单的形式里。这并不是人生的悲剧，只是生命和成长过程中不断循环往复的神奇片段而已。所有现存关系都在不断地改变、扩张和转变成新形态。"重要的，是保持对生活的真切认知，不偏执，不纠结。

她时时地觉察，处处地自省，看到"我真正赖以生存的东西是多么地少"。看到外在的所求只是为了填补内在的空虚，而真正的充实则无须填补，向外的追求，只能使内心更加分裂和饥渴。因此，她全然地享受独处的乐趣，在近乎真空的状态下，使自己变得更加充盈、生动和完整。她知道，女性的成熟也是通过依赖自己、感受自己来获得的,"于他人计,一己且应自成世界。"

从喧嚣到静寂,她找到自己的本心和内在源泉。在海边的小木屋里,坐在餐桌兼书桌的多功能桌前,她感到无比满足。无数个沉默冥想的日夜,她借由独处,回归本心,于忘我的状态下,找到真正的自我。

抽离,并非避世。她热爱家庭,热爱工作,热爱创造和探索,无论身在何处,她都要尽可能多地生活在上帝的恩典之中,求得内外合一、和谐。于暂时的抽离中,她获得滋养。而这抽离,又不仅仅局限于在海边,在沙漠,或是在旷野。"独处的时间、冥想、祷告、音乐、全身心投入的思考或阅读,抑或是聚精神的学习或工作,都会是些很不错的尝试。""在清晨的时刻插一盆花、写一首诗,或者做一次祷告,这些都能为你在忙碌的一天里带来一份内心的安宁。"而她,正是因着内心的安宁使自己变得更快乐,更强大,更独立。"内心的力量""内在的源泉""向着自己的本心发展",成就"更为自足的本我",都是在她的书中反复出现的概念。

她向往内心的平和与简单,执意在纷繁的生活中保持自我的完整,在离心外力的干扰下保持身心平衡,在外界打击之下保持灵魂强健。"要有空间,来氤氲价值和美;要有时间,来独处和分享;要在这纷扰的生活之中,获得远离世俗的一切,以深邃感悟和坚定信念去亲近自然。"

"从内心出发之后,我们才会发现向外延展的价值所在,才能重新找到此时的乐趣、此处的平和,找到你我的情感之爱,才能在人间构筑天堂般的幸福生活。""要有耐心、要充满信念、要敞开胸怀。"丢弃人生中的糟粕,实现自我的蜕变升华。

她说,这正是大海给予她的启示。

而大海,随时都在给予她启发和馈赠。由蚝壳她想到中年人生以及家庭、子女。当"生命的潮汐"逐渐退去,孩子们出外读书或成家立业,曾经拥挤的家变得空旷起来,她也有失落,有黯然,然而经历了"成长之痛"之后,她最终顺应了生命的走向,"认真接纳、仔细倾听,并跟随去往它们所指引的方向。"

由樱蛤壳她想到美好事物的狭促与局限,自我生命的突破与再生,"樱蛤壳纵然美好,但它始终只是一小片封闭的天地,我们始终还是要挣脱它的束缚，破壳重生。"

"究竟是什么，让我们犹豫不决、足下生绊？我想，应该是内心的恐惧吧，这源自内心的不安，让人不舍作别旧日，让人急于抓住未来。正是恐惧折损了生命之翼。如何才能驱赶内心的这种恐惧呢？答案只有一个，那就是通过其对立面——爱。若人心中充满爱意，你会发现恐惧、怀疑、犹豫都会烟消云散。"从葵螺她觉察出爱的意义，爱意盈满的人们忘记了计较，彼此舞出默契的舞步。

潮起潮落，教会了她坦然接纳生命中的每一个发生，亦加固了她坚持美好、保持静定的信念，她说："尽管女性被无数琐事缠身，但她依然必须像轮轴般稳定，她必须引领其他人来实现这种稳定，这绝非为了她个人的救赎，这将会是整个家庭、整个社会甚至是整个人类文明的救赎。"

人生有无限种可能。每一个人的人生也都有无限个选择。安妮·莫罗·林德伯格的思想并不新颖，中国的老子、庄子，外国的马可·安东尼·奥勒留、卢梭、爱默生、梭罗，等等都是简单生活、"从心出发"的倡导者，安妮·莫罗·林德伯格女士以自己的思想践行生活，是世间万千选择中她自己的一种，当然，也并非人人均可企及的一种。《大海的礼物》，也如她的女儿所说，为读者提供的，是一种"不同寻常的自由"。那是一种选择的自由，一种开放的自由，一种并非人人都拥有的自由。

2020 年 9 月 25 日、27 日，北京家中

顺应机缘，随遇而安

——读高村光太郎《山之四季》①

战火烧掉了他东京的家，烧掉了作为疏散地的他陆中花卷的家，跟随际遇，高村光太郎搬到了日本东北高寒地区岩手县的一个小山村，在村口山下度过了 7 年不同凡响的时光。

"小屋在近山一带，离村子有 400 多米。除了树林、原野和少许的田地以外，周围一户人家也没有。"寒冬季节大雪封门，高村光太郎独自坐在自己 6 平方米的小屋里，与时光、静寂对视，陷落在无声、无迹又无边的苍茫世界里，而这样的忍耐，每年都要持续 4 个月。偶有村民接济、问候，亦是短暂的同情。

但高村光太郎并未悲观厌世，怨天尤人，而是顺应机缘，随遇而安，以平和的心态接受命运的安排，以艺术家的眼光发现自然、人文和物候之美。久而久之他喜欢上那里的雪，喜欢上那里的人，喜欢上那里的鸟兽留下的声音和足迹，喜欢上那里的花草树木、四季轮回和人事变迁。一年四季，他观察着大山原野的瞬息变化，感受着田间地头的耕种劳作之美，和村民一起体验着农闲丰富的快乐，不知不觉中，自己也成了其中的一部分。

高村光太郎喜欢雪。他的书也从白雪皑皑的冬天写起。每到下雪天，他

---

① 高村光太郎：《山之四季》，云南人民出版社，2017。

都会从屋子里跑出来，感受白雪从头顶将自己覆盖，这样的体验让他感到由衷的快乐。冬日的农闲时节，偶尔他也去观摩村民的祈福仪式，看他们跳欢快的插秧舞，伴着筵席尽兴地唱歌。更多的时候，他坐在自家的炉边吃饭、读书和工作，从日出到日落，以自己的方式挨着时光，也将单调的生活尽可能过得有滋有味。

而当"放眼望去已是遍地繁花"的季节到来，处处便能看到山梨、辛夷、忍冬、映山红和各种叫不出名的小花竞相开放，照亮整个山野了。春分3月，山樱盛开，"仿佛忽地一下子，从半山腰开始，将整座山都染成粉色。"苹果和梨树上的花朵呈现一片青白色，那时的山野分外妖娆，高村光太郎也总是难掩内心的激动，眼前的盛景于他，"美得像是梦一样"。

酷暑来临，是高村光太郎最难耐受的时光，高温的蒸煮下，他的体质会骤然下降，思维、行动也变得慵懒、迟缓，在写于夏天的篇章里，他说："现在我就像泡着热水澡一般，只是静静地忍耐着，等待着山间的秋风带来下一个季节的音讯。"在燥热沉闷的空气中，好在还有黄莺、杜鹃、布谷鸟做他的朋友，在他的小屋周围叫成一片，如同合唱，"它们的叫声还能够横渡山谷，在寂静的山岭间久久回响，余韵无穷。"这给高村光太郎，也给夏日的山野平添了几分情趣与活力。

山里的秋天是从农休的盂兰盆会开始的，沿袭古老的习俗，每到这时，小村里的人们都会聚在一起，吃年糕、祭祖、诵经、摆酒宴、唱《祝歌》，跳盂兰盆舞，度过不可多得的欢乐时光。欢乐过后是丰收的场面，看见白色野百合零星开放，人们便知道是捡栗子的时候了，漫山遍野的栗子扑簌簌掉下来，"捡的过程中也不断有栗子从树上掉落，砸在我的屋顶上，那声音出人意料地大。"虽然无法像长居于此的村民那样，知道哪里的栗子更好吃，但用从门前捡来的栗子果去蒸，去烤，或做栗子饭，高村光太郎也已能尽享丰收的喜悦了。何况秋日的山野五彩斑斓，紫色的桔梗花，红色和白色的胡枝子，灰白的楤木和土当归，姿态可人的伞形花，美到炫目的漆树红叶，半山腰散发着金色光芒的山毛榉和连香树，随时随地都在愉悦着他的眼睛，"不可思议的是，用油画反而无法以大胆的创作展现出日本秋色的这份深厚美感。"是啊，笔墨所不及处，必是大自然无法复制的天然独创。秋天的傍晚，"青色烟雾将山野整个覆盖的时候，景色十分绮丽"，被高村光太郎称作

"八合之苍"。不可忽略的，还有"一言难尽"的周遭的虫鸣，"一到晚上，无论什么虫子都在小屋周围鸣叫。"他喜欢秋天的大自然，山风吹来，"我仿佛感觉到胸中满溢着大自然的芬芳。"

伸向苍穹的大山于时光砥砺中为他呈现了与东京迥然不同的景致，夜晚的天庭更是美妙，"星座的高度十分显眼，北斗七星看着就像是覆盖在自己头上似的。"熊熊燃烧的星座近距离从天体垂吊下来，让人想起凡·高的《星空》，而高村光太郎说："就算只是为了看看这超乎自然的美丽景象，我也愿意一直在这山间小屋里住下去。能够尽情欣赏这无与伦比的美景，我总是满怀感激。就算我只剩下十年、二十年的寿命，只要我还活着，就想要享受这大自然带给我的喜悦。"在他看来，宫泽贤治能频繁地写出关于星星的绝美诗篇和荒诞离奇的感觉，亦非凭空想象，而是源自实际体验的真情流露——因为每天每天，高村光太郎就是活在如此魔幻又如此真实的苍穹之下。天体自然，毫不保留地与他赤诚以对。

日复一日的熏染与见证使他爱上了此地，而他爱上的，除了这里的美景，还有这里的人。

气候的恶劣，地理的偏僻，使现代文明对这个不起眼的小山村少有关注，而现代文明和流行文化的缺席，又恰恰保存了这里的古老民风和单纯人心，使这里的村民依然保持着"生而为人最初的质朴"和"天然的淳朴"。"无论何时何地遇到，他们都仍是我原来认识的样子。他们总将好心情全部展现在人前，且与身后的大自然共生，是真正的生活者。"高村光太郎在书中写道。当高村光太郎沦落于此，这里的人们以天性的善良愉快地接纳了他，齐心协力帮他建房，路过或专门，都不忘带来问候，捎来物品，使他心安。过节给他送来年糕，丰收了给他送来菜蔬，并用暖人的话语安抚这个无家可归的异乡人："村子会负责养活你的，就在这儿安心待着吧。"这使都市里来的高村光太郎备受感动，亦倍感温暖。在这里，他也看到善良的人们顶着严寒酷暑，年复一年、日复一日地辛苦劳作，同情、悲悯，亦渗透在他的字里行间，他在叙写的同时，也以力所能及的言行为改善这里的环境和条件做着努力。是回报，亦是一份与山村、自然融入共生的感情。

"我大概积攒了许多机缘，才能在这僻静的村落安家，实在是人生之大幸。"而幸运的人，无论置身何处，总能为自己带来幸运，高村光太郎正是于贫瘠处，开发出无穷的精神宝藏，正如编者在文后小传中对高村光太郎先生的理解与阐释："因为他始终对生命中的一切保持欣赏和奉献：对一位女子持续40年之久的爱情、对生命本身的热爱、对美和艺术的赞叹，所有这些都成为他的宝贵财富。"

高村光太郎漂流于此时，已是孤身一人，他的爱妻、知己智惠子——小传中提到的这位被他爱了40年的女子已经仙逝，沦落于此、独处山中的他感应物事，兼怀故人，忆及智惠子的作品，仍以"全新的、仿佛从头开始的喜悦"和"光泽之美"唤起更深的记忆，表达艺术的感召和对爱人的深切缅怀。

"这位诗人一生的最高杰作，就是他自己的人生。"编者的评价我认同。在书里，他以文字诠释人生。

2020年11月4—7日，北京家中

通往存在的旅途[1]

——读娜恩·谢泼德《活山》[2]

娜恩·谢泼德真是将山写活了。

活,在微妙的细节和丰富的变化中。凯恩戈姆山在娜恩·谢泼德的笔下呈现出丰富的细节和无尽的变化。山峦的多变给她带来新鲜的体验,常使她于蓦然之间对世界、对自己获得清新的感受。有那么一两次,她站在高处,俯视脚下泛起珍珠般色泽的平原沿地平线延伸,看远处另一座山小岛于云雾缭绕中露出头来,"仿佛回到了上帝创世的那个清晨。"另有一次站在另一个山头,她看到晨光洒向开满了蓝色花朵的凯恩戈姆山,"每一个陡坡、每一处沟壑都透出半透明的颜色,所有微小的细节都清晰可见。纯净明澈的阳光涌入了每一个角落。"她屏住呼吸,全然地沉浸在美和震撼中。

换个视角去观照,山中静止的事物也呈现出微妙的变化,弯身的刹那,娜恩·谢泼德看到"从最近的石楠嫩芽到最远的土地,所有的一切都兀自挺立"。那时万物不再以我为归处,也与旁观者不再相关,"这大概就是大地看待自己的方式。"大山,无时无刻不在奉献给她幻化的景象,赋予她无限的惊喜,写及鸟兽昆虫,她说机械地列出名单毫无意义,"但对我来说,它们

---

[1] 原载《中国绿色时报》2021年4月16日第4版"阅读"版。
[2] 娜恩·谢泼德:《活山》,管啸尘译,文汇出版社,2018。

并非生活在书里,而是活在真实的相遇里,活在我们生命彼此交错的时刻。它们存在于远方鹬群的鸟鸣声中,以及视线尽头最后一排树林间山雀那尖细的银质嗓音里。它们是四月清晨的欣喜相逢。"

正如一切优秀的写作者均非刻意的写作者,对娜恩·谢泼德来说,生活在前,书写在后,文字,是生活和生命的副产品,是自然流淌之物。正是这种心态和潜意识,造就了她文字的清澈与纯粹,也更加地映衬出她的活山之"活"。科学工作者总是试图用科学图表去解释山中的现象,而在娜恩·谢泼德心里,"没有任何一张图能解释它为人类灵魂带来的那种庄严感。"看啊,"随着玫红和淡紫的光晕覆盖雪地和天空,颜色似乎有了自己的生命、躯体和韧性,这感觉就好像我们并不是在观看它们,而是在其内部行走。"联想到几年前的某个清晨,我坐在北京紫竹院公园的椅子上,看阳光自大杨树的缝隙间洒落,放射出一条条的光芒,也是一样的感觉,一样的神奇——静心感受,我们会被大自然的美迷住。

每一个季节,不同的天气,凯恩戈姆山都会变幻出不同的模样,或远或近,或高或低,给人以想象,也给人以错觉,变幻莫测,激起无限的冲动想要去接近和了解它,然而接触越多,便越知道"了解另一个个体的道路永无止境"——凯恩戈姆山是一个谜,娜恩·谢泼德陷入如此的引诱而不能自拔。

娜恩·谢泼德毕生住在凯恩戈姆山脚下一个苏格兰小村庄里,从小到大,睁眼闭眼都是大山,四季轮回中的凯恩戈姆山已经深深地印入她的灵魂和记忆。"大山不仅意味着岩石和土壤,空气也是其组成部分之一。"草木的芬芳,潺潺的流水,都是大山天然的一部分,凯恩戈姆特有的空气在娜恩·谢泼德眼里显示着丰富的色彩,短短的一段溪流中,流淌着被娜恩·谢泼德分辨出的十几种音符,山间万物混合的气味,更被娜恩·谢泼德视为山间生命的题中之义。而她自己,也如山间的草木、溪流、山雀、云朵,早已深深地融入其中,成为大山无法分割的一部分,或者说她本在其中,自有生以来就与大山以及山中万物同呼共吸,相依并存,关联感应,"我就是其完整生命的实体化,和闪闪发亮的虎耳草、长着白色翅膀的松鸡一样。"娜恩·谢泼德说。她与大山,浑然一体。

活,在无尽的启示中。怀着好奇,娜恩·谢泼德日复一日地进出大山,不知厌倦地一点点深入，那是对大山的探询，更是对自我的探索，是知识的累积，更是心智的开启和心灵的满足，是娜恩·谢泼德"通往存在的旅途"。在那里，她拥抱了大山，也找到了自我，回顾与凯恩戈姆山共处的岁月，娜恩·谢泼德不无感恩地说："认识到存在本身，这就是大山赐予我的最大恩典。"

她想要凭借孕育万物的自然力量，一步步靠近山间的生命，"毕竟大山是一个隐于无形的整体，山里的岩石、土壤、水和空气并不比有灵魂、能呼吸的活物更不可或缺。一切不同元素都归属于活山这一实体。崩裂破碎的山岩、滋养万物的雨水、令万物复苏的太阳、种子、根茎还有鸟兽，皆为一物；老鹰和高山婆婆纳也是大山的一部分。"齐物，混沌，天人合一，万物有情。而此时在娜恩·谢泼德的心中和眼中，大山已经不是一般意义的大山。

在山中，当无意中邂逅河流之源，她惊呆了："这就是河流。作为四大自然奥秘之一，水这种强大的白色物质在这里显露出原初的模样。就像所有的奥秘一样，它竟如此简单，这让我不禁感到了害怕。"大道至简，在那里，她陡然发现了真相，目睹了源头，看到了明净澄澈，因而与道相逢。那是河流之源，亦是生命之源。看着眼下的河流缓慢流淌，如其所是，"除此之外，什么都不做"，她仿佛又懂得了，意义，就是意义本身。大山，就是如此地于不经意间启发她指引她，在她的面前神圣地示现，大山，也如此成为不可取代的大山。

活，在客观的观照中。"天地不仁，以万物为刍狗。"如同亨利·贝斯顿在《遥远的房屋》里经历的大海不尽是浪漫，还有突如其来的灾难与悲伤，娜恩·谢泼德看到的大山也不尽是美轮美奂和五彩斑斓，还有不幸和磨难。大山涵纳着生命，也漠视着生命。在娜恩·谢泼德的记忆里，已经有十几个人被大山吞噬而杳无影踪，这些再未归来的人们或于突起的风暴中迷失，或于极寒的天气里衰亡，或于无意的疏忽中遭遇横祸，或于盲目的骄傲与自信中自毁。某年某月的某一天，一架小型飞机上五个年轻的生命就是被雾气升腾中的大山引向歧途，意外却永久地坠落在了山崖中……

当看到山里人对旅游者的危险行径无情呵斥之时，娜恩·谢泼德给予了深切的理解。当不听劝阻的旅游者一意孤行、身陷困顿之时，她又和不惜一切代价去搜救的山里人一样，对无知的人们给予了深切的同情。熟习了大山，方知大山的不可小视。了解得越多，便越知敬畏。

有时候，她下山返家时，意外地发现河水已经没过了桥梁，在挽着裤脚努力立定于水中央时，联想到脚下的河流曾经夺去了许多的生命，她也会心生恐惧，"这是因为，水最骇人之处便是它的力量。我爱它或明亮或微弱的光芒，爱它的韵律，爱它的柔软与优雅，也爱它轻轻拍在身上的触感；然而，我畏惧它的力量。这种恐惧，和祖辈们在面对他们敬畏的自然力量时的那种恐惧一脉相承。"

热爱之外，娜恩·谢泼德对凯恩戈姆山保有着古老的敬畏。而那些不幸迷失的人们，也只能由他们自己对其自身的命运负责。

活，更在无尽的爱中。"我已经对我的山做了探索……"，我是在翻到第149页，读到"我的山"时毫不犹豫地将书买下的。因为那一刻我认定了娜恩·谢泼德在书写之时心怀热爱。它让我想起十余年间自己上班路过、每有感应的北京紫竹院公园以及被它激发写下的《紫竹笔记：我的园子，我的花》——我的书名也一度用了近似的表达，因此刹那间我便也知道了娜恩·谢泼德内心的那份由衷的热爱。而爱，常常是作品的灵魂。我们无法否认，毛罗·科罗纳笔下的阿尔卑斯山比旅游者的阿尔卑斯山生动百倍，因为那是他的家，是他毕生所在的地方，正如娜恩·谢泼德终生未走出她的凯恩戈姆，倾注了全部的生命与热爱观察它体会它拥抱它深入它，她的山和她的文字里，早已弥漫了只属于她的独特气息和"不一样"的感受。

娜恩·谢泼德山中的游走漫无目的。"大山常常在我毫无目的地漫游时，向我袒露出最完整的模样。心中没有必须到达的目的地，所到之处也算不上特别，我不过是单纯想要和山待在一起；就像去拜访一位朋友，除了与他做伴，再无其他意图。"这份纯粹，来自天然。当某一日娜恩·谢泼德来到山里，她说"我要在这儿待上一会儿"，她什么都不做，她只是要陪大山待上一会儿，她将大山当作了亲人抑或友伴，而在那个时刻，大山回馈给她的是绝美的景色："随着最后一滴水消散在空气里，整片天空只剩下了光。凭空远眺，可以看到世界的尽头、云之彼端。"她超离之上，沉浸其中，深思，冥想，安宁而幸福。

回首这段美妙的历程，娜恩·谢泼德说："我终于发现了自己试图寻找的东西。这段旅程起源于纯粹的爱。"大山,对她有着冥定的吸引,她投入其中,虔诚守候,在日复一日的陪伴、体察与冥想中,她拥抱大山,也抵达自我内心的静定、欢喜与和谐,"最大限度地走进存在的核心。"凯恩戈姆是她的家园,是她出生入死的地理的家园,更是她须臾不愿离开的精神的家园。

2021 年 1 月 19 日、22 日,北京家中

循着渡鸦的传说

——读星野道夫《森林、冰河与鲸》[①]

森林、冰河、鲸,星野道夫全然活在另一个世界里。

在远在北极圈的阿拉斯加,他的森林是几无人类涉足的原始森林,他的冰河是弥漫着远古气息的天然宁静的冰河,他的鲸,是在海洋中自由腾跃、欢快歌唱的鲸。

在未失野性的初生之地,在万物无别的混沌之所,他以渡鸦神话时代古人的视线凝视、感受眼前的大美景象,在遥远而又切近的时光延展中体会瞬间与永恒,在古老和现代交织互渗的思绪与怀想中探询未来的方向和人生的意义。他说:"不断流逝的现在所拥有的永恒性,还有那寻常事所蕴含的深远,都教我如痴如醉。"

相比于博物馆里的陈列品和迎合游客的人为造作,他本质地接近着自然原野中富有生命灵力的原始遗迹,那自然长出的地方,亦是它们至为妥帖、安然的归宿之所。在那里,他看到远古的印第安人留下的图腾柱安睡在森林中,经历风雨,腐朽颓败,自生自灭,无论倒下,还是朽腐殆尽,都因着某种说不清的因缘散发着奇异的魔力。

在渴望回归传统文化和身份认同的印第安人的世界里,当许多的图腾柱

[①] 星野道夫:《森林、冰河与鲸》,曹逸冰译,广西师范大学出版社,2020。

被一个个地从他们的土地上搬走,星野道夫在他们中间听到了不同于"文明"的另一种声音:"他们为什么非要把图腾柱保存下来,以至于要把跟这片土地紧密相连的灵物搬去毫无意义的地方?我们一直觉得,就算有朝一日图腾柱彻底腐朽,森林扩张到海岸,让一切消失在大自然中,也完全没有问题。"在这素朴、纯粹、自然、近乎本能的认知里,星野道夫感受到肉眼看不见的生命所释放出的本源气息。在特里吉特族和海达族的世界里,冰川、河流、生物以及形形色色的自然现象均有灵魂,只身行走于深邃、静谧的森林中,星野道夫也常听到植物的声音……

在阿拉斯加,他受邀参加原住民组织的"文物归还会议",所谓文物归还,就是让博物馆里的文物回到它原生的大地和泥土中。和当地人一样,星野道夫认为这是"正当至极"的要求。在他眼里,这也是两种观念的冲突,是来自两个世界的不同出发点:"一边是从'心'的层面把握这个世界,另一边却立足于'物'的层面。"当干预、占有成为主流,心的声音便日渐式微,古老的方式被世音淹没。

万物关联,此起彼落,我们究竟该以人类介入的"文明"视角去看待世界、度过人生,还是该以古人朴素本真的自然视角和"无为"心态回归自然、安置灵魂?美国印第安长老奥伦酋长的话意味深长,他说:"就算你坐的是大船,我划的是独木舟,我们还是得共享同一条生命之河。"当生活富足、文化繁荣之后,海达族神话《渡鸦与人类的诞生》讲到最后一章,亦更令人深思:"……终结的脚步声越来越近了。一座座村庄被抛弃,成了废墟,人也慢慢变了样。大海不再丰饶,大地日益荒凉。恐怕是时候到了。渡鸦重造世界的时候就快到了……"

古朴与文明,借由作者的亲身经历在书中彼此打量。

在书里,在星野道夫所到的行程中,他时时思考着自身的所在和人类的命运,面对不可阻挡的时代新潮,时而心怀不安地自问:"我们还听得见植物们的声音和森林的声音吗?我们还能将灵魂注入大自然的一切,重拾当年的故事吗?"

万物有灵,原始的人类对自身依存的土地怀有着敬畏,如科尤康印第安人认定的:"大地知晓一切。你一旦犯错,大地就会知道。"纳瓦霍印第安人说:"祖先的生命是风的赏赐。竖起指尖,我们便能知晓风的轨迹。"终日与孤独为伴的驯鹿爱斯基摩人萨满巫师认为:"唯一正确的智慧,居住在远离人类的伟大的孤独之中,唯有历经苦楚的人才能碰触到它。"人类通过创造给其生活的土地注入灵性。

这让我想起几年前在美洲印第安人博物馆偶遇的一本小册子《感恩颂》(*Thanks giving Address*),感叹曾经历经苦难的印第安人何以依然怀有着纯粹、天然而又笃定的信仰,在这本小册子里他们由衷地感恩水,感恩动物,感恩鸟,感恩星星、谷物和大地:

"In New Mexico's hot, dry climate, water sustains people, plants, and animals. We are thankful for the water that creates pottery. We are thankful for the clouds, rain, and snow that feed the springs, rivers, and our people."(在新墨西哥炎热、干燥的气候中,水滋养着人类、植物和动物,我们感谢水创造的器皿,我们感谢云、雨、雪,它们孕育了甘泉、河流和我们人类。)

"We gather our minds together to send greetings and thanks to all the Animal life in the world. They have many things to teach us as people. We see them near our homes and in the deep forests. We are glad they are still here and we hope that it will always be so. Now our minds are one."(我们对这世上所有的动物族群致以衷心的问候和感谢,他们像人类一样教会我们很多事情,我们看到他们在我们的家园附近,或在森林的深处,我们欣喜于它们还在这儿,并希望他们永远在这儿,此时我们彼此同在,身心合一。)

"We put our minds together as one and thank all the Birds who move and fly about over our heads. The Creator gave them beautiful songs. Each day they remind us to enjoy and appreciate life. The Eagle was chosen to be their leader. To all the Birds – from the smallest to the largest – we send our joyful greetings and thanks."(我们平心静气,衷心地感谢在我们头顶飞翔的小鸟,造物主给了它们美丽的歌声,每天它们提醒我们享受和感恩生活,鹰被选择为他们的首领,对所有的鸟类——从最小的到最大的,我们致以欢乐的祝福和由衷的感恩。)

"We give thanks to the Stars who are spread across the sky like jewelry. We see them in the night, helping the Moon to light the darkness and bringing dew to the gardens and growing things. When we travel at night, they guide us home.

With our minds gathered together as one, we send greetings and thanks to all the Stars."（我们对那珠宝般在天空中闪烁的群星致以衷心的感谢，在夜晚，我们看到它们和月亮一起照亮黑暗，向花园和生长的植物洒下雨露。当我们在夜间赶路，他们指引我们找到回家的路，我们要向所有的星星致以最由衷的问候和感谢。此时我们彼此同在，身心合一。）

……

印第安人是天生的诗人。与自然合一的灵魂，造就了他们的美丽诗篇。

几年前在鲁迅文学院的中外诗歌朗诵会上，我邂逅了美国原住民诗人西蒙·欧迪斯，西蒙·欧迪斯的诗歌被中国诗人现场翻译并朗诵出来，竟与《感恩颂》里的诗篇有着一脉的相承：

> 回头看看往昔是必要的，
> 那些才是我们该给子女的方向。
> ……
> 那就是善良又美好，
> 它将是永远善良又美好，
> 它将是……

深情的回望，古老的传承，从蹩脚的译文和无法全部记忆下来的语句中，我已然再次领略到了信仰的光芒与诗意的气息。

怀着同样的崇敬与笃信，星野道夫到渡鸦氏族的后裔——特里吉特人中去探听渡鸦的传说，他在书籍和印第安部落中追寻远古印第安人的由来，到远离文明和聒噪的地方去探询另一种生活方式，并以关于渡鸦的美丽传说和印第安人世代流传的睿智箴言和优美歌谣贯穿，带着穿越时光的能量一路讲述下来，神秘而又悠远。古老的族群将美好的想望托付于河流山川、自然原野，在这片土地长流不息，源远流长。当星野道夫的船只驶入神秘莫测的利图亚湾，利图亚湾已是渺无人烟，然而充满灵力的土地还在，关于它的传说仍在代代相传，如西雅图的酋长所说："微微的水声，是我父亲的父亲的声音。"

在凯奇坎郊外的萨克斯曼村，在新时代的浪潮滚滚而来，许多人渐渐迷失了自我，搞不清自己是谁的当下，星野道夫看到倾心传承特里吉特族古老传统的 80 岁长老艾斯特·谢伊是留给村民的"最后的一块指南针"。在"极北的印第安人"阿萨巴斯卡族村落，96 岁高龄的阿萨巴斯卡族长老彼得·琼恩等待他的到来，在那个塔纳诺语几乎消失殆尽的村落里，教会了他铭刻于心的一句印第安塔纳诺语——爱。在位于育空河和塔纳诺河之间广阔湖泊的明图村，星野道夫去拜访在这片原野生活了近一个世纪的"最后的印第安人"，为的是"感受一下那终将化为传说的气息"……

阿德默勒岛是熊的天下，没有路，在密林深处，星野道夫只有循着"熊道"前行，屏着熊的呼吸一点点地适应那里的气场，透过熊的眼睛打量森林，直至走到"熊迹"模糊的地带，他推测那里就是人与熊的分界线。在那一个瞬间，他仿佛也看到了人与自然之间，原本也有一条不可跨越的分界线，那是人与自然的疆界。数千年来，远离人群的阿德默勒岛居民始终与熊共生共存，"没有刻意避开道路，也不对历史能追溯到远古时代的森林动一草一木。"在无所不能的现代社会，人与自然的疆界还在吗？在人心的深处，还保有着对于大自然的原始敬畏吗？在"熊道"的尽头，星野道夫感受到的，分明是一份肉眼看不见的深远。

他知道，与大自然生死相依的人类不是通过艰深的知识觉知世界的，而是通过融入生命的切身体悟，由此深刻深邃，丰富博大，而又简而又简。那是从源头奔流而出的真理箴言。

> 大地躺下了。
> 大地的灵魂躺下了。
> 所有生物装点着它的表面。
> 神圣的话语躺下了。

纯净的心灵，迷人的歌谣，远离纷扰的印第安人是与大地、自然最近的族群吧？

星野道夫在古印第安人出没的森林入口处搭了帐篷，仰望满天星斗，体会时间的流逝和时光的流转，"满天星斗在眨眼，时刻追究时间拥有的意义。一万年前的光在此时此刻抵达地球，无数星星分别释放着它们的光年，这都意味着我们在当下的这一瞬间看到了绵延不绝的宇宙岁月。"

自然和极境引发思考。在北斗七星下，星野道夫有时会思索人类关心的终极问题:"一万光年星光背后的宇宙究竟有多深?人类自古以来不断祈祷的彼岸世界究竟是什么样的?人类究竟在朝着怎样的未来前行?人类的存在究竟被赋予了怎样的目的?……"

时光莫测,"再等上一万数千年,连北极星的位置都会被其他星星取代。所有的生命都在不断运动,都在无穷尽的旅途中。就连看似静止的森林,甚至挂在天际的星辰,也不会停留在同一个地方。"万物多变,无有永恒。

在时光的漫游和不懈的追寻中,星野道夫发现,渡鸦神话不止流传于特里吉特族和海达族中间,"阿萨巴斯卡印第安人也有,连爱斯基摩人都有,为什么会这样呢?"他想知道,各个民族是怀着怎样的念想凝视自然的,又在祈祷些什么?为什么连阿萨巴斯卡印第安人和爱斯基摩人都有同样的渡鸦传说?"这个问题一直在我脑海中打转。直觉告诉我,在这个巧合的背后,一定存在某种深远的故事。"

他被故事吸引,已经在这片荒原辗转了 20 年。

1996 年 6 月 30 日,星野道夫循着渡鸦的传说离开阿拉斯加,来到对岸西伯利亚的楚科奇半岛,然而在那里,他只留下了 1996 年 6 月 30 日至 7 月 27 日断断续续的日记,被编译者凭借揣测翻译过来并附在了书的最后——那是他留给这个世界的最后一笔——不久后的 8 月 8 日深夜,在帐篷中熟睡的他,因遭到了熊的攻击而不幸离世,享年 43 岁。

而在此之前的文字里,星野道夫多次写到熊。在他探索的路途中,有着不可测的机缘与命运,对于下一秒的际遇,他不能知晓,亦无从把握。当站到森林的当口,他怀着一丝踌躇,"我到底是想遇见熊呢,还是不想遇见熊?我怀揣着自己也说不清的思绪,步步深入。"而每当在书中读到星野道夫关于熊的文字,我的心中都有悲伤袭来……在 7 月 27 日的最后一篇日记中,他写道:"晚上,一头熊出现在 base camp(大本营),头疼。就是不逃跑。"

"天地不仁,以万物为刍狗",令人悲伤,然而爱莫能助。托付于野性的大自然,美丽与危险并存,生存与死亡同在。

2021 年 9 月 25—27 日,北京家中

在遥远的远北阿拉斯加

——读星野道夫《旅行之木》[①]

星野道夫始终追随着大自然。

在遥远的远北阿拉斯加，他追随的自然是未经开化的野生的自然，是"拒绝人类接近"的冰川、荒原、原始森林，是保有着神话和古老生存方式的印第安人和爱斯基摩人的村落，在那里，"散落在地面的无数湖沼甚至还没有名字。怕是还没有人踏上过那些水边的土地吧。自然与人类世界毫无干系，只服务于自己的存在。阿拉斯加所独有的'毫无意义的宽广'一直让我心醉神迷。"

阿拉斯加对于星野道夫的吸引要追溯到16岁，那日在东京，他偶然打开一本英文书《阿拉斯加》，瞬间被书中爱斯基摩小村落"希什马廖夫村"的航拍照片所击倒，世界上还有这么美丽的村庄、这么美丽的地方吗？顷刻间他产生了要去往那里的冲动，他冒昧地给"村长"写了信，希望村长能够帮他找到愿意"收留"他的暂住家庭。半年后，他意外地接到了回信，远赴希什马廖夫村，与世界最北端以狩猎为生的爱斯基摩家族共同生活了三个月，饱览了当地风光，并且开始了与阿拉斯加未再中断的缘分。

他放不下阿拉斯加，后来他申请就读阿拉斯加大学野生动物系，分数不

[①] 星野道夫：《旅行之木》，曹逸冰译，广西师范大学出版社，2020。

够，距录取线还差30分，但他买了机票，抱着不再回来的决心直奔阿拉斯加，一遍一遍地写信，去恳求和说服阿拉斯加大学的教授，到他面前表明决心，用连话都说不利落的英文表达自己的热忱。精诚所至，金石为开，他被阿拉斯加大学破格录取了。而这，才是他与阿拉斯加长相守候的开始。

一年，两年，直至十几年后他结婚生子，选择彻底将家安在阿拉斯加——他已经离不开那片土地，那里已经留下了他太多的足迹。

当他来到红崖海湾，他说："这座海湾承载了我太多太多的回忆。而且我每次来到这里，都会任思绪飘向那悠久的时光。那是让我们暂时忘却人类的日常生活，无关悲喜的另一种时间的洪流。"在那里，他感受到包容万物的寂静。

在鲁斯冰川只有岩石、冰雪和星星的无机的高山世界，他的情绪被升华到一个新的高度。在那里，他看到本原的自己、本真的模样。"我们平时生活中信息过剩的社会中，怕是已经忘记了还有这样的世界存在吧。所以被突然丢到这样一个地方时，人也许会手足无措，不知道该怎么办才好。但是在那耐心待上一会儿，你就会渐渐拾回信息极少的世界所特有的精彩。"

在海角以北50千米的海岸爱斯基摩人村庄——波因特霍普村——那一带唯一有人居住的地方，在距离"有人造访的地方"最远的世界，他听来旅行之木的故事，领略原野草木的神奇造化和阿拉斯加的远北气息。透过时间的演进和物种的进化，他看到："所有的生命都在朝着无穷的彼方不断旅行，连星星都不会长久停留在一处。""我们每一个人肯定都跟那棵云杉树一样，在各自的一生中日复一日地旅行着。而且在我看来，我们人类也在更为宏大的时光洪流中永不停歇地旅行着。"

在万烟谷，他感受到"自然暗藏着人智无法企及的力量，有着将不懈积累起来的一切归于虚无的意志"，觉察到自然本身不具意义的存在。"粗犷豪放，无人能挡。我爱极了那混沌的风景。"

在夏洛特皇后群岛，他伫立在印第安人留下的图腾柱前，久久不愿离去，据说这里的遗迹可以追溯到7 000年前，再过个50年，经历过神话时代的最后一批图腾柱可能就在森林中消失得无影无踪了，他说："雕刻在图腾柱上的民间传说如梦似幻，不知道哪里到哪里是人类的故事，哪里到哪里又是动物的故事。但那也许是他们在与自然打交道的过程中，凭本能一手缔造的，能长久保持活力的智慧。与此同时，那也是我们已经丧失的力量。"

在那里，他期待未来的人类拥有属于自己的神话时代。

在那里，他与棕熊、驯鹿一起，领略"万物平等共享同一条时间轴"的神奇。他珍惜那些不会催生出任何东西，只是白白流淌的时光，"时时刻刻在内心的某个角落感觉到与匆忙的日常生活同步流动的另一种时间。"

当娶妻生子、生活安顿下来之后，他受热爱花草的妻子感染，时而也将镜头从遥远转向浅近，注视广漠大野中绽放的另一种美，看到自己拍下的勿忘我，他说："一想到这种可爱得让人心疼的小花是拥有粗犷自然的阿拉斯加州的州花，我便由衷地欢喜。"

他爱阿拉斯加，爱阿拉斯加的每一片光阴、每一寸土地。

当他因着摄影活动或某项集会应邀来到欧洲、南美，来到大城市纽约，他感到自己与那里的"气场""频率"明显不调。离开了阿拉斯加，他对阿拉斯加的思念愈加强烈。见识了多元的世界，他愈发懂得阿拉斯加的珍贵。

阿拉斯加培养了他的见识和眼光，在欧洲，当世人瞩目的阿尔卑斯山横亘眼前，他无动于衷："可我毕竟是从阿拉斯加来的，在我看来，欧洲阿尔卑斯山区小得跟园林盆景似的。虽然很美，但没有深度。那的确是能让人安心的自然，却没有将人类拒之门外的恢宏。我切身体会到，欧洲人之所以被阿拉斯加吸引，是因为他们想要看一看真正野生的自然。"见过了阿拉斯加，世间其他的美景都"太小了，不够味"。

荒野使人开阔。在地图上，北极村、查尔基茨威克村、比塔尼村和旧克罗村之间画着国境线，但从直升机上俯瞰下来，"你就会发现他们都是生活在同一片原野上的人"。阿拉斯加，赋予了他更加超脱、更加超拔、更加超离的世界观。

在阿拉斯加，星野道夫和印第安人、爱斯基摩人打成一片。他从一个村落到另一个村落，听印第安长老讲述关于渡鸦的神秘传说，到熟悉的小书店，听见多识广的店主老妇人讲述阿拉斯加的悠悠过往，透过一本书、一本画册，追溯这里的神话、传说，聆听在这片土地上生活过的人们的声音。

有一天，星野道夫的爱斯基摩朋友竟然托他在直升机上带了一碗热腾腾的驯鹿汤给他在费尔班克斯上大学的女儿。直升机上，星野道夫小心翼翼地捧着那碗汤，在尽力保持的平衡中不让它溢出来，那可是她的哥哥刚刚打回来的鹿肉熬的汤啊！这碗汤感动了爱斯基摩人的女儿珍妮弗，也感动了星野道夫，送到时，"汤已经凉透了，但它定能将令人怀念的原野之血注入珍妮弗体内。"

在旷野中成长的族群未丧失野性，星野道夫在阿拉斯加大学的一位印第安同学无论如何也要放弃学业，回到他的村庄去打猎，多日后的某一天，当星野道夫接到同学从印第安村庄打来的电话，述说着他刚刚打到一头熊的喜悦，星野道夫感受到了他校园里看不到的笑容，也是在那一刻，顿然理解了他的选择。

透过时间，星野道夫也不断领会着人与自然更深切的关系。那不是岁月静好，不是诗情画意，不是自然环保，也不是天人合一，而是万物生存的古老法则，"换言之，如果无法侧耳倾听这个世界的守则，也就是那无声的悲哀，无论你是在山野徘徊一辈子，还是坐在书桌前绞尽脑汁，恐怕都无法真正理解人类与自然的关系。人可以通过剥夺活在那片土地的他者的生命，将其血肉纳入自己体内，与大地更加紧密地相连。也许当我们停止那种行为时，人心才会从本质上远离那片自然吧。"阿拉斯加的原住民猎来驯鹿、鲸鱼，又为它们庄严祈祷，祈求内心的安宁，更祈求来年的丰收。

这是人对动物，那么动物对人呢？拍着如此美妙的荒原图片、写着如此本真、朴实的美好文字，对自然原野怀有着满腔热爱的星野道夫，在某一年的某一天于荒漠大野扎营露宿之时，熟睡中竟然被熊攻击不幸离世，那一年，他只有43岁……

"天地不仁，以万物为刍狗。"悲伤，然而爱莫能助。

不只星野道夫，他不止一个飞行员朋友也曾在这片充满了野性的大自然中长久安眠。而在此之前，星野道夫就有敏感的体悟，看到永恒大自然中潜在的脆弱。"自远古时代未曾改变的驯鹿大迁徙、在夏日的苔原盛开的小花、穿越原野的风，还有'生命皆有终点'的法则"，在阿拉斯加轮回上演，也许，在来到阿拉斯加的那一刻，星野道夫就接纳了阿拉斯加，接纳了阿拉斯加的所有。

2021年9月28日、10月1日，北京家中

幸福,在北纬六十度以北[①]

——读西尔万·泰松《在西伯利亚森林中》[②]

谈及西伯利亚,人们自然地联想到寒冷,事实上那也的确是个不宜居的地方,法国人西尔万·泰松放弃都市繁华,于冰天雪地的季节来到西伯利亚,在贝加尔湖畔的一个森林小屋中独自度过了不同寻常的六个月,到底是缘于什么、为了什么呢?

西尔万·泰松在书中自述,他来到西伯利亚,缘于七八年前一次造访的美好印象和"幸福将位于北纬六十度以北"的美好想象,受此牵引他念念不忘,重返此地,将自己抛置于荒天野外,开始了长达半年的隐居。

在这里,在渺无人烟的林海雪原之中,3平方米的小木屋是他生活的轴心,"小木屋安坐于一首短歌的中央,与湖泊、山岭和森林的世界相接。"然而从小木屋出发,向南要走一天,向北,要走五个小时,才可能见到他最近的邻居——两个名字都叫沃罗迪亚的人,离他最近的村庄更是在120千米开外。那里没有道路,没有交通,没有通讯,终日须与漫天的风雪、静默的森林和贝加尔湖为伴,临时配备的卫星电话也常在极寒的天气下失灵……与世隔绝没有了退路,西尔万·泰松将自己的心安顿下来,去适应眼前的世界,

---

[①] 原载《中国绿色时报》2021年8月6日第4版"阅读"版。
[②] 西尔万·泰松:《在西伯利亚森林中》,周佩琼译,人民文学出版社,2018。

2月21日晚，他走出小木屋，在贝加尔湖的冰面上走了两公里，然后躺下来仰望星空，并在当天的日记中写下："我正躺在一片寿命达两千五百年的液体化石上。夜空中的繁星比它更要老一百倍。我三十七岁。"

山雀是他最尊贵的客人，每次来访都给他带来许多的欢乐，他在2月24日的日记中说："我想到，我得进行多少活动、遇见多少人、读多少东西、拜访多少地方才能结束巴黎的一天，而我却在这儿，轻松地面对一只鸟儿。"一个月之后，"又下起了雪。一个人也没有，远处甚至没有任何交通工具的踪迹。这里唯一的过客，只有时间。见到山雀出现已经成为我生命的幸福源泉。"

更多的时候，西尔万·泰松在零下三十五摄氏度的低温中砍着树，"整个下午，我都在锯一棵雪松。"或者三个半小时，他都在凿冰钓鱼，补充供给，他如此地消磨度日，不紧不慢，不急不躁，不追不求，人生的意义，仿佛也浓缩在这一斧一凿的具体劳作之中。是的，他已不在巴黎，不在闹市、人群，除了烧火、吃饭，还有什么紧迫、急促的事吗？有时候他什么也不做，"我在那儿站了一会儿，望着泰加森林。"在那里，他只与森林、湖泊、天空、大地发生联系，祛除了外物，他看到外物其实就是赘物，人生所求本来不多，"盘中是捕来的鱼，杯中是打来的水，火炉里是自己砍的木头，这是怎样的幸福感啊：隐居者从源头汲取。"

为抵御孤独和寂寞，生活必需品之外，他还带来了书籍、雪茄和伏特加，在这人迹罕至之地，伴着静寂读《一个孤独漫步者的遐想》《瓦尔登湖》《孤独小屋的契约》《小木屋的一年》，大概是最相宜的。那长长的书单里还有莎士比亚、劳伦斯、卡萨诺瓦、笛福、歌德、加缪、海明威、马可·奥勒留、叔本华、尼采和《道德经》，自由的漫步、深刻的思索，大概缺一不可。

中国诗词也是他的所爱，3月25日，"我读着中国诗词沉沉地睡去，还记住了两句诗，在与人对话而词穷时可以引用：'此中有真意，欲辨已忘言。'"3月27日，"我读了一上午的中国诗词"，惊诧于天才的中国人竟能发明出"无为"的道义。隐居的彼时，他对"无为"又有了更为深切的体验，在日记中补充道："但要注意，中国式的无为并非淡漠忧郁。无为使人对万物的感知力更加敏锐。"读到陶渊明言简意赅的《自祭文》，他自叹弗如:"我在睡下时想到,既然有人能用三十个字浓缩一生,写日记还有什么意义?"在小木屋里,他围着火炉边读中国诗词,边啜饮伏特加,尽可能地让时光变得柔软而美好。

"阅读、写作、捕鱼、登山、滑冰、林中漫步……生存仅剩十五种活动。"在获得了无限自由之时,他将需求和欲望压缩到最低,这时他说他仿佛唤醒了"身体里那个古老的中国人"——我猜他说的应该是老子。

有时他有意放弃阅读,摆脱书本的成见和先入为主的观念所缚,像叔本华那样,让鲜活的思想直接从心中而出,像尼采那样,展示"已摆脱一切参照物的见解"。寂静中,他陷入冥想。无为为伴,兴致来时,他摆下棋盘跟自己对弈。

寂静催生思想,使审视自身变为可能,"因为唯一可能进行的对话只能与自己发生"。寂静也使自身蜕变、回归,祛除文明的机巧,回到人类原本的模样,西尔万·泰松知道,"由于缺乏谈话、矛盾和对话者的讽刺,隐士不像他在城里的表兄弟们那样滑稽、尖锐、世俗、迅捷。他在敏锐度方面所失去的,在诗意上获得了弥补。"

偶尔他也长途跋涉,到护林员主管谢尔盖的"家"里去做客,和谢尔盖、谢尔盖的妻子以及聚拢来的渔民喝酒聊天。一个狂风大作的正午,他步行前往距离小木屋130千米的乌齐卡尼岛,给自己留出三天时间拜见那里的朋友谢尔盖,又留出三天的时间返回自己的小木屋,他带的,只有一架儿童小雪橇,"在上面装载了一代衣物、一些给养、滑冰鞋、卢梭的《一个孤独漫步者的遐思》,还有昨天开始读的荣格尔日记。"途中,"西北风呼呼地吹,我像个疯子一样,在毛糙的冰面上贪婪地行进了一公里又一公里。一条鱼在冰下游过。我们俩之间隔了一个世界。"吃过喝过聊过,他在乌齐卡尼岛的枞木屋里读荣格尔日记《消逝的七十年》,一页页记录,一页页讲述,让时光回到单纯,回到原初。

豪放不羁的渔民、村夫路过偶尔也到他的小屋逗留,围着火炉吃吃喝喝,谈论时事,偶尔的旅行者光临,喧闹之外,带来花花世界的消息,报纸,杂志——那在他的感觉里已是恍如隔世。做过记者的西尔万·泰松已经不再习惯轻浮吵闹,当到此一游的人群喧哗着远去,他在日记中写道:"静谧重新回到我的身畔。这无垠的静谧并非由于不存在任何声音,而是因为一切对话者一并消失了。对这片居住着鹿群的森林，载满鱼儿的湖水，鸟飞过的天空，我的内心涌起一片爱意。"

夏天他做了一个皮划艇，泛过贝加尔湖的安全范围去探索，与湖里的生物对话，顺便去到对岸护林员的家中喝酒。他划着小艇和朋友约好在扎瓦罗特见面，"我在小艇里放上了《朗塞传》，决心在精神隐修大师的陪伴下在扎瓦罗特度过愉快的一天。"

在简单中支配一切，使他获得无上的满足，在那里，他不曾怀念都市的生活，不曾留恋既往的拥有，即使中途因签证的原因短暂进城，重返小木屋后仍是加倍的珍惜。

自春天开始，森林湖泊便渐渐有了生机，贝加尔湖的冰雪开始消融，冰层一点点褪去，呈现出多彩的生命——万物在爱中皆有生命。

光线的变化给森林湖泊平添了丰富的层次，留下日日不同的印象，熊、鹿、狼也渐次醒来，时不时地出没在他的视线里，荒野中西尔万·泰松不止一次地遇见狼，遇见熊，有时狭路相逢，好在短暂的对视后都相安无事。

受美景和好奇心的引诱，危险并未阻止他探索的脚步，某一个时刻面对高远的天空、肃穆的森林，他忍不住在一棵桦树的树干上写下："桦树，我把一条信息托付给你：告诉天空，我向它致敬。"

和梭罗、爱默生一样，西尔万·泰松彻底爱上了大自然，"在山上的这些日子里，我把自己奉献给纯粹的生命的欢乐。独自对着湖面吸烟，不妨害任何事物，不受任何人的操纵，不奢求多于当下所拥有的任何东西，而且知道大自然并不厌弃我们。"

隐居的六个月里他也曾经历了失恋——巴黎的女友决定跟他分手。突如其来的打击使他心痛，为抵御悲伤，他躲在西伯利亚的小木屋里读莎士比亚，读爱比克泰德，读马可·奥勒留的《沉思录》，他说斯葛多派的马可·奥勒留帮助了他，泰加森林保护了他。

泰加森林从不拒绝提供庇护，那里有农民、强盗、笃信者、抵抗者、悲伤失意的人，"俄罗斯人知道，如果情况变糟，泰加森林就在那里。这种理念扎根在他们的无意识深处。城市只是暂时性的体验，总有一天森林将重新覆盖一切。"

后来，他从护林员的家中带回两只小狗，6月的某一天，"当阳光再也无力在云层中穿出光洞时,我躺在湖滩上,面前点燃了一堆柴火。狗挤在我的身畔,小艇的一半靠在岸上。听着波浪的乐音,看着穿在绿色树枝上烤着的鱼,我想,生命只该如此:成人向他儿时的梦想致敬。"

他将生活简缩为一栋小木屋,在简单中抵达本质。"为了获得内心自由的感觉,必须有丰沛的空间与孤独。此外还得加上对时间的掌控、绝对的宁静、粗粝的生活,以及触手可及的自然美景。这些战利品的方程式最终将导向小木屋。"小木屋如母亲般温暖,寄托着他对自由、寂静和孤独的向往。在那里,他乐于自由地打发自己的时光,"它们的每一秒钟都属于我。我能按自己的心愿自由支配,使之成为光明、沉睡或忧郁的篇章。"在无事可做的世界里,"自由地做任何事"。

一页页地读着他的日记,又像是和他一同在经历,不知道未来会有什么发现、什么改变、什么奇迹。将自己置身于极端环境中,是为有不同寻常的新的体验、新的发现吧?

西尔万·泰松本是一个旅行者,可是在贝加尔湖畔住了一个多月他便反思自我:"在此之前,我像离弦的箭一般旅行,现在,我成了插进土地的木桩。另外,我开始食素。我的生命开始生根,举止逐渐放缓。"置身西伯利亚,他从另一个角度观照文明、世事,悟出"回归森林,便是回归自我"。在那里,他读着卢梭,读着斯葛多派,读着老子庄子,品味孤独的馈赠,如梭罗所说:"孑然一身时,我从自身的存在吸收养分,的确如此,而且这源泉无穷无尽。"下雪的晚上,他沉思默想:"面对相似的景色时,佛教徒自语:'不要期待任何新意';基督徒则是:'明天会更好';不信教的人:'这一切有何意义?'斯多葛派:'看看会发生什么';虚无主义者:'一切都将自我掩埋'。而我呢:'得在雪把圆木遮盖以前砍些木头。'"在那里,他感到本自圆满,于是他在日记中发问:"为什么我什么都不缺少?"

"只要有人类尚未涉足的泰加森林存在,我就会感觉安稳。野性给人慰藉。"然而他明白,无须离开公寓,也能回到内心森林,如陶渊明所言:"结庐在人境,而无车马喧。问君何能尔,心远地自偏。"

"在泰加森林的教堂里生活了六个月。六个月,好像一生。这是一件好事,你知道在世界的一座森林里,在那里,有一座小木屋,那里有一种可能,能不太远离生活的幸福。"在那里,他看到一切的嘈杂皆为短暂的驻留,是途径，我们最终还是会回到固有的轨道、原初的地方。

当然，偶尔的片刻，他也看到万物皆空："五年来，我一直梦想着这种生活。现如今，我品尝着它，感觉却像完成了一件普通的任务。我们的梦想实现了，但却只是在不可避免的宿命中爆裂的肥皂泡而已。"一切不可追逐，如露亦如电。

2021 年 2 月 6—7 日，北京家中

与四季同行,与万物同在

——读艾温·威·蒂尔"美国山川风物四记"丛书①

艾温·威·蒂尔的"美国山川风物四记",是4册,每册400多页的厚书,不喜读厚书的我通常是很难坚持将4册厚书读完的,但这次我读完了,愉快地读完了。从《春满北国》到《夏游记趣》,到《秋野拾零》,再到《冬日漫游》,不仅跟着艾温·威·蒂尔和他的妻子内莉经历了美国的春夏秋冬,而且跟随他们走过了美国大半的山山水水,车窗之外,俨然就是一座四季常新的、行走的博物馆。

艾温·威·蒂尔的四季是不同寻常的四季,他追随着季节的步调一路向北或一路向南,尽可能多地与每一个季节同行、同在,感受并记录不同时间、不同地点的物候、环境以及植物、鸟类、昆虫的生存状态,当然,也少不了自己的心情,他的文字里洋溢着从未熄灭的热情。

与其说艾温·威·蒂尔是一个博物学家,不如说他是一个诗人和生活家,他将车速设定在正常值以下,边旅行边观察边思索,将生活、爱好乃至事业完美地融为一体。是啊,真正的爱不都是融入血液融入日常的吗?是生活乃至生命的一部分。正如他们在路上偶遇或听闻的很多人,跟随兴趣的指

---

① 艾温·威·蒂尔:"美国山川风物四记"丛书,南木、唐锡如、颜元叔译,译林出版社,2019。

引，将时间和生命奉献给了山川、河流、四季、星空，成为"独特的"、不可取代的那一个，他们怀着不息的热情，在小众的领域里孜孜以求地探索，度过了不可思议而又辉煌卓著的一生。艾温·威·蒂尔走过的地方、见到的树木和花草中，有那么多是以人名命名的，那每一个名字都是一个故事，一段经历，是一个人不同凡响的一生。他们或用毕生的时间在森林中发现了某个新的鸟类、新的植物，或在无数个夜晚后的某一个夜晚，用自制望远镜观测到群星闪烁中一颗新的星星，或是，在凝神拍摄了上万张雪花之后，发现没有一片相同……他们是普通的农民，退休的科学家，或是身边心怀好奇、天真烂漫的儿童，他们不起眼，不特殊，平凡而又平凡，但他们的生命充实、愉悦、自然而又舒展。他们做着"无关紧要"的事，而那些事对他们来说却是意义非凡，他们奉献，却不以为自己在奉献，那是他们的自然天性，是生活本身；直至有一天，他们的发现惊动了博物学界，直至有一天，他们被公认为博物学家，他们的名字也被用在了某株花草、某棵树木、某个小镇，成为一种纪念和致敬的方式，被人们记住或想起。

这样的故事是迷人的，艾温·威·蒂尔不也是其中的一个吗？他也是一个有故事的人，二月，他开着他的"小白车"追随春天的脚步一路北上，"我们会去看春天怎样降临到沙丘、山潭和海贝岛，怎样降临到岩洞和地下河，到河口和稀树草原。我们会跟着春天走过一万七千里。我们将在二十三个州中眼见冬天消逝，众鸟归来，野花重开。"如此地，他走过了春天，又走过了夏天、秋天和冬天，不同的季节，不同的路线，不同的收获，不同的体验，一路之上，有浮屿与暗流，有波涛里翻滚的海獭，有整整一百英里路途中不绝于耳的莺啼，有光华璀璨的流星之夜，有如诗如画的森林和野花遍地的原野，有大江大河中成千上万的野鸭、狂风中翩翩起舞的白鹤，以及"从未见过的鸟在萨特磨坊啼唱奇异的歌曲"；一路之上，他遇到各种各样的人，各种各样的事，听到各种各样的传说和故事。有一天他和内莉来到沃巴什河边一个小镇的图书馆，当他与图书管理员聊天时，他看到一个下班顺便来还书的年轻人，他还的，正是艾温·威·蒂尔的《夏游记趣》，"当管理员将我们介绍给他时，这位读者的惊讶是可想而知的。"奇妙的邂逅，给他的旅途带来意外的惊喜，而他长达 20 年的四季行旅，带给他的惊喜更是不断。回首这个美妙的旅程，艾温·威·蒂尔也认为"相当别致"，"历史上没有另两个人曾经有过我们所共有的经历。我们曾亲眼见到美国四季中的千变万化,我们曾经纵横美国大陆,在这片土地上,它瑰丽的景色和有趣的野生动物都是无与伦比的……大体上说,我们所看到的清溪正是它流水清澈的时候,所看到的可爱谷正是在它河谷可爱的时候。"

在一个可爱的人眼里,万物皆可爱。正如艾温·威·蒂尔在书中用得最多的词汇就是"光芒""光辉""光照",他所游历的夏天索性被他称作"光的季节"。心中有光,眼中便有光,在他的笔下,万物生光辉。许是热爱摄影的缘故,草原、森林、旷野、远山、汪洋的大海、淙淙的细流、掠过的飞鸟、飘动的云彩,在他的描绘下都充满了画面感,深红、浅碧、明黄、雪白、五彩斑斓,熠熠生辉。被赋予了生命的万物,在他的笔下展露着勃勃生机。

远离聒噪,跟随艾温·威·蒂尔回到万物的本初,去关注一株花草,一只昆虫,一抹彩霞,沉浸于诗一样的文字里,体会万物的丰富多姿和独一无二,是莫大的幸福。在洪荒天地和自然万物的参照下,仿佛使我们看到,人与自然同理,而万物无别,天人合一。

秋天的某个夜晚,艾温·威·蒂尔驶入南达科他州的西部荒原,在那里,他如每一日地记录下他的行程:"在星光下,在月光下,在曙光下,在一夜将尽的时候,我们终于转身上路,往沃尔城略作逗留。落日、明月、星星、朝阳、穴居猫头鹰、荒原老鼠——这些生动而鲜明的记忆,都随我们同去。"

艾温·威·蒂尔走在地理的经纬线上,也常常走在历史和现实的交汇点,他还去到科德角,去到瓦尔登湖,去到约翰·伯勒斯的故乡韦斯特帕克,去到荒天野地中的小村庄,也去到自己儿时玩耍和成长的地方,时不时地与梭罗、约翰·缪尔、玛丽·奥斯汀、哥伦布、哈得孙以及不同族群、部落的印第安人相遇,他想起《少雨的土地》,想起《瓦尔登湖》,想起《徒步英格兰》,想起杰斐逊的《弗吉尼亚札记》,想起一百年前托马斯·穆尔所作的民谣《迪斯默尔沼泽之湖》,想起梭罗在不同的时间同一个地点说过的某一句名言,想起不久前和两位卓越的博物学作者蕾切尔·L. 卡森和小路易斯·J. 哈利共进午餐……书籍,是他的伙伴,他说:"作这种远足的时候,我通常在上衣的一只口袋里塞一块三明治,另一只口袋放一本诸如瑞士作家阿米耶尔的《日记》或《诗选》，或是雨果的《笑面人》，或是叶芝的《心愿之乡》。"

而那本已经被他翻破了的褐皮书——詹姆斯·汤姆逊的《四季》则陪伴他走过了长达 20 年的春夏秋冬，伴他走过大沼地、死亡谷、奥林匹克半岛的雨林、屹立在科罗拉多州的无夏山脉……在某个阳光照耀的清晨，雪花飞舞的晚上，在山间、丛林或者河谷，翻上几页，读上几行，陶醉在无限曼妙的光阴里……在这本书的最后一页，他特地注明了时间、地点，写下："冬天告终，四季结束。"他浪漫的行程，也在此画上了圆满的句号。

2021 年 8 月，北京家中

游，在历史的深处

——读林达《西班牙旅行笔记》[①]

《西班牙旅行笔记》，从旅行者的角度切入，将书写置于千年的大背景下，在历史与现实的穿插对照中，细数了西班牙的来龙去脉，给读者留下思考空间。这游记，便多了一份厚重感。

从《带一本书到巴黎》，到《一路走来一路读》，这是林达的一贯风格。《西班牙旅行笔记》在500多页的书写中娓娓道来，从眼前的街巷、遗址、废墟、族群，延伸到历史深处的一个个场景，一个个人物，一个个声音，以人文的视角和冷静的笔触审视文明、文化和历史演进，给予人们很多启发。林达让我们看到，在政治、军事、宗教乃至内外斗争的矛盾纠葛之中，西班牙从流血牺牲走向民主自由的道路荆棘丛生，身在其中的人们曾如浮萍般飘摇不定，挣扎徘徊，难以主宰自身命运。然而历史终成云烟，光芒还是照彻了大地。

"看着他们的故事，我们只希望：至少今天的我们不要那么狭隘。"林达不时地启示人们以史为鉴，摆脱历史局限。

错综复杂之中，林达试图辨清主宰风云的关键力量，并将之还原到彼时的场景中，从人性的视角努力做出客观评价。谈及宗教纷争，林达说："人

[①] 林达：《西班牙旅行笔记》，三联书店，2007。

们今天在讲述宗教冲突的故事时会感到,其实历史是由一个个矛盾着的历史人物在演出。他们有光明的一面,也有阴暗的一面;有慷慨的一面,也有猥琐的一面;有善在心中萌发的时候,也有恶占了上风的时候。他们之间,有为敌的时候,也有为友的时候,有瞬间让政治考量、宗教迷狂占据一切的那一刻,也有回到人性、感悟神性的时光。"西班牙内战结束,在促成首次公投和大选的过程中,林达极大地称许了首相苏亚雷兹和国王胡安·卡洛斯在文明感召下的政治智慧、政治胸怀和历史眼光,并对苏亚雷兹首创的"何塞·路易斯之夜"和这位首相在西班牙民主道路上的奔走呼告给予了赞许。

历史的演进,艰苦而漫长,文明、进步的取得,更非一朝一夕,时代洪流中,走向民主的西班牙也曾付出沉重的代价。今天,走遍了西班牙的大街小巷,林达说:"看得出他们把一切做好还需要时间,可是我们再不会以为,西班牙王国会变得分裂。几十年来他们在相互走近,而不是渐行渐远。因为,现在他们都是自由的、平等的,他们的心态是开放的、热烈的、日渐轻松的。"

在推动历史的复杂力量之中,林达不忘思考文化、艺术的萌芽、存续及意义。战争的缘故,10世纪的科尔多瓦主教堂一度两教共存,一半是天主教堂、一半是清真寺,大墙内一半人在向上帝祈祷,一半人在诵读《古兰经》,单从文化的角度,林达想到:共存需要宽广的胸怀和相当高的智慧,"似乎有这样的规律,一个民族、一个宗教,越是兴盛强大、对自己越有信心的时候,就越容易做到宽容。回想汉文化的大唐盛世,那是我们民族最能以平常心对待外部世界的时候。洋人还在汉人的朝廷里做官呢,大唐人也并不疑神疑鬼,担心他们颠覆了我们的朝廷。""过度的紧张,一点碰不得惹不起,可能源于不自信。外表过度的自尊,源于内心难言的自卑,因而强行拔高自己的力量,显露的可能恰恰是弱者的心态。"

在塞维利亚,林达"遇见"将美国文学传播到欧洲,将欧洲见闻传播到世界的华盛顿·欧文,在华盛顿·欧文住过的地方,他们仿佛看到了这个新大陆来的美国人,为西班牙所深深着迷,倾情书写这片土地上的神奇故事并"开创了一种独特的历史文学的写作"。林达为他的悲悯情怀所触动,"在他的笔下,国王贵族和贩夫走卒都是人,和他自己一样。而他的同情,总是给予弱者，那些历史上的不幸者。"在摩尔王朝覆灭的 300 年里，当华盛顿·欧文以质疑的眼光探询波伯迪尔的传说，将他当成"人"而非"君主"去还原和同情，林达感慨道："人们总以为，新大陆是一个崇尚强者和英雄的土地，却往往忽略在英雄崇拜的背后，是人们对人生悲剧性的深刻理解以及由此产生的对弱者的同情。是的，新大陆崇拜英雄，可是新大陆人也理解生命软弱、人生无奈和命运女神转过身去之后，留下的一个个冷色背景。"

见多了街头随处可见的马上雕像，林达顿悟，"在这里，人们对帝王的认识，是一个个人主义英雄，一个能身先士卒、冲锋陷阵、大勇于一身的骑士。""看一件艺术品或许可以看出一个时代。假如一件作品中只看见威权的力量，却几乎找不到艺术家的灵魂，那个时代一定是被压扁了的。因为，艺术家的灵魂是最难被规范的一种。欧洲的希望，或许就曾孕育在那些帝王雕塑中，在这里至少还能读到艺术家自己的精神和灵气。"看到西班牙内战纪念碑所在的教堂里安息着西班牙内战双方的殉难者，他们看到"设计的立意，是强调内战的悲剧本质，是在表达，双方都是牺牲者"。

这和西班牙伟大作家的精神有相通之处。塞万提斯在他短暂的一生中，走过了西班牙的数个世纪，走过了无数人的生命历程，对人性以及人性的弱点亦深有所悟，他在作品中塑造的形象更是至今铭刻在人们的记忆和脑海中。身在西班牙的林达触景生情，随时勾起文学的联想，陷入深远的冥思，"从托雷多出来，也就是从大马德里地区出来，往南一去，就是或者的拉曼却。就是以后堂吉诃德和他的仆人在四处晃荡的荒原。"

世间的伟大都是相通的，抵挡黑暗，朝向光明，同情弱者，是他们的共同本能。直面了战争的西班牙画家戈雅，"以冲不破的厚重，撕开战争的幕布，直接袒露人性的黑暗；而法国作家雨果以最素净的白描，诉说人性的挣扎和他们在战争面前的无奈。"他们以自身的作品和经历见证历史，启示世人，督促人类反省自身，朝向美好。

美是一种召唤，人类终将顺着这样的声音，抵达理想的彼岸。

千年尘积，俱往矣，历史已经散落在西班牙不经意的日常，影影绰绰。大幕合上，林达催人思索：那带着历史的温度、仍在发光的是什么？

文化人的林达对文化寄予了信心和希望。他们回望战火下的时代骚动，也探询支撑西班牙穿越了战争、迷雾，从黑暗走向光明的力量，深思血腥、残忍的厮杀过后，终究留下的是什么。他们特别地关注了战火下翻云覆雨的政治人物、癫狂的部分民众、以生活为目标的世俗的民间社会，以及被政治风潮忽略、置身事外"自娱自乐"的创造群体，他们看到，"当风过云散，这些创造的集合体，就是这个民族本身。住在这个国家里的人，他们因为这样的创造物而凝聚在一起，相互认同，并且认同这片土地。这就叫文化。"提起塞万提斯、高迪、戈雅，林达说："他们在絮絮叨叨，他们在呻吟和叹息，他们在画布上涂抹着颜料，他们在画着设计草图，可正是他们，在成就着西班牙。使得它作为一个民族，不会永久在战场上沉沦。"谈到西班牙内战，林达说："就在那些年头里，在人们磨刀擦枪的时候，吉他从来没有停止，诗歌没有停止，弗拉门戈舞、绘画的无穷变换、新的探索没有停止。在西班牙旅行时，我们常常看到巨大的达利的照片，从某个窗口探出头来，瞪着我们。画坛先锋的达利就曾活跃在这个时代的西班牙。即使枪炮声临近，深歌节还在举行。"

美即方向，没有什么能够阻挡人们对美好生活的期盼与向往。

然而真正美好的事物又都是超越的。林达特别谈到了毕加索，"一生大半在法国、死在法国、加入了法国共产党的毕加索，他是法国人？西班牙人？马拉加人？"林达说，"我们在世界各地都遇到毕加索，相遇时我们说，哦，毕加索！看到一张好画的惊喜瞬间，我们并不关心他是出生在马拉加，还是出生在毕尔巴鄂；我们不关心他是法国人，还是西班牙人。"人道精神的进化以及在此基础上的开阔包容，是人类的希望所在。

当然，看待文化、艺术，林达采用的同样是审视的眼光。出生于科尔多瓦的塞内加以少有的乐观与睿智，在他的《论生命之短暂》中倡导清心寡欲的简单生活，林达虽然赞同，但并不被他书中的言辞所迷惑，而是指出了其理智的抽象思维和内心的隐秘欲望之间的矛盾，认为"真正的勇士，是有勇气挑战自己的内心的人。这种悟性的开启，是人认识自己和神灵的最关键一步"。在米拉公寓粗犷的力度和巴特罗公寓的极度精致之间，林达仿佛看到了艺术的退步，"人在最初凭着直觉，把自己的野性、对大自然的感受、原始的冲动，在艺术的出口释放出来。"那时的艺术稚拙、朴茂，但随着技艺的长进和作品的日渐精巧，艺术家"在沾沾自喜之中，一点没有察觉到自己失落了艺术的灵魂"，认为不失最本原的热情和冲动，又兼具现代技艺和精神的作品，大概才是接近完美的作品。

客观审慎，独立思考，理性平和，是林达作品的魅力所在。

2020 年 4 月 30 日、5 月 1—4 日，北京家中

真诚质朴,不失个性

——读华盛顿·欧文《英伦见闻录》[①]

林达在《西班牙旅行笔记》中提到的华盛顿·欧文,是一副人性、悲悯的形象,温暖中透着卓识,受此吸引我买来他的《英伦见闻录》,以期更深地了解一下这位我并不熟识的美国作家。

延续《西班牙旅行笔记》中关于他的温暖印象,《英伦见闻录》在点滴的记述中仍然闪耀着人性的光泽。在书中,他通过实地走访和亲身见闻勾画他脑海中的英伦印象,卸去了引经据典的负担,文字也便更加灵动自然。

华盛顿·欧文对英国的乡间民俗保有了特别的兴趣,他说:"外国人想要准确地了解英国人的性格,绝不能将观察范围局限在大都市。他必须深入乡野,旅居于农庄村落,探访古老的城堡、郊区别墅、农场小屋以及村舍。"透过《英国的乡村生活》,华盛顿·欧文写出了都市刻板印象之外活泼的英国气质。各个阶层对于乡村生活的亲近与热爱,使得英国的乡村生活丰富而斑斓,"英国较高的阶层对乡村生活的青睐,也对民族性格产生了巨大而有益的影响。英国绅士是我所见过的最优秀的一类人。不同于大多数国家中有身份的人所特有的柔弱娇气,他们把优雅与力量结合了起来,体格健壮,精神饱满,我想这是因为他们长期生活在户外的原因,他们热衷乡村增强活力

[①] 华盛顿·欧文:《英伦见闻录》,黎曦译,江苏文艺出版社,2014。

的消遣活动。"在乡村，不同阶层的人士间似乎更能自由接近，友好相处，彼此融合。面对自然乡野，英国人的天然本性仿佛也更能展露无遗，总之那是一派自由松弛的景象。

  圣诞节的当口，华盛顿·欧文被朋友带到一个固守传统的老式家庭过节，看着乡绅老爷以一家之长、一乡之尊的身份依照旧式礼仪待人接物，教导子孙，听着大家族的长辈们聚在火炉前讲着一个又一个神奇古怪的故事和传说，他直观地目击了保存于乡间的英国传统和民间习俗，洞悉了深远的历史文化渊源，切身感受了节日里人们的欢乐与仁爱。大家彼此敞开，仁慈宽厚，用歌舞和欢笑装点心情，烘托出的气氛如英伦风景般健康明丽，"这一切让人深感愉悦，点燃了人们心中仁慈的火焰。"受此气氛影响，华盛顿·欧文发了很多感慨，他看到"古老习俗可以美化生活，调剂人们的精神世界"。但突然间他仿佛又意识到，"社会氛围变得更为文明优雅，但是许多有着鲜明的地方特色的事物、乡土感情，以及纯真的家庭欢乐，都已荡然无存。"这是彼时英伦的困惑，也是人类社会伴着文明进程从未停止过的改变，随着现代不断地吞噬传统，人们在得到的同时，也在不知不觉地丧失，那丧失了的，甚或还是更为珍贵的。想来不无惋惜和惆怅。

  华盛顿·欧文将乡村教堂当作观察英国社会的理想场所，在那里，他看到上层贵族低调谦逊，朴实中带着亲切；阔绰人家傲慢张扬，跋扈中透着粗俗，而上层贵族和富豪在他眼里是英国最常见的两个类型，在他心里，前者才是真正的绅士，代表的是健康的心态和良好的教养，"我发现，在凡是有等级阶层划分的国家，上层社会的人们总是最讲究礼节而不装腔作势的群体。那些对于自己的地位身份信心十足的人，最不会冒犯他人尊严，而粗俗者最令人生厌，他们企图通过羞辱邻人来抬高自己。"真正的绅士，透出的是骨子里的朴厚与自信，并不需要用外物抬高或粉饰自己。

  在乡村，在山谷，在旅馆，他还听来各式各样的传说，用想象来完善他的英伦印象。

  作为一名作家，一名将美国文学带往欧洲，将欧洲文学播撒向世界的作家，华盛顿·欧文在英国的经历中少不了光顾图书馆、博物馆，他的目光少不了对文学、作家的关注。就像他逃离大众线路独辟蹊径，依循自己的兴趣走访穷乡僻壤，他的文学视野也避开了人群、聒噪，轻而易举地从人云亦云的窠臼中挣脱出来，依照内心直觉和判断得出自己的结论，寻找自己的答案，保有自己的独立创见。

进入威斯敏斯特教堂一间阴暗阁楼的图书室，他感觉就像进入了"文学的墓窟"，"这里的每一册书，如今被冷漠地丢在一边，可曾经都让作者如何绞尽脑汁啊！多少天殚精竭虑！多少夜辗转难眠！它们的作者曾经怎样将自己关在隐僻的小屋中，与人世隔离，甚至看不到自然美景，只为潜心艰苦地研究和紧张地思考！然而这一切为了什么？为了在积满灰尘的书架上占有一席之地吗？让自己的作品在未来某个时代能不时地被某个昏昏欲睡的牧师或是像我这样闲逛来此的人翻阅，而在另一个时代就被湮没遗忘吗？"想到世间太多的书籍，哪怕在它诞生的年代里光鲜无比，红极一时，在经历了时间的淘洗之后，眼下也布满了尘埃，寂寞地躺在昏暗的角落里，由此他陷入了深思，并站在书的角度与自我进行了一场假想的对话，推敲著述的意义，叩问人生的价值，追问永恒的所在，最后他感慨道："人们引以为荣的不朽不过如此，仅仅是一时的名声，在某一个地点引起反响。"

在大英博物馆的一间藏书室，看到端坐于发霉的故纸堆边抄抄写写、"面色苍白、勤奋用功"的老学究，他联想到众多依托前人作品拼凑出自己的辞章，靠偷盗成就自我的文字搬运工，他们孜孜不倦地拼拼凑凑、絮絮叨叨，在难以超越的同时，最终亦无法规避与前人一同长眠于尘烟的命运。

他特别提到莎士比亚。华盛顿·欧文仰慕莎士比亚，认为莎士比亚是将思想根植于人类天性中的永恒原则、不易随风消散的那一类，"但我不得不痛心地说，即使是莎士比亚，也在渐渐地衰败。他身上爬满了大量的评论家，就像那些藤蔓和爬虫，几乎把支撑自己的高贵大树重重掩盖了。"当看到没有一位作家不认为莎士比亚的作品充满了光彩，并且将传颂他的功绩为己任，"评论家们书写出无数的论文，一般的编辑们则加上注脚为其驱散晦涩不明的薄雾，平庸的作家们不时送去赞颂或探究的微光，在圣像前添上一缕油灯的青烟。"当他发现"自己对莎士比亚作品的每一条新见解，其实世上早就存在，他的每一行朦胧的诗句，都有了诸多不同的解释，至于那些华美的词句，前人早就大加褒扬"，他合上书本，离开了莎士比亚，转而到街角鱼市，去追寻一位卑微的教会食客——"可爱的杰克·福斯塔夫"的民间传说，"他将欢乐洒满人间，给大家带来了机智与幽默，即使最穷苦的人也能笑逐颜开；他遗留给世间的欢笑永不枯竭，人们代代相传，使之变得更加愉快美好。"

当然，偶然的机会他还是拜会了莎士比亚的故乡，在那里，他捕捉到了别人没有捕捉到的细节，听到别人没有听到的传说，而且乐于分享这些传说。村里人向他讲述莎士比亚从一个继承了父亲精梳羊毛手艺，并且一度犯下偷鹿罪行的浪荡青年，成长为一个举世闻名的不朽诗人的传奇故事。

尽管不是所有的文学都能流传千古，但华盛顿·欧文对文学还是保有了天然的兴趣与敬意。在威斯敏斯特教堂的"诗人之角"，作者与读者之间"相互陪伴的情谊"令他温暖而欣慰，怀着对诗人、作家的敬爱之情，他说："但愿世人珍爱他们的名声，因为这名声的获取，绝非通过暴力行径或以鲜血为代价，而是他们辛勤的付出给世人带去无限欢乐。但愿后人会心怀感恩纪念他们，因为他们给后代留下的遗产，绝非空洞的名头和一时惊人的才干，而是智慧的宝藏、思想的结晶和宝贵的文字血脉。"在帝王的墓室，他获得的是另外一番感受："这里每一座帝王的墓碑，都揭示了世人的一切尊敬和效忠是多么的虚妄和短暂。"

华盛顿·欧文的作品充满了仁慈之光。他站在印第安人的立场为印第安人辩护，批判彼时的著作中白人世界对印第安人义正词严的贬损与指责，偏见与无礼，追述印第安部落被白人追杀的血腥往事，记录印第安首领奋勇顽抗中留下的悲壮史迹。他凭着良心和正义，努力一分为二地看待历史、族群，为弱势群体讨公道，他怀着悲悯与善良，对印第安人的遭遇给予深切的体恤，他以痛惜的心情，回顾未遭入侵的印第安族群曾像野生的草木，在森林大山里枝繁叶茂，茁壮成长。对比"现代社会中人为地加以培养的那种朴实、慷慨、浪漫的道德品格"，他看到印第安人远离优雅文明社会的拘谨，傲然独立、随心所欲、自然生长的珍贵。

在温莎堡，他对曾因禁于此、抑郁中邂逅了爱情并成就了抒情诗作《国王书》的詹姆斯一世寄了同情，"这位浪漫活跃、颇有造诣的王子，年轻强壮却无法从事任何事业，无法有所作为，无法享受人生的乐趣，因而我们同情他，正如我们同情弥尔顿一样。"在乡村教堂，他花大量笔墨讲述偶遇的一个孤苦寡妇和她英年早逝的儿子的悲惨命运，字里行间充满了爱莫能助的痛惜、无奈与悲凉。

华盛顿·欧文的叙述简单、自然、平易,不时地被他以"絮叨"自谦,总结这番"絮叨",他说:"哎呀!教诲世人的名言不是已经有很多了吗?即使没有,不是还有成千上万的作家在为启迪世人而孜孜不倦吗?——给人欢乐比教诲别人要愉快得多,与人为友比为人之师更令人惬意。"那是一种真诚质朴的笔调。

2020 年 5 月 8 日、9 日、12 日、14 日,北京家中

倾心的护惜，深情的挽留

——读黛莱达《努奥洛风情》[①]

这究竟是一个什么样的地方呢？这里的咒语，这里的颂歌，这里的巫术、魔法、祈祷词，都与文明世界有着不一样的气场、格调，不和谐中透着异样的陌生感——位于撒丁岛的努奥洛一定是个原始、闭塞的小村落吧？

黛莱达却珍爱着这个地方。生于努奥洛的黛莱达卖力地记录着努奥洛的点滴，生怕遗漏了哪一个细节，在她眼里，"努奥洛是撒丁岛的心脏，就连这里的一花一树、一草一木都极具撒丁岛风情。"她事无巨细地记下努奥洛的咒语、圣歌，誓言、谚语，连以撒丁岛方言取的常用名和绰号她都一个一个地记在纸上，写在书上，连街头的一声声招呼与问候，她都当真地挂念护惜，兴致盎然并迫不及待地带我们去见识一种截然不同的文化，让我们从文明世界里暂且脱身、驻足，将视线转向同一个世界的另一种存在。在文明不断蚕食世界、吞噬传统的大背景下，是她的潜意识里有着某种不妙的预感吗？她生怕这里的一切被遗忘、瓦解，所以，她着意"着相"地去挽留、记取，不遗余力地刻意记下谚语、童谣的不同版本，仿佛记录就是记录的本身。

被她记录的那些努奥洛人相互间的日常咒语，听起来刺耳又恶毒，"恶

[①] 黛莱达：《努奥洛风情》，吴潇越译，江苏凤凰文艺出版社，2015。

魔始终与你同在""去死吧""生你的妈妈真是该死""眼睛被刺瞎，双手都生蛆"……人们不惜用最恶毒的语言彼此"问候"，怀恨在心抑或彼此猜忌的人们还会暗中施加妖术魔法相互伤害，失了恋或结了仇的男女还会来到对方的窗下辱骂并唱最下流的歌曲，村子里的一些行为和说法也稀奇古怪：当钟声响起时，如果有人正斜着眼睛看别人，他们就认为这个人一辈子都会斜眼儿；被黄蜂蜇伤或毒虫叮咬时，把金币或金属物品拿来在伤口上放一会儿就会好；在一间屋里点燃三根蜡烛，是不吉利的做法……这是心理暗示，内在影射，还是主观臆想？一切的一切，仿佛都与文明社会不在一个层次、一个维度、一个语系。是黛莱达的描述太过冷静，抑或她太追求客观而矫枉过正了吗？还是远离文明世界的小岛的确太过闭塞和狭促了？我怎么觉得我并不喜欢这里的人呢？我不明白这里的人们为何会有那么多的恶意、仇恨和诡计呢？总之活在诅咒、巫术和魔法中的努奥洛人并不轻松，他们无形中被很多的禁忌捆缚着，需要时时地加着小心，揣着恐惧，不知道什么时候就会被街坊咒骂，被仇人暗算，被恋人侮辱，被上帝惩罚。

然而在如此的语境中长大、耳濡目染中早已习以为常的黛莱达却不以为然，她说她的成长过程一直有咒语相伴，久而久之便对这咒语产生了独特的感受，在搜集咒语编撰成书的过程中，她又常常感受到某种神秘力量的存在。在她看来，咒语不仅是努奥洛最具当地特色且最为重要的迷信形式，而且"很多常见的诅咒并非是出于恶意，而只是努奥洛人相互交流的一种方式罢了"。她以自己对努奥洛以及努奥洛人的朴素理解，抑或还有夹杂其间的一份深厚的情感，她甚至为那里的盗贼开脱，"努奥洛人不是天生的盗窃者，他们的偷盗行为几乎都是在极度饥饿的情况下才会发生的，只是无奈中为了果腹的权宜之计。"是的，对文化的理解需要时间，唯有身处其间，长久依偎，才能获得更加细致入微、更加深入深刻的体恤与领会吧。

当然，黛莱达写得更多的是过去，是早年的记忆，"随着时间的推移，人们也渐渐变得温和起来，在先辈们锱铢必较、睚眦必报的遗风面前终于学会了莞尔一笑。春去秋来，大家早已忘却那些充斥着侮辱谩骂的歌曲，也不再像之前那样斤斤计较了。绝交多年的朋友又重归于好，劳燕分飞的情人也能够再续前缘了。这在以前，哪怕只是若干年前，都是难以想象的'惊世骇俗之举'。那时，一句轻蔑的嘲讽，一段无果的爱情，都足以引发一场不可收拾的仇恨。曾经，这仇恨如燎原的邪恶之火使撒丁岛的村庄毁于一旦，岛上的人们也因此而痛不欲生。"

在书里，她讲了很多村子里神神叨叨的故事和传说，在神神秘秘的小村子里长大，灵魂深处便自然而然地打上了神秘的烙印，对村子里稀奇古怪的事情给予了天生的理解和同情，"从年少时起，我就开始接触这些巫术，并认为自己将来一定会深入地研究它们……那些中伤民间传说的人们同样会对巫术的存在嗤之以鼻。但我们不禁要问：谁又能保证这里面没有一点最原始的科学呢？"

她记录努奥洛人做弥撒时用方言诵读《玫瑰经》《圣母颂》《垂怜经》《宽恕经》，记录用当地方言谱写而成的圣歌，方言版的圣歌是当地居民在九日祈祷或圣母节期间用劳谷多罗方言演唱的。

> 象征光明的玛利亚万福！
> 您充满力量。
> 在您的面前，
> 我受到保护。

那是人对神的仰赖与寄托，是脆弱无力之时的祈祷与求助。在黛莱达眼里，圣歌也是撒丁岛人民集体智慧的结晶，"歌中我们可以真切地体会到来自不同地区的差异以及鲜明的地方特色。它们或神奇或淳朴，但都很纯粹质朴而又兼具着浓厚的巴洛克风情。"天然的屏障和局限形成和保护了岛上的文化与风情，黛莱达要留住的，也正是这特色与风情。

当然，特色之外，人类文化和情感毕竟又有许多熟识和共通的地方，比如努奥洛俗语中的"一个铃铛撞不响"，不就是汉语世界的"一个巴掌拍不响"吗？努奥洛人的"口中念经，腹中藏坏"不就是我们所说的"口是心非""两面三刀"吗？努奥洛人的"粪坑边上最不缺肮脏"，不就是我们说的"常在河边走，哪能不湿鞋"和"近墨者黑"吗？努奥洛人"两个同时打哈欠的人应该是恰巧在同时想着同样的事情"，与我小时候听到的"打哈欠说明有人在想你"不是有着些许的相似吗？相同的人性，即使在不同的环境里，也能悟出同样的道理，孕育出相同的心情。

努奥洛驱魔的民俗，则让我回想起儿时夏天多雨的时节，姥姥总在连阴雨的天气里用红纸裁剪三个手拉手的小人儿，倒置贴于堂屋的大门上，祈求雨水停住，这些，都给我的童年增添了许多童话的气息和回忆。努奥洛的驱魔歌也曾作为祈祷词出现在传统仪式上，"努奥洛人相信，这首歌可以帮助他们赶走兴风作雨的恶魔，使自然万物恢复到平和的状态。"

> 出去吧，我在里面您在外面。
> 圣人马蒂诺，我们为您祈祷。
> 既然您是圣人，定会为我指引。
> 那我也告诉您一句箴言：最大是太阳，而不是月亮。
>
> 出去吧，我在里面您在外面。
> 圣人马蒂诺，我们为您祈祷。
> 既然您是圣人，定会为我指引。
> ……

那些歌谣在一遍遍的重复叠加中渲染出虔诚、急切的心情。

努奥洛人的四行诗，亦是如《山海经》中初民一般原始而又美好的想望吧？

> 上帝啊，圣母啊，请赐我如花美貌，
> 让我在人们的注视下走向幸福。
> 他们这个送我一袋大麦，
> 那个又会为我摘下星辰。
> ……

而努奥洛的小伙子于夕阳西下的背景中追随着姑娘的古怪而又孤独的歌声，带着沉郁的心结和原始的直率，在努奥洛的街头仿佛活的《诗经》。

努奥洛人过节时制作雕花面包，则让我想起小时候在姥姥家度过的中秋节，那时的我也曾兴致勃勃地用蓖麻籽在自制的月饼上印出美丽的花纹来，那是一样的憧憬、一样的心情吧？"努奥洛的女人们成日里纺线缝衣，她们白天聚坐在家门口，一面说笑一面缝衣晒太阳。"婚前的男孩逢年过节要向女方送礼物，而女方及其家人不能向男方询问婚期，结婚请求须由男方提出来；在努奥洛最具地方特色的节日里，修女院的院长们挨家挨户地化缘，收集一些麦子并制作成面包、浓汤，请愿意参与的各家主人在节日那天带上妻小和大伙儿一块儿庆祝，打算参与的家庭还要派一名代表前来帮忙……这些，不也都是 40 多年前中国北方农村的情景吗？努奥洛狂欢节最常见的"炸面团"，就是我最爱吃的山东老家的"炸面托"吗？连努奥洛的孩子们从小就听的鬼故事，都与几十年前姥姥给我讲的鬼故事有着十分的相像，那是一代人的真实经历，也是一个时代的文化记忆，可是那样的迷人的夜晚和迷人的村庄我们还回得去吗？黛莱达说："几多古怪牵强的传说在岁月流转中逐渐为人们所遗忘，但脑海里的留白却被一些更加奇特与荒诞的迷信再次占据，它们中的大多数似乎对努奥洛人的生活有着更强的禁锢作用，从而深植在一代代人民的心中，永不遗忘。"

　　黛莱达笔下的努奥洛还保留着荷马史诗里的淳朴民风和物物交换的原始意味，当外乡人来到努奥洛，努奥洛人都会将他们留宿家中，而不是让他们去住旅店，这在今日的城市，是否也已少见了呢？在文明与科技的冲击下，人们在得到，是否也在失去呢？

　　多年以后的黛莱达也离开了努奥洛来到了大都市罗马，这本书，是对生命中的努奥洛深情的回望与追溯，缅怀与挽留。

　　书的最后，是黛莱达作为一个文学少女，在近 20 年里写给意大利记者、评论家斯塔尼斯·芒卡的 13 封信。我不想过多解读，因为，那是一个隐秘的世界。

2020 年 4 月 20—21 日，北京家中

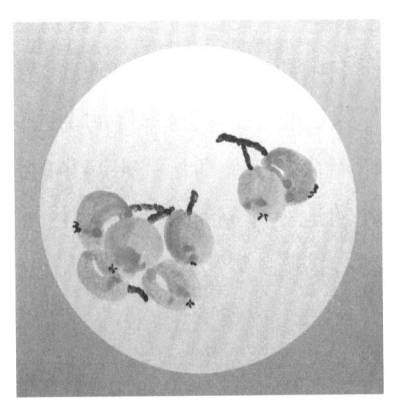

兴致盎然,意犹未尽

——读比尔·波特《彩云之南》[①]

比尔·波特游记写得好,在于他是一个中国通,一个似乎比中国人更了解中国的中国通。而这了解,来自书本的文字记载,更来自他一路颠簸、随心随性又无孔不入的实地走访。

不同于《黄河之旅》的以黄河为主线,从黄河入海口一路回溯到约古宗列盆地,在海拔超过4 500米的巴颜喀拉山荒野中找到黄河的源头,也不同于《空谷幽兰》以一座山(终南山)为背景探询一地的禅修传统和隐修者的生存境遇、心灵轨迹,《彩云之南》以安顺、贵阳、昆明、景洪等地为轴心,分别向南、向北、向东、向西做360度的探索和游览,从梧州、阳朔、大理、丽江、施秉,到平安村、景真寨、城子村、达卡村、矮岭瑶寨,他一路乘火车,搭便车,翻山越岭,走遍广西、云南、贵州的边边角角。他在感兴趣的地方随时下车,而后入乡随俗混入人群,怀着好奇和当地人一起赶圩、过节,兴致勃勃地参加少数民族婚礼,被异域风情吸引买来当地的刺绣、服装,坐在老乡的家里和他们一起喝酒吃肉相谈甚欢。一个地方玩够了,拦下过路的卡车或者拖拉机,在汽车翻斗或装载的货物之间"咔哒咔哒"地走过颠簸的路面,去到下一个地方。

---

① 比尔·波特:《彩云之南》,马宏伟、吕长清译,四川文艺出版社,2013。

壮族，瑶族，侗族，布依族，基诺族，布朗族，彝族，他像是读过每一个民族的创世史诗，能讲出每一个民族的创世故事，每到一个城镇，一个村落，他仿佛都能寻到有关那一方人的神话典籍，并能用轻松诙谐的语调活灵活现地讲述出来。他的学问、知识从散布于各地的书店中来，从村头老妇和路边小童的传说耳闻中来，但都被他饶有兴致地记在了心上，挂在心怀。

每接触一个民族，他都能如数家珍地讲出这个民族的历史渊源，地理分布，人口数量，时间的触角常常延伸至一千年前、两千年前，三千年前，而这个民族的生存现状、民俗风情，在他则是眼见为实，他不光观察，还热情参与，每项活动都跃跃欲试地亲自体验一番，且又总能够轻而易举地融入其中，顷刻间便与村寨里的男女老少熟络起来。同样的瑶族他已能通过服饰区分出红瑶、盘瑶，从龙胜到江底乡的车上，一同乘车的盘瑶妇女告诉他曾有人类学家光顾过他们的寨子，并说寨子里的人和美国的某个部落讲同样的语言，比尔·波特告诉这位瑶族妇女，他本人就是彻罗基部落的印第安人，"我们可能有着某种联系"，瑶族妇女听完哈哈大笑……神话，现实，传统，信仰，即兴的谈笑，在他的文字中转换跳跃，给他的游记平添了许多的趣味，也给现场增添了活泼的气氛。

住在山坡上的爱伲人和住在平原、河谷底部的傣族人开化程度也有不同，"听我的导游讲，在傣族的寨子里，访客很容易找到一个地方过夜，但在爱伲寨子里却不行。倒不是因为爱伲人没有傣族人热情好客，而是因为爱伲人住在山里，傣族人是平原居民，后者习惯与陌生人打交道。"自来熟的比尔·波特却也得到爱伲人的热情招待，大山里的爱伲人用香蕉叶盛饭菜，用竹筒饮酒，在莫通新寨的一位老人家里，他还平生第一次吃到了炸紫荆花，喝到了泡了27种野生植物的糯米酒，席间主人给他讲爱伲人的祖先来自狗的传说，给他讲爱伲人名字的由来和自家追溯到1 600年前、迄今已是54辈的族谱，讲自家小儿遇到野象被困树上三天三夜的故事……在颇为荒凉的大山深处，当看到原始而贫穷的爱伲人为保护一眼泉水刻意不去开垦那片土地时，他联想到挥霍无度、不知检点的现代人，"虽然爱伲人的耕作方式是刀耕火种，但他们至少懂得保护水源，而这条法则对现代人来说，遵守起来依旧那么难。"

从阳朔到龙胜，到和平村、黄落，他转了一辆车又一辆车，再晃晃悠悠地走过架在大河上的唯一的一条 30 厘米的木板桥，走过山间曲曲弯弯的泥泞小道儿，终于找到"中国最原始的壮寨"——高山庄寨平安寨。在那里，他看到了"全中国最高的水稻梯田"，听到壮族祖先布洛陀的传说，还学会了用壮族人的"蒙尼额"（你好）问候大山里的壮族乡亲，当然，他也得到了热情的招待，触景生情，他又免不了发一番感慨："虽然壮族人和他们的祖先在这个地区住了至少 3 000 多年了，但他们始终没有自己的书面文字。不过，还算幸运，他们很多的歌和故事，在过去的 2 000 多年中，都用一种类似汉字，既可表音也可表义的文字记录了下来。结果呢，壮族保留下来的传统神话要比中国其他少数民族多得多。"

虽然来去匆匆，但又看得仔细，扫荡式的旅行使他尽可能地不放过每一个村寨，不错过每一片风景，不失时机地与那里的人们接近，接近。待到了无谋，他说："这是我最后一次徒步旅行。我必须在两天内回到昆明乘飞机回国，但我无法抵抗最后一座大山的诱惑。这座山叫凉山。"凉山没有路，他汗流浃背，爬了一个陡坡又一个陡坡，花了三个多小时才气喘吁吁地到达山顶，看到散落山间的 20 多间用泥巴和茅草搭建的小房……

"这次旅行很不寻常。花一辈子的时间也可能只探访到中国西南一小部分的美景和神秘。但我来了，我看过了，我正在回家的路上。"回顾整个的旅行，比尔·波特兴致盎然，又似意犹未尽。

         2021 年 2 月 7 日，北京家中、长虹桥

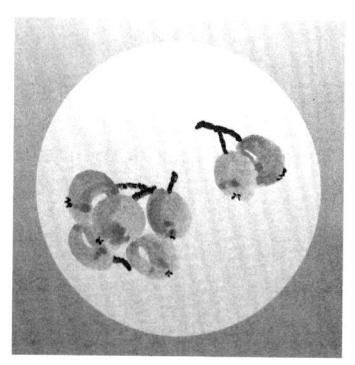

那由内在映射出的光芒

——读冈仓天心《茶之书》[①]

在从桂林到昆明的飞机上读完冈仓天心的《茶之书》，合上书本，却久久地沉浸在那一片美感里。《茶之书》，亦像茶所营造的氛围，清心，舒适，有一缕馨香久久无法散去。

在这本书里，日本人冈仓天心写茶、写茶道、写茶艺，但却没有局限于茶、茶道和茶艺，而是随性抒发，写出了茶的文化、精神、气质、风骨和性情，文字如散文诗般清新、优美，耐人寻味。

谙熟中国古典文学并有旅英经历的他，不仅了解日本和日本关于茶的渊源，而且能够融会贯通，从文化和艺术的层面打通日本、中国与世界，并用感性的笔调加以叙说，文字中带着些许诗意的流畅——喜爱中国古诗词的冈仓天心必定也有着一颗跳动的诗心吧？

"茶道不仅是一种'和敬清寂'的精神仪典，也是一门融绘画、插花、陶器、书法、建筑于一体的艺术。"他在书中也兼谈绘画、插花、建筑，谈人，谈道，谈禅，谈历史与现实，谈民族与世界，谈自我与生命，谈艺术与人生，出于本心，由衷而发，像静心弹奏的一曲和弦，融入茶所营造的那份美感里——不是政治，不是刻板的说道，而是美妙的艺术享受。

[①] 冈仓天心：《茶之书》，谷意译，山东画报出版社，2012。

他介绍了日本的茶道，以及茶道所依托的精神哲学，"提到茶的哲学，人们不会只想到唯美的精神。这个词所传达的，是我们整套融合伦理与宗教天人观：它要求卫生，坚持洁净；它在简朴中见自在，无需排场铺张；它帮我们的感知，界定了万物彼此间的分际，在这个意义上，这是一套修身养性的方圆规矩；它还代表着东方民主的真谛，因为不论原本贵贱高低，只要你是茶道信徒，就是品味上的贵族"。

他对日本的茶文化做了剖析和追溯，深得茶艺的精髓，"长期以来的与世隔绝，让日本孤芳仍需自赏，这自然有助茶道的发展"。"不过也够奇怪的，到目前为止，东西方彼此差异的人心，却是在茶碗中，才真正地相知相遇。"

"查尔斯·兰姆曾写道'就我所知，不欲人知之善，却不经意为人所知，乃是最大的喜悦'，这段话已深得茶道三昧，不愧其身为茶之信徒。隐而未显的美感，非经发觉无法得到；有所保留的表现，却能透露出一切；茶道，正是这样一种技艺。"

他的文字里，处处流露着对生命的赞美与欣赏，"如同艺术品，茶也需要一双大师的巧手，才能泡制出最高贵的质地"。茶有"它自己的叙事风格"，"真正的美，必定恒定在自身之中"。"生命本身，就是一种呈现与表达；不经意的举动，反而总是泄露出自我内心的最深处。"它让我想起朋友茶恩位会跳舞的茶，当茶与自身生命、与远古的能量和气息融而为一，它便不再是茶，而是神性的舞蹈。

"在日本人的手上，茶所代表的，不仅是借由特定的饮茶形式，体现某种理念；它更是一种对生命精彩之处的信仰。""茶道思想，其实就是道家思想。""有别于儒家与佛家，道家对于尘世的一切，会如其所是地接受，在其中的忧烦苦痛中，试图找出美之所在。""道家主张，若是人人都能够保持物我的和谐，生命定能更加喜乐。"

"试图向完美境界迈进之人，也必须要能从自己的生活当中，发现那由内在所映射出的光芒。""禅这种从生活中的轻如鸿毛，亦能见重于泰山之处的观念，也可说是整个茶道的中心思想。"

他对中国古老的茶文化敬佩有加，却对"晚近"中国人的喝茶有些微词，"对晚近的中国人来说，喝茶不过是喝个味道，与任何特定的人生理念并无关连。国家长久以来的苦难，已经夺走了他们探索人生意义的热情。他们慢慢变得像是现代人了，也就是说，变得既苍老又实际了。那让诗人与古人永葆青春的活力与童真，再也不是中国人托付心灵之所在。他们兼容并蓄，恭顺接受传统世界观与自然神游共生，却不愿全身投入，去征服或者崇拜自然。简言之，就真无需严肃以对。经常地，他们手上好杯茶，依旧美妙地散发出花一般的香气，然而杯中再也不见唐时的浪漫，或宋时的礼仪了"。今天被商业异化，同时不得已浸泡在工业雾霾中的"现代人"不也一样吗？获得的同时也在永久地失去。不要说唐时的浪漫和宋时的礼仪了，今天茶馆如同咖啡馆，大概也快成为谈生意、谈工作的场所了吧？社会仿佛施了一种魔法，驱使现代人在不停地追逐和奔跑。

茶渗透在日本生活的方方面面，深刻地影响着大和民族的日常起居，"时至今日，日本的室内装潢，依旧极端简洁朴素，在外国人眼中可说是到了无聊的地步，也是由于我们的建筑观念，自16世纪以来，便深受茶道的理想影响所致"。在茶室中，茶道大师也是独具匠心，极力追求"静"与"净"的效果，"简单朴素与不落俗套，确实让茶室成为免于外界忧烦的桃源。此中之外，再无他处"。"当前的工业主义，正使得无论在世上何处，都越来越难出现真正的高贵典雅。"

在日本，茶不是一种饮料，而是一门艺术，一门与花草自然融会的艺术。对于艺术家和创作者，冈仓天心有独到的见解，"真正动人的，是他们的灵魂而非双手，是他们的风采而非技术。创作者对我们的呼唤越是直指人性，我们所做的回应也不越发自内心"。"处于现代的创作者，太过汲汲于追求技术，几乎无法将自己提升至更高的境界，一如无法带动龙门琴的音乐家，只知吟唱关于自身的曲子。这种作品也许比较具有科学气息，却没有足够的人文素养。""在与艺术品交会的那一刻，艺术爱好者超越了自身原本所处的境界：转眼间，他本人既存在，亦不存在了。""古代的日本人，对伟大艺术家的作品抱持着非常强烈的敬意。""艺术的价值，只有在我们对其加以倾听之时，方才显现。"

结合日本彼时的状况，他也有所指责，"当今之世，人们对艺术显然依旧抱有热忱，但这份热忱中，有很大的一部分，却并非以真实的情感为依凭，这点着实令人扼腕不已。在这个万事民主化的时代，人们叫嚷着凡是最受大众欢迎的，就等于是最好的，无视心底感受为何。他们要的是昂贵，而不是精致；不是美丽，而是时髦"。"对这些人来说，作者的名字，远比作品的水平来得关键。"切中时弊啊！

"艺术品的搜集者，只知关心取得足够的项目来构成整个时期或流派的收藏，却忘了真正大师的杰作，哪怕只是一件，比起任何时期或流派的庸俗之作，不管后者数量有多大，都更能予人增益。我们在分类上做得太多，却在观赏上做得太少。为了所谓的科学展示方法，而牺牲掉艺术的美感，是存在于许多美术馆的致命伤。"

"我们正一步步摧毁艺术，同时也一步步摧毁了生命的美好。"惋惜之中，暗含着忧伤。在他看来，艺术，或许就等同于生命的美好吧。

"真正属于自己的艺术，便是当前这副模样——它就是我们自身的倒影。"由衷赞赏这份对待艺术和自身的忠实态度。

"宗教中的'未来'，反而在我们身后；而艺术里的'现在'，则是'时时刻刻'。在茶道大师的看法中，若想真正欣赏艺术，唯有让艺术成为生活的一部分才有可能。""若不让自己成为美丽的事物，又怎么有资格去接近、去追求美呢？""只要我们愿意打开心眼，这个世界无处不存在着完美。"这活在当下的现世的态度，同样为我欣赏。那不是一般的人生，是无不透着美的洒脱向上的艺术人生。

山东画报出版社在书中插入的黑白小图，亦如茶的精致，也很有格调。总之，这是一本好书。

2013 年 4 月 23 日，北京家中